I0587024

www.ingramcontent.com/pod-product-compliance
Lightning Source LLC
Chambersburg PA
CBHW070603120726
47909CB00007B/2423
9780645457902

برای همه ما

پیران فرهودی
۲۰۲۲ میلادی

First paperback and eBook edition June 2022

ISBN 978-0-6454579-0-2 (paperback)
ISBN 978-0-6454579-1-9 (eBook)

Published by Quip Publishing

به یاد
زلف نگونسار
شاهدان چمن...

درباره من و این داستان

من هم مانند هزاران ایرانی دیگر تا آمدم خودم را و جهان اطرافم را بشناسم به دریای پر تلاطم تحولات سیاسی و اجتماعی دهه شصت پرتاب شدم. هر چند مانند بسیاری از دوستانم در آن دریای منحوس غرق نشدم و در گوشه‌ای از جهان زندگی معمولی و آرامی یافتم، هرگز زخمهای آن دوران پرتلاطم التیام نیافت. در تمامی این سالها چشم های بیگناه جوانان و کودکانی که تنها به دلیل بی تفاوت نبودن و احساسات پاک به بدترین عقوبت گرفتار شدند، هیچ گاه رهایم نکرده اند.

گاهی فکر می کنم که دست تقدیر مرا از آن جهنم مهلک رهانید تا قصه تلخ دوستان بی گناهم را باز گویم. این داستان قصه جوانان و کودکانی است که در یکی از تاریک ترین دوران تاریخ گرفتار در بازی ای شدند که هیچ یک از قواعد آن را نمی‌دانستند.

این قصه مرثیه ایست برای انسانیت و شاهدی برای آیندگان از دوران سیاهی که بر ما گذشت.

مکان ها، شخصیت ها و اتفاقات این داستان مبتنی بر واقعیت است، هرچند اسامی تغییر داده شده اند و گاهی شخصیت‌ها، وقایع و مکان ها در هم ادغام و یا از هم تفکیک شده‌اند.

دیباچه

بـا خـود انديشـيد: آدميـان بـی شـماری کـه پيـش از مـن بـر ايـن کـره خاکـی کوچـک زيسـته انـد و رفتـه انـد چـه حاصـل شـان بـود کـه مـن اينـک بـه چنيـن زشتی و پليـدی تـن دهـم و نـام خويـش را در راه کام گرفتـن از جهانـی کـه بـی ارزش بودنـش ثابت شـده اسـت، قربانـی کنـم؟ بـه چـه اميـدی جاودانگـی را بـا چنـد دهـه کاميابـی معاوضـه کنـم؟ سپس بـه خـود لرزيـد، از ميـان تمامـی خواسـتنی هـای جهـان ، عشـق بـی بديـلـش بـه مـادر را بـه يـاد آورد. مـی دانسـت غمگينانـه نگاهـش کـرده بـود آنـگاه کـه گام در راه گذاشـته بـود.

بـا خويشـتن گفت: مـادران بسياری پيـش از ايـن و مـادران بسياری در آينـده بـه راه بازگشـتی خيـره خواهنـد شـد کـه هيچـگاه پامـال قـدوم فرزندانشـان نخواهـد شـد. پـس او کـه ميخواسـت ايـن نظم ناعادلانـه را بـه هـم بريـزد مـی بايسـتی بـه خويشـتن ببالـد، هرچنـد او، مـادرش وپـدرش هـم قربانـی ايـن تغييـر فرخنـده خواهنـد شـد.

قـدم هـا را تنـد تـر کـرد، يقـه اورکتـش را بالاتـر داد و سعـی کـرد افکار پراکنـده را از خـود دور کنـد، بـه سـرعت گام هـايـش افـزود. نفـس گرمـش، باهـر بـازدم، ابـری در برابـر چشـمانش می‌سـاخت. بـرف باريـدن گرفـت، دانـه هـای درشت بـرف بـر جريـان آرام هـوا مـی غلتيدنـد و آرام بـه زميـن مـی نشسـتند، بازيگوشـانه و رقصـان، بـا آهنگـی نـرم. کلاه بافتنـی مشـکی را بـر روی گـوش هايـش کشـيد، دسـتانش را بيشـتر در جيـب هـا فـرو بـرد و گام هـا

را استوارتر برداشت. چیزی از هیاهوی خیابان نمی شنید، چهره ها همچون صورتک هایی خاموش از منظرش می گذشتند. پله های از برف پوشیده را به سرعت پایین رفت. به مردمی که در ایستگاه در رفت و آمد بودند به دیده حقارت نگریست. آنان در تکاپوی زندگی پوچ خویش به این سوی و آن سوی می دویدند بی آنکه بدانند چه هدفی را دنبال می کنند. غرق در تکاپوی زندگی ای که از دیده او به حقارت کشاندن عظمت انسان بود. او خود را وقف این کرده بود که عظمت از دست رفته ی آدمی را به او بازگرداند و اینک می رفت که در این مسیر والاترین گوهری را که در دست داشت فدا نماید و این او را از دیگران متمایز می کرد. آنچنان خود را مستغنی از هر نیازی حس می کرد که گویا از هم اکنون جهان مادی با تمام زر و زیورش در چشمانش حقیر و ناخواستنی جلوه گر می شد. و این احساس قدرتی شگرف به او می داد. خود را فراتر از همه آدمیانی که با سرعت در اطرافش در حرکت بودند و بالاتر از جهان حقیرشان دانست و با قدم هایی محکم تر به راه خویش ادامه داد. سنگینی کوله پشتی اش را بیشتر حس کرد. با فشار اندکی به گوشی اش به صدای موسیقی افزود. قدمهایش موزون با ضرب آهنگ موسیقی بود و آرام و سنگین به مقصد نهایی اش نزدیک می شد، بی آن که اندکی تردید داشته باشد. آنچه را که باید انجام می‌داد بارها در ذهنش مرور کرده بود.همه چیز مطابق برنامه جلو می‌رفت.

فصل اوّل

پیران در صندلی راحتی خود فرو رفته بود، گیلاس شراب قرمز را با حالتی عصبی می‌چرخاند و به رد شراب بر دیواره بلورین ظرف می‌نگریست. هوا سرد بود و برف سرتاسر حیاط را پوشانده بود. آرامش و خلوت بعد از ظهرش در کنار آتش با یک جر و بحث طولانی با راد به هم خورده بود. پیران می‌دانست که راد چگونه فکر می‌کند و عامل عمده چنین تفکراتی را سن و سالش می دانست. وقتی با شادی راجع به راد گفتگو می کردند، هرچند نگران تفکرات رادیکالش بودند ولی او را با خودشان و شر و شور دوران جوانی اشان مقایسه می کردند و نتیجه می‌گرفتند که در این کشور آن گونه خطراتی که در ایران متوجه پیران و شادی بود متوجه راد نیست. با خود می گفتند جریان زمان و رشد فکری او را از این افکار جدا خواهد کرد. ولی رفتار و افکار راد هر روز بیشتر و بیشتر

تغییـر مـی کـرد و بـا یـک نوجـوان عـادی انگلیسـی بسیار تفـاوت داشت. آن روز هـم هنگامـی کـه راد بـه خانـه آمـده بـود و پیـران را در صندلـی راحتـی و در کنـار شـراب و آتـش دیـده بـود همچـون پیـران چهل سـال پیش گداختـه و خروشـان بـر سـرش فریـاد زده بـود کـه چـرا درد مـردم تحـت سـلطه جهان را نمـی فهمـد و چنیـن بـی درد و بـی دغدغـه در ایـن شـرایط دشـوار جهـان بـه زندگـی کرم وار خـودش خـوی گرفتـه اسـت. ایـن حـرف هـا چنـان پیـران را از کـوره در کـرده بـود کـه بـدون منطـق همیشـگی برسـر راد فریـاد زده بـود: تـو چـه میدانـی مـن بـرای همیـن ایـده هـای احمقانـه ای کـه تـو تـازه بـه آنهـا رسـیده ای چـه بهـای سـنگینی داده ام؟ شـراب اثـر خـودش را گذاشـته بـود و حـرف هایـش بـی پـرده بـود. گفتـه بـود: تـو چـه مـی فهمـی از دسـت دادن آن کـه دوسـتش داری چـه معنایـی دارد؟ نـه از دسـت دادنـش کـه بـه مـرگ سـپردنش. چـه مـی فهمـی یعنـی چـه وقتـی دوسـتت را از کنـارت مـی برنـد و چنـد سـاعت بعـد خبـر تیربارانـش را برایـت مـی آورنـد؟ فریـاد مـی‌زد و جملات همچـون رگبـار گلولـه از دهانـش شـلیک مـی شـدند. راد خامـوش شـده بـود و تنهـا در یـک جملـه گفتـه بـود: مـلاک، حـال امـروز آدمـی اسـت! و از پذیرایـی بـه طبقـه بـالا و اتـاق خـودش رفتـه بـود. حـالا پیـران مانـده بـود و گیـلاس نیمـه پـر شـراب، آتـش، سـرمای بیـرون و زخمهـای کهنـه ای کـه همچـون آتـش درون شـومینه سـرباز می‌کردنـد و مـی سـوختند:قرمز، قرمـز آتشـین.

مهربانـو دوبـاره آمـد. همیشـه بـود ولـی در کنـاره بـود. ولـی در چنیـن مواقعـی محکـم و قاطـع حضـور خـودش را اعـلام می‌کـرد. آمـد و همچـون همیشـه رو بـه رویـش نشسـت نگاهـش کـرد و لبخند

زیبایـش دل پیـران را لرزانـد. همچـون آینـه ای حـال امـروز خـودش را در چهـل سـال پیـش مهربانـو دیـد. گیـلاس را کنـار گذاشـت و خیـره بـه مهربانـو نگریسـت. آنقـدر نگریسـت کـه ناگهـان دسـت شـادی را بـر شـانه اش حـس کـرد و از خلسـه بیـرون آمـد.

پیـران میدانسـت کـه راد راسـت میگویـد و از ایـن بابـت دلخـور بـود. مـی دانسـت کـه بعـد از تحمـل عـذاب و سـختی هایـی کـه دیـده اسـت آرامـش کنونـی اش لـذت بخـش اسـت و حتـی لحظـه ای نمـی توانـد تحمـل کنـد کـه بـه آن شـرایط دشـوار قبلـیاش بازگـردد وقتـی بـه چهـره زیبـای شـادی مـی نگریسـت کـه همچنـان معصومیـت دوران گذشـته را حفـظ کـرده اسـت بغـض اش مـی گرفـت و در خفـا مـی گریسـت. میدانسـت کـه تنهـا جوانـان مـی تواننـد از همـه چیزشـان بگذرنـد چـون هیـچ چیـز ندارنـد. او حـالا خانـواده، خانـه، پـول، کار و امنیـت داشـت و نمـی خواسـت از آنـان بگـذرد. ایـن خـود خواهـی از نظـر او قابـل بخشـش نبـود و همیـن عصبانـی اش مـی کـرد و باعـث خـروش سـهمگین اش بـر علیـه گفتههـای راد میشـد. خـودش را بـه یـاد مـی آورد کـه هیجـده سـاله بـود. چـون نهالـی سـبز و جـوان روزانـه میبالیـد و رشـد میکـرد. و در ایـن سـالیان بـود کـه بـا جدیـت بـه دنبـال عدالـت اجتماعـی بـود. آنچـه از آن دوران بـه یـادش مانـده بـود دیـدن فیلمهـای کـودکان آفریقایـی گرسـنه بـود و گریسـتن بـر حـال زار آنـان و آرزوی والای برچیـدن بسـاط زور و زورگویـی و برقـراری سـامانی کـه هیـچ کـس گرسـنه نباشـد و هـر انسـانی بـه قـدر احتیـاج خـود از منابـع زمیـن برخـوردار باشـد. ولـی چنیـن نشـده بـود و آرزوهـای زیبـای او و همفکرانـش در زنـدان هـای مخـوف، شـلاق و اعـدام بـه کابوسـی

برای همه ما

بدل گشته بود که اینک گریبانش را گاه و بیگاه می گرفت و
یاد رویاهای مدفون شده را زنده میکرد.

پیران از پله ها بالا رفت و در اتاق راد را زد. جوابی نشنید.
لای در را باز کرد و او را هدفون به سر در حال بازی در برابر
مانیتور کامپیوترش یافت. دست بر شانه اش نهاد و در حالی
که سعی می کرد در چشمانش خیره نشود گفت : می توانیم
چند دقیقه صحبت کنیم؟ راد بدون جوابی هدفون را بر روی
میز گذاشت و از اتاق خارج شد و به اتاق کارپیران رفت و
روی مبلی نشست. پیران به دنبالش به اتاق کار رفت و رو به
رویش نشست. سعی کرد آرامش اش را بازیابد. نفس عمیقی
کشید و بدون نگاه کردن در چشمان راد گفت: هیچ چیزی از
فریادهای من فهمیدی؟ راد با پوزخندی زیر لب گفت: آنچه را
میشود از فریاد فهمید، فهمیدم. پیران به سختی خود را جمع و
جور کرد و از رفتارش عذرخواهی کرد. سعی می کرد آرامش
اش را حفظ کند ولی صدایش میلرزید: آنچه تو امروز می
بینی و حس می کنی و از آن ناراحت میشوی فقط قصه
امروز نیست. سالیان سال است که این قصه به همین صورت
تکرار شده است و نسل در نسل با آن جنگیده اند و شکست
خورده اند. اگر هم شکستش داده اند، عاقبت خودشان به همان
سبک و سیاق درآمده اند. این بی نظمی، نظم جهان است و این
بی عدالتی، عدالت غالب. دریچه ای رو به بیرون نیست. اصولاً
بیرونی نیست. هر آنچه هست همین هست و خواهد بود.
درست چهل سال پیش عمو صدیق همین را به من می گفت،
هم سن و سال تو بودم و باور مطلق داشتم که بی عدالتی را

مـی تـوان شکسـت داد. فکـر مـی کـردم کـه دلیـل حرفهایـش ایـن اسـت کـه خسـته شـده و از مبـارزه بریـده بـود. همیـن طـور بـود. او بریـده بـود و خسـته بـود. خسـته از تلاشـی بـی ثمـر. چـرا کـه اگـر تمـام انقـلاب هـای دنیـا را بـکاوی بـه راحتـی در مـی یابـی کـه نظام‌هـای پیـروز بعـد از چنـدی بـه همـان رویـه نظـام قبلـی رو می‌آورنـد و اگـر شـرایط بدتـر از قبـل نشـود قطعـاً بهتـر نخواهـد بـود. تاریـخ صـد سـاله گذشـته ایـن را در نقـاط مختلـف جهـان نشـان می‌دهـد. نسـل هـا مـی آینـد و بـدون داشـتن چنیـن تجربـه ای خـود را بـه آتـش مـی زننـد، مـی سـوزند و از بیـن می‌رونـد و آنانـی کـه باقـی می‌ماننـد سـعی میکننـد تجربـه شـان را بـه نسـل بعـد منتقـل کننـد واز سـوخته شدن‌شـان جلوگیـری کننـد ولـی انـگار هـر نسـلی بایـد چنیـن بهایـی را بپـردازد. حداقـل در کشـورهای جهـان سـوم. ایـن همـان چیـزی بـود کـه عمـو صدیـق بـه مـن می‌گفـت و مـن کـه از آتـش گریختـه ام بـه تـو مـی گویـم ولـی معمـولاً کسـی گـوش نمی‌کنـد.

راد کـه در صندلـی راحتـی فـرو رفتـه بـود بـا آرامـش گـوش می‌کـرد و گاهـی سـر تـکان مـی‌داد. او ایـن حرف‌هـا را بارهـا از پیـران شـنیده بـود و مـی دانسـت بـا جروبحـث نمی‌توانـد نـه نظـر پیـران را و نـه احسـاس او را تغییـر دهـد. بنابـر ایـن تصمیـم گرفتـه بـود سـاکت بنشـیند و گـوش کنـد. همانطـور کـه سـاکت گـوش مـی‌داد در ذهنـش جـواب حرف‌هـای پیـران را مـرور می‌کـرد. بـا خـود مـی گفـت: واضـح اسـت کـه جوانـان هـر نسـلی در تلاشـند کـه نظـام مسـتقر را تغییـر دهنـد. جوانـان انـد کـه تـرس از باخـت ندارنـد چـرا کـه چیـزی ندارنـد کـه ببازنـد. آنانـد کـه شکسـت

برای همه ما

هـای قبلـی ترسویشـان نکـرده و جـرأت فـدا کـردن همـه چیـز را
دارنـد. هرچنـد تجـارب چنـد نسـل ممکـن اسـت بـه شکسـت منجـر
شـده باشـد، نبایـد کل تـلاش انسـان بـرای بهبـود شـرایط زندگـی اش
را زیـر سـوال بـرد. امـکان شکسـت نبایسـتی انسـان را از تـلاش بـاز
دارد. همانطـور کـه در طـول تاریـخ انسـان هـای جسـور و جوانـان
بـوده انـد کـه راه انسـان را در مسـیر هـای دشـوار گشـوده انـد. آنـان
بودنـد کـه ارابـه تکامـل را بـه جلـو هـل داده انـد. راد چنـد سـالی بود
کـه در دبیرسـتان بـا گروهـی از بچههـا دوسـت شـده بـود و حشـر
و نشـری داشـت. آنـان بیشـتر از کشـورهای مسـلمان بودنـد و هـر
چنـد خانـواده راد خـود را مسـلمان نمـی دانسـت و اساسـا قرابتـی بـا
دسـتورات اسـلام نداشـت، راد خـود را بـه ایـن گـروه نزدیـک حـس
مـی کـرد و احسـاس تعلـق بـه آنـان داشـت. در ابتـدا بچـه هـای
گـروه کـه راد را جـزو بچـه هـای پولـدار بـه حسـاب میآوردنـد
زیـاد او را تحویـل نمـی گرفتنـد ولـی راد بـا اسـتمرار و سـماجت خود
را در گـروه آنـان جـای داد و روز بـه روز بیشـتر نشـان مـیداد کـه
بـه عقایـد آنـان معتقـد اسـت. بـار اولـی کـه نمـاز خوانـد، در اتاقـش
بـود. بـه رسـم دسـتورات دینـی بایسـتی بـا صـدای بلنـد مـی خوانـد.
هرچنـد در اتاقـش بسـته بـود، صـدای الله اکبـر گفتنـش پیـران و
شـادی را بـه پشـت در اتاقـش کشـانده بـود کـه همـراه بـا در کوفتـن
مـی خواسـتند بداننـد کـه آیـا حالـش خـوب اسـت یـا نـه. وقتـی در
اتـاق را بـاز کردنـد و راد را در حالـی کـه کلاه تـوری سـفیدی بر سـر
داشـت دسـت بـه سـینه در برابـر سـجاده یافتنـد کـم نمانـده بـود کـه
قالـب تهـی کننـد. هرچنـد هـر دو بـا شـرمندگی در را بسـته بودنـد
و راد را بـه حـال خویـش گذاشـته بودنـد. پیـران از واقـع گرایـی
میگفـت و راد از تکلیـف. وظیفـه راد ایـن بـود کـه در اردوگاه

خوبـان بـا بـدان بجنگـد و ایـن اصـل بـود. نتیجـه ایـن جنـگ اصـلا مهـم نبـود، مهـم ایـن بـود کـه وظیفـه را سـرپیچی نکنـد. بـرای همیـن بـود کـه آنـان کـه در ایـن راه مـی جنگیدنـد در صـورت شکسـت یـا پیـروزی، پیـروز بودنـد و ایـن آنـان را شکسـت ناپذیـر مـی کـرد. راد هیـچ ترسـی نداشـت چـرا کـه از جـان و دل بـه چنیـن فلسـفه ای معتقـد شـده بـود. میدانسـت روزی مـی آیـد کـه آنچـه خـدا بـه انسـانها وعـده داده عملـی خواهـد شـد و نظـم جهـان بـر پایـه عدالـت مطلـق خواهـد بـود و آنـان کـه در ایـن راه تـلاش کردهانـد پـاداش خویـش را دریافـت مـی کننـد.

پیـران داشـت از جنایـات حکومـت اسـلامی میگفـت کـه خـودش شـاهد آن بـوده. چنـان منقلـب شـده بـود کـه دوبـاره صدایـش بلنـد شـده بـود و گاه و بیـگاه بغـض گلویـش را میگرفـت. پیـران از دختـران و پسـران جوانـی مـی گفـت کـه بـه جنـگ حکومـت اسـلامی رفتنـد و در کمـال قسـاوت و سـنگدلی قلـع و قمـع شـدند. بچـه هایـی چهـارده پانـزده سـاله. پیـران مکـررا تکـرار مـی کـرد کـه آنچـه را مـی گویـد خـود شـاهد بـوده و بـا چشـمان خـود دیـده اسـت نوجوانانـی را کـه بـا محاکمـه پانـزده دقیقـه ای در دادگاهـی کـه فقـط ملایـی در آن حضـور داشـته اسـت، بـه دسـت جوخـه اعـدام سـپرده انـد. پیـران دیـده بـود دختـران جوانـی را کـه بـه جـرم مخالفـت بـا حکومـت اسـلامی بـه جوخـه اعـدام سـپرده شـده بودنـد و یکـی از آن دختـران شـادی مـادر راد بـود.

راد همچنـان خامـوش بـود و بـا تـکان دادن سـر وانمـود مـی کـرد کـه بـه حرفهـای پیـران گـوش میدهـد. میدانسـت کـه اگرپیـران

حس کند که او به حرف هایش توجهی ندارد عصبانی تر می شود. با این حال در ذهنش همچنان پاسخ هایی را که نمی داد مرور می‌کرد: عملکرد یک گروه و یا یک دولت دلیل ورشکستگی یک ایدئولوژی نیست. چرا که آدمیان قرائت‌های مختلفی از یک مفهوم دارند و ممکن است بر اساس فهم غلط اشان کارهایی بکنند که نبایستی به نام آن ایدئولوژی گذاشت.

پیران دوباره داشت فریاد می زد و با صدای بلند می گریست. حرف‌هایش معنایی نداشت. زنجموره ای بود بی مفهوم همراه با فریاد، گریه، التماس و التجاء. شادی سراسیمه وارد شد و سر پیران را در آغوش گرفت و تلاش کرد تا او را تسلی بخشد. راد همچنان در مبل آرام نشسته بود و نگاه می‌کرد بی‌آن که رفتار پدرش را بفهمد.

فصل دوم

ترافیـک صبـح لنـدن در روزهـای زمسـتان میتوانسـت شکنجه ای
عـذاب آور باشـد اگـر پیـران خـود را غـرق در کتـاب هـای گویایـی
کـه در ماشـینش گـوش مـی داد نمـی کـرد. امـروز امـا هـر چنـد
کتـاب گویـا در حـال پخـش بـود پیـران تـوان تمرکـز و گـوش
کـردن بـه آن را نداشـت. شـب گذشـته را در کابـوس و رویـا بـه
سـر کـرده بـود و اینـک کـه کـم کـم داشـت دیرش مـی شـد، از
ایـن فکـر نمـی توانسـت غافـل شـود کـه راد را چگونـه مـی تـوان
نجـات داد؟

تـا پانـزده سـالگی راد پیـران را همچـون بتـی مـی پرسـتید ولـی بعد
از آن کـم کـم رفتـار و عقایـد جدیـد و اوضـاع و احـوال سیاسـی او
را در مقابـل پـدر قـرار داده بـود تـا آنجـا کـه اینـک ایـن مسـئله
بزرگتریـن مشـکل پیـران و شـادی بـود. شـادی در ایـن میـان همچون

۱۷

برای همه ما

پیـران فکـر میکـرد و سـعی در یافتـن راهـی بـرای تعدیـل افکـار راد داشـت. مـدارج علمـی پیـران و درجـه دکتـرای ممتـازش در تاریـخ فلسـفه از دانشـگاه هـاروارد در ایـن راه کمتریـن سـودی نداشـت.

پیـران ماشـین الکتریکـی آخریـن مدلـش را بـه آرامـی در پارکینـگ دانشـگاه پـارک کـرد و در حالـی کـه همچنـان در افکارش غوطـه ور بـود شـتابان بـه سـمت کلاس رفـت.

کلاس درس پیران : فلسفه و دین

از چه زمانی انسان شروع به پرسیدن سوالات بنیادی کرد؟ سوالاتی نظیر: من کیستم؟ جهان چیست؟ جایگاه من در جهان و اجتماع چیست؟ مناسبات من با جهان بیرونی بر اساس چه قواعدی شکل می گیرد؟

فکـر کـردن بـه ایـن سـوالات قطعـا حاصـل رشـد مغـز انسـان در اثـر تکامـل اسـت، ولـی اینکـه انسـان دقیقـا از چـه زمانـی شـروع بـه پرسـیدن چنیـن سـوالاتی کـرده اسـت مشـخص نیسـت. بـا ایـن حـال می‌تـوان گفـت کـه سـوالاتی ایـن چنیـن هـزاران سـال اسـت کـه مغـز انسـان را بـه خـود مشـغول کـرده اسـت.

بـر أسـاس تاریـخ مـدون، چنیـن گفتمانـی بـه صـورت سیسـتماتیک و در قالـب یـک علـم از دوران تالـس در یونـان باسـتان و در حـدود ۶۰۰ سـال قبـل از تولـد مسـیح شـروع شـد. تالـس منجـم و ریاضـی دانـی کـه در اوایـل قـرن ششـم قبـل از میـلاد در یونـان باسـتان می زیسـت ، اولیـن فیلسـوف شـناخته شـده تاریـخ اسـت، هـر چنـد واژه فیلسـوف

و یا فلسفه در آن زمان رایج نبود. به روایتی واژه فیلسوف ابداعی از ارشمیدس است که توسط ارسطو به کار گرفته شد تا بتواند کار خود را مشخصاً از دیگر علوم تفکیک کند. فیلسوف یعنی کسی که دوست دارد به معرفت و حکمت دست یابد بدون داشتن هیچ ادعایی. این تعریف فیلسوفان را در نقطه مقابل آنانی که خود را سوفسطایی به معنی فرهیخته و برگزیده می‌نامیدند، قرار داد و منجر به دستاوردهای شگفت انگیزی شد.

تنها چیزی که فیلسوف بلد بود پرسیدن و فکر کردن به جوابهای سوالاتش بود. بدون هیچ دانشی از قبل و یا از طرف خدایان. بدین گونه انسان با تکیه بر عقل خود سعی کرد به سوالاتی بنیادین نظیر هستی، انسان و روابط اجتماعی پاسخ دهد. این تلاش چنان تأثیر شگرفی در تاریخ اندیشه و تکامل انسان بر جای گذاشت که تمدن کنونی ما هنوز مدیون آن است.

به این ترتیب فلسفه به معنای آنچه ما می شناسیم در حدود بیست و شش قرن پیش پا گرفت و به سرعت اثر شگرفی بر تمدن یونان و جهان بر جای گذاشت.

بعد از تالس که اولین فیلسوف یونان بود، فیلسوفان بی شماری به نظریه پردازی پرداختند تا جهان و انسان را آنگونه که عقلشان اجازه می‌داد تبیین کنند. از این میان سقراط، افلاطون، و ارسطو جایگاه ویژه ای یافتند و مبنای فلسفه غرب را در یک روند تکاملی شکل دادند. از این سه تن ارسطو بیش از سقراط

و افلاطــون بــه زمینــی بــودن انســان تکیــه کــرد و نگاهــش را از آســمان و دنیــای معنــا بــه زمیــن و دنیــای مــادی دوخــت. ارســطو بــه انســان یــادآوری کــرد کــه اگــر بخواهــد مــی توانــد حاکــم بــر سرنوشــت خویــش باشــد.

رافائـل در تابلـوی معـروف مدرسـه آتـن بـه خوبـی تقابـل اندیشـه‌های ارسـطو و افلاطـون را تصویـر کـرده اسـت. افلاطـون انگشـت اشـاره بـه دنیـای معنـا دارد و دسـت ارسـطو بـه سـمت زمیـن درحـال حرکـت اسـت. چنیـن تفکـر و دیدگاهـی موجـب اصلـی پیشـرفت هـای شـگفت انگیـز تمـدن یونـان باسـتان در علـم و هنـر شـد. بـه عبارتـی بهتـر ارسـطو نشـان داد کـه انسـانی کـه سـازنده سرنوشـت خویـش اسـت سرنوشـتی قابـل سـتایش بـرای خویشـتن می‌سـازد.

در ایـن دوران فلسـفه عقلـی سـاخته شـده بـه دسـت بشـر ثابـت کـرد کـه انسـان توانایـی آن را دارد کـه بـدون تکیـه بـه آسـمان و خدایـان تقدیـر خویـش را بـه دسـت گیـرد. بـه عنـوان مثـال چنیـن نگرشـی موجـب پایه‌گـذاری بازی‌هـای المپیـک، هنرهـای جدیـد از جملـه تئاتـر و نمایـش نامـه نویسـی و بسـیاری از دیگـر مظاهـر تمـدن کنونـی شـد. مـی تـوان ادعـا کـرد کـه اگـر چنیـن رونـدی ادامـه می‌یافـت تمـدن امـروز مـا بسـیار فراتـر از جایـگاه کنونـی اش بـود.

پیشـرفتهای معجـزه آسـای یونـان باسـتان بـا مـرگ اسـکندر در قـرن سـوم قبـل از میـلاد بـه کنـدی گرائیـد و رونـد پیشـرفت در طـی چنـد قـرن و پـس از آن کـه امپراتـوری روم مسـیحیت را بـه عنـوان دیـن رسـمی مـی پذیـرد و بـر مسـند دیـن تکیـه می‌زنـد، کامـلاً

متوقـف شـد.

اسـقف هـای مسیحی بـا پشـتوانه سـربازان امپراطـور بـه مراکـز علمـی و کتابخانـه هـا در آتـن و اسـکندریه بـه یـورش می‌برنـد، فلسـفه عقلی یونـان رو بـه افـول مـی نهـد و علـم و هنـر بـه هـزاره سـیاه قـرون وسـطی پـا مـی گذارنـد. هـزاره ای کـه بـه قـول ویـل دورانـت «مسیحیت بـه فرهنگ کلاسـیک، علـم، فلسـفه، ادبیـات و هنـر اعـلان جنـگ داده بـود».

بدیـن ترتیـب اولیـن تجربـه جانشـین کـردن اصـول الهـی بـه جـای عقـل بـه هـزار سـال تاریکـی در فرهنـگ بشـر منجـر می‌شـود. شـب سـیاهی کـه تنهـا هـزار سـال بعـد و در دوران رنسـانس فرهنگـی و علمـی در اروپـا بـه سـپیده دم مـی رسـد آنـگاه کـه دیـن در بیـن دیوارهـای بلنـد و مجلـل واتیـکان دسـت خـود را از حکومـت کوتـاه مـی یابـد.

چنیـن تجربـه‌ای در تاریـخ ایـران باسـتان نیـز تکـرار شـده اسـت. هـر چنـد حملـه اعـراب بـه ایـران و کتـاب سـوزی هـای مکـرر شـواهد تاریخـی معتبـر را از بیـن بـرده اسـت، بـا تکیـه بـر انـدک مدارکـی کـه در دسـت اسـت مـی تـوان نیـروی مخـرب دیـن را در دسـتان حکومـت دیـد.

شـروع اتحـاد دیـن و حکومـت در ایـران باسـتان همـراه بـا شـروع سلسـله شـاهان ساسـانی و بنیانگـذار آن اردشـیر بابـکان در سـال ۲۲۴ میـلادی بـود.

برای همه ما

خانـدان اردشیـر متولـی آتشکـده ناهیـد در استخر قدیـم فـارس بودنـد و اردشیر نقـش بسـزایی در گسـترش ایدئولـوژی شاهنشـاهی داشـت. او اولیـن پادشـاه ایـران اسـت کـه موفـق شـد خـود را در دیـد عامـه مـردم دارنـده فـره ایـزدی و مرتبـط بـا مزدیسـنا بنمایانـد.

اردشیـر توانسـت کـه دیـن مزدیسـنا را کـه در زمـان سلسـله قبلـی (اشـکانیان) در کنـار حکومـت قـرار داشـت بـا حکومـت یکـی سـازد و از آن بـه عنـوان حربـه سیاسـی بهـره بـرد. عامـل موثـر اجـرای ایـن سیاسـت موبـدی پرنفـوذ بـه نـام کریتـر بـود.

هـر چنـد در ابتـدای حکومـت ساسـانیان و قـدرت گرفتـن دیـن در کنـار حکومـت، آزادی دیگـر ادیـان فـورا محـدود نشـد، ولـی چنیـن چیـزی بـه تدریـج اتفـاق افتـاد. تـا جایـی کـه مانـی کـه دیـن جدیـدی ارائـه کـرده بـود نهایتـاً در سـال ۲۷۶ میـلادی زندانـی شـد و بـه قتـل رسـید. چنیـن سـخت گیـری هایـی بـه دیگـر ادیـان نیـز گسـترش یافـت تـا جایـی کـه سـرکوب مزدکیـان در اواخـر دوران ساسـانیان و در زمـان خسـرو پرویـز (اواسـط قـرن هفتـم میـلادی) قـدرت بـی همتـای روحانیـت زرتشـتی را بـه نمایـش گذاشـت.

طـی چهـار قـرن یعنـی از قـرن سـوم تـا هفتـم میـلادی کـه دیـن و حکومـت دسـت بـه دسـت یکدیگـر دادنـد ایرانشـهر (نامـی کـه اولیـن بـار در دوران ساسـانیان بـه مناطـق تحـت حکومـت اطـلاق شـد) در چرخـه کشـنده ای دسـتاوردهای هـزاران سـال تمـدن بـی همتـای خـود را بـه تدریـج از دسـت داد تـا جایـی کـه خشـم و نارضایتـی مـردم از حکومـت و موبـدان یکـی از عوامـل مهمـی شـد

کـه لشـکر غیـر منسـجم اعـراب توانسـت در طـی پنـج سـال بـر امپراتـوری ایرانشـهر غلبـه کنـد.

هرچنـد نقـش جنـگ هـای فرسایشـی ایـران و روم نیـز در ناکارآمـدی در مقابلـه بـا اعـراب قابـل انـکار نیسـت، ولـی شـاید مهمتریـن عامـل پیـروزی اعـراب بـاز شـدن در قلعـه موریانـه خـورده بـا دسـتان پینـه بسـته دهقانـان ایرانـی بـه روی آنـان بـود[1]. و آنگونـه کـه فردوسـی می‌گویـد، اولیـن اتحـاد دیـن و حکومـت در زمـان ساسـانیان گیتـی را بـه بـاد داد:

بر ایرانیان زار و گریان شدم
ز ساسانیان نیز، بریان شدم
چو با تخت، منبر برابر شود
همه نام نوبکر و عمر شود
نه تخت و نه دیهیم بینی، نه شهر
کز اختر، همه تازیان راست بخت
از این، مار خوار اهرمن چهرگان
ز دانایی و شرم، بی بهرگان
نه گنج و نه نام و نه تخت و نژاد
همی داد خواهند گیتی به باد

دیـن اسـلام اولیـن دینـی نیسـت کـه پیونـدی ذاتـی بـا سیاسـت و

۱

برج موریانه را با دستان پر پینه خویش برایشان در گشودم
مرا و همه گان را بر نطع سیاه نشاندند و گردن زدند
احمد شاملو بخشی از شعر نه باوری نه وطنی

برای همه ما

حکومـت دارد. قبـل از آن هـم دیـن یهـود دارای چنیـن ویژگـی بـود. ولـی اسـلام اولیـن دینـی بـود کـه سیسـتم خلافـت را در عمـل در طـی قـرون متمـادی اجـرا کـرد. دیگـر ادیـان در طـی زمـان مـورد اسـتفاده حکومـت هـا قـرار گرفتنـد ولـی اسـلام خـودش عیـن حکومـت بـود. اینکـه گفتـه می‌شـود کـه پدیـده‌ای بـه نـام اسـلام سیاسـی زاییـده دهـه هـای آخـر قـرن بیسـتم اسـت درسـت نیسـت. چـرا کـه اسـلام از همـان ابتـدا سیاسـی بـوده اسـت و اگـر در دورانـی بـس کوتـاه از سیاسـت جـدا مانـده اسـت، آن عجیـب اسـت.

اسـلام دینـی دنیایـی اسـت (بـر خـلاف اغلـب ادیـان دیگـر کـه دیـن هایـی آخرتـی هسـتند) و عـلاوه بـر ایـن در شـکل دیـن حکومتـی ظهـور کـرد بـه طـوری کـه سیاسـت تابعـی از دیـن شـد. از آنجایـی کـه دانـش انسـانی، قواعـد کـردار و حکومـت مباحثـی فلسـفی انـد، اسـلام وارد حیطـه فلسـفه نیـز گردیـد.

امـا فلاسـفه اسـلامی بـر خـلاف فیلسـوفان عقلـی یونـان اسـاس داوری دربـاره درسـتی و کـم و کیـف دانـش، کـردار و حکومـت را اصـول دیـن یـا ایمـان قـرار دادنـد. بـه عبـارت دیگـر بـه جـای تحقیـق و اکتشـاف ایـن مفاهیـم بـر اسـاس عقـل، سـعی کردنـد چنیـن مفاهیمـی را از دل دیـن بیـرون بیاورنـد و یـا آن را بـا دیـن انطبـاق دهنـد.

فصل سوم

پیـران شـیوه تفکـر راد را درک مـی کـرد چـرا کـه زمانـی خـود نیـز همیـن طـور مـی اندیشـید. احساسـات پـاک راد را می‌توانسـت بـه راحتـی بفهمـد ولـی آنچـه برایـش دشـوار بـود انتقـال تمامـی آنچـه بـود کـه در تجربـه چهـل سـاله اش بـه دسـت آورده بـود. انتقـال تمامـی ایـن اطلاعـات و احساسـات پیچیـده، زمـان بسـیار مـی خواسـت و پیـران چنیـن زمانـی نداشـت. راد بـه سـرعت از او دور مـی شـد. هـر روز بیشـتر و بیشـتر.

رویـا یـا کابـوس همیشـگی را دوبـاره دیـده بـود و مثـل همیشـه بـه آن فکـر مـی کـرد. دیـوار سـنگی خیـس و سـیاهی در برابـرش بـود و او برهنـه و تنهـا دسـت بـر دیـوار مـی کشـید تـا راهـی بـه بـالا و یـا بـه بیـرون از آن بیابـد. سـردی و رطوبـت سـنگ خـارای دیـوار را بـر روی دسـتش هنـوز حـس مـی کـرد. برهنگـی اش را هنـوز شـرمگنانه

برای همه ما

احساس می‌کرد و نازکی و شکنندگی اندامش در برابر سنگ خارا ناامیدش می‌کرد. دستی بر سینه اش گذاشت و ضربان تند قلبش را حس کرد. سالها بود که این خواب رهایش نمی‌کرد. شاید اگر می‌توانست یک بار دیوار را بشکند دیگر خوابش را نمی دید. ولی هر بار تنها دستش را به نرمی از این سنگ به آن سنگ می کشید بی آن که بالای دیوار را بنگرد و یا به چپ و راست نظری افکند. او بود و سنگ خارای سرد و خیس و نفسی که از شماره می افتاد. به یاد داشت که کجا و کی اول بار این خواب را دیده بود. شب اولی که دستگیر شده بود. هنوز هیجده سالش نشده بود.

خانه آجری در زیر نور کمرنگ بعد از ظهر اواخر تابستان تلالوی نارنجی اش را در تمام حیاط پخش کرده بود. هیچکس در خانه نبود. مادرش به دیدار اقوام رفته بود و برادرش با دوستانش در کوچه های محله قدیمی وقت می گذراند. پیران خسته از کار روزانه در اتاق نشیمن نشسته بود و روزنامه می خواند. با ناباوری به تیتر روزنامه که برایش غیر قابل باور بود خیره شده بود. اولین رئیس جمهوری حکومت اسلامی به همراه رهبر گروه مخالف حکومت اسلامی که پیران مدتی بود از طرفدارانش شده بود توانسته بودند با یک هواپیما از چنگ ماموران امنیتی حکومت اسلامی فرار کنند و به فرانسه بروند. آنچه این خبر را برایش غیرقابل باور می کرد ایمان بی اندازه پیران به رهبر گروه معروف به مجاهدین خلق بود و اینکه او نمی توانست فرار کرده باشد در حالیکه هزاران تن از هوادارانش که اغلب نوجوانانی بی تجربه بودند به پیروی از او

فصل سوم

با حکومت اسلامی درگیر شده اند و جانشان در خطر است. با خود فکر کرد که این هم یک حقه و تقلب جدید حکومت اسلامی برای تخریب نیروهای مخالفش است. از این دروغ ها بسیار دیده بود. نمی توانست بپذیرد که آنکه رهبر می دانـدش به این راحتی فـرار کـرده باشد. قهرمانـش در یـک لحظه در مقابـل دیدگانـش با حقـارت بـر زمیـن افتـاده بـود.

با صـدای زنـگ در بـه خـود آمـد و بـه سـوی در خانـه رفت. بـه آرامـی در آهنـی را گشـود و جـوان آراسـته ای را دیـد کـه مـی پرسـید آیـا پیـران اوسـت؟ بـه محـض تأییـد، پاسـدار هـای مسلح حکومـت اسلامـی کـه بیـرون از خانـه در کنـار دیـوار مخفـی شـده بودنـد بـه درون خانـه ریختنـد و پیـران را بـر زمیـن خواباندنـد. پیـران فرصت پیدا نکرده بود تا بفهمد چه اتفاقی دارد می‌افتد. دستی سـرش را بـر روی زمیـن مـی فشـرد و در همـان حـال دسـتی دیگـر دستمال سیاهـی بـه چشـمانش بسـت و دستی دیگـر شـانه اش را گرفـت و بـه زور بلنـدش کـرد و بـه سـمت در بـرد. جیـپ پاسـداران آمـاده بـود کـه پیـران را ببلعـد و بـه سـرعت از خانـه دور شـود. بـرادر پیـران، یغمـا کـه تـازه بـه خانـه رسـیده بـود تنهـا توانسـته بـود پیـران را در جیـپ بیـن دو پاسـدار ببینـد. یغمـا آشـفته و گیـج دیـده بـود کـه خیـل پاسـداران از در و بـام و دیـوار بـه درون خانـه شـان ریختـه بودنـد و ساعت‌هـا زیـر و روی خانـه را گشـته و جعبـه جعبـه کتـاب و کاغـذ از خانـه بـرده بودنـد.

درب آهنـی بـا صدایـی مخـوف بـاز شـد و دسـتی پیـران را کـه هنـوز چشـمانش بسـته بـود بـه درون هـل داد. در دوبـاره بسـته شـد.

پیران منتظر ماند. در تردید بود که چه کند؟ با صدای لرزان گفت: برادر! صدایی نشنید. خوب گوش کرد. صداهای درهم و برهمی از دور می آمد. پژواک صداهایی که می شنید نشان از مکانی با سقفی بلند و فضایی بزرگ داشت. همانطور که ایستاده بود دوباره با لحنی سوالی گفت: برادر! صدایی نشنید. با تردید دستش را به چشم بند برد و کمی پایینش کشید. در اتاقی کوچک با دیوارهای سیمانی بود. با سقفی بلند شبیه حمام های عمومی قدیمی که پیران یکی دو بار در کودکی رفته بود. در آهنی پشت سرش بسته بود. هیچ کس در اتاق نبود. نور کم رنگ و سرد لامپی آویزان به سقف بلند روشنایی دلگیری را پخش می کرد. دو پتوی کثیف در کنار دیوار بود. پیران سریع یکی را بر روی زمین انداخت و پتوی دیگر را به روی بدنش که حالا درشب گرم اواخر تابستان به شدت می لرزید انداخت. بدنش را در زیر پتو جمع کرد و چشمانش را بست. دندان هایش به هم می خورد و صدا می داد. صداهای مبهم و پیچیده و در هم را می شنید. در حالتی بین بیداری و خواب و لرزش شدید، دیوار زمخت سنگی در مقابلش بود و دستان سفید نحیفش که بر سنگ می سایید. زمان نبود. مکان نبود. فقط دیوار سیاه بود و دستهای لرزان و بی‌رمق پیران.

صدای فریاد و عجز و لابه و شلاق در زیر سقف بلند از زیر پتو بیرونش آورد. نمی توانست حرف های التماس کننده را بفهمد اما توالی هر فریاد بعد از ضربه شلاق واضح بود. اما

فریادهــای ترســناکی کــه مــی شــنید معمولــی نبودنــد. نمــی دانســت کــه حنجــره آدمــی قابلیــت ایجــاد چنیــن صدایــی را هــم دارد. هــر فریــاد لــرزی بــر اندامــش مــی انداخــت و امیــد ایــن کــه ضربــه بعــدی در کار نباشــد. ولــی بــود. ادامــه داشــت تــا آنجــا کــه دیگــر فریــادی نبــود. ضربــه بــود ولــی فریــادی نبــود. بعــد از چنــدی ضربــه هــم قطــع شــد. ســکوت بــود. صــدای درهمــی ماننــد پاشــیدن آب و صدایــی همچــون خــروج هــوا از گلویــی و بعــد دوبــاره ضربــه شــلاق. پیــران خــودش را زیــر پتــو پنهــان کــرد. زانوهایــش را بغــل کــرد و خواســت مثــل وقتــی کــه بــه دندانپزشــکی مــی رفــت و در بدتریــن لحظــات بــه چیزهــای زیبــا و خــوب فکــر می‌کــرد بــه لحظــات دوســت داشــتنی فکــر کنــد. بــه مهربانــو مــادرش فکــر کــرد در حــال آب دادن گل هــای اطلســی در بعــد از ظهــر تابســتان.

صــدای بــاز شــدن در آهنــی بــا خشــونت، افــکار زیبایــش را قطــع کــرد. چــراغ اتــاق خامــوش شــد. در بســته شــد و دو نفــر او را بــه پشــت روی زمیــن خوابانــدند و پاهایــش را محکــم در دســت گرفتنــد. پیــران بــاور نداشــت صدایــی کــه از گلویــش خــارج میشــد منشــاء انســانی دارد.

برای همه ما

فصل چهارم

خطیـب بـا چشـمان بـی فـروغ، موهـای فرفـری سـیاه و قدوقـواره کوتاهـش بیشـتر بـه بچـه ای میمانسـت کـه مـادرش را گـم کـرده اسـت تـا رزمنـدهای اسـیر کـه اینـک بـه دشـمن کمـک مـی کنـد. ایـن خطیـب بـود کـه پیـران را لـو داده بـود. او هـر روز در جیـپ پاسـداران مـی نشسـت و بـا انگشـت اشـاره فعـالان گروهـی را کـه تـا چنـد مـاه پیـش عاشـقانه مـی پرسـتید یـک بـه یـک شـکار مـی کـرد. بـه خـود مـی گفـت هـر چـه زودتـر دسـتگیر شـوند امـکان دسـت زدن بـه جـرم بالاتـر از آنـان سـلب مـی شـود و از ایـن رو خـود را متقاعـد مـی کـرد کـه بـه آنـان و اجتمـاع خدمـت مـی کنـد. ولـی در عیـن حـال نمـی توانسـت از احسـاس شـرمندگی کـه آزارش مـی داد رهایـی یابـد.

پسـر بچـه ای هفـده سـاله کـه بـه مرحمـت هـوش و سـخنوری اش

به مقام رهبری میلیشیا ی شهر رسیده بود بی آنکه بداند شیرینی رهبری زودهنگام اش دیر نخواهد پایید و مردمی که برای آزادی شان تلاش می‌کنند هیچگاه قهرمانانه از او و دوستانش یاد نخواهند کرد. سر گذشت آنانی که همچون او به پایمردی در مقابل رژیم شاه ایستاده بودند و اینک در چشم او و دوستانش اسطوره‌هایی خدشه ناپذیر بودند را در کتاب‌های سازمان مجاهدین خوانده بود. اما تقدیر حکایت دیگری برای خطیب و دوستانش در نوشته بود. آنان در جنگی گرفتار آمده بودند که هیچ شکوه و افتخاری برای رزمندگانش به ارمغان نیاورده بود. آنان در مقابل رژیمی قد برافراشته بودند که همین سه سال پیش با انقلاب مردم به قدرت رسیده بود و هر چند در این سه سال از دید خطیب و دوستانش به اندازه کافی جنایت کرده بود که سزاوار سرنگونی باشد، عامه مردم چنین احساس نمی کردند و یا شاید آنقدر گرفتار روزمره گی بودند که حرف‌های آزادی‌خواهانه جایی برای ابراز وجود نداشت. از یک سال پیش مردم گرفتار جنگی با کشور همسایه شان شده بودند که هرروز جوانانشان را روانه بهشت می کرد و کمبود، گرانی و جیره بندی کالاهای اساسی به شب آوردن هر روز را همچون گشودن گره ای کور دشوار می کرد. علاوه بر این مذهب در رگ و پود این مردم تنیده بود و رفتن به جنگ با دولتی که داعیه علمداری دین می‌کرد کاری بس عبث به نظر می رسید. این بود که سازمان مجاهدین که حدود سه ماه پیش درگیر جنگ مسلحانه چریکی با حکومت اسلامی شده بود با خوشبینانه‌ترین دیدگاه بزرگترین خطای استراتژیک را کرده بود و ارتشی از کودکان و جوانان را که

فصل چهارم

میلیشیا می‌خواند روانه جنگ شهری با رژیمی کرده بود که نه تنها پایگاه مردمی اش ضعیف نبود، بلکه بر استوارترین ریشه‌های مذهبی آن تکیه زده بود. کودکانی که به محض اسیر شدن به دست پاسداران، بی‌پناهی اشان به وقیحانه ترین شکل به رخ اشان کشیده می‌شد. این کودکان برای نجات خویش از منجلاب شکنجه، اعتراف، لو دادن و اعدام به صف دشمنان دیروز شان می پیوستند و خود را تواب [واژه عربی معادل پشیمان] می نامیدند. خطیب یکی از آنان بود که بعد از سه هفته توبه کرد و همچون زمان آزادیش که رهبری میلیشیا را داشت در زندان نقش رهبری توابین را یافت. به ناگاه تمامی آنچه را که در بیرون از زندان به چالش می کشید پذیرفت و خود مبلغ آن شد. با چنان قدرتی از مواضع و عقاید جدیدش دفاع می کرد که حتی جمعی از پاسداران زندانبان در جلسه‌های بحث او شرکت می کردند و رفاقتی بین ایشان حاصل شده بود. دعاهای شبانه خطیب و دوستانش در شب‌های زندان طنین می‌انداخت و غروب های غمبار دربندان را غمبارتر می‌کرد. خطیب آدرس‌ها، نام‌ها و تلفن های همرزمان سابقش را به پاسداران لو داد و حتی آنانی را که از دور می شناخت معرفی کرد و آنان را که تنها با چهره می‌شناخت با انگشت اشاره در گشت‌های خیابانی به دام پاسداران انداخت. خطیب و دوستانش کودکانی بودند که باور کرده بودند که راه درست را یافته اند و آنچه از این پس پیش می‌آید بایسته است و ارزشمند. کودک‌سربازانی که در آتش جنگی که در افروختنش نقشی نداشتند گرفتار آمده بودند. کودکانی که آموخته بودند در پس رفتار و گفتار بزرگ مآبانه شان چهره و احساسات

برای همه ما

کودکی اشان را مخفی کنند.

هنگامی که خطیب همراه با هفت پیرو توابش به سمت جوخه آتش می رفتند با صدای بلند دعای الاستغفار [ندامت] می‌خواندند و پاسدارانی که مامور به گلوله بستن این کودکان بودند اشک می ریختند. قاضی شرع در اتاقی کوچک که یک میز و صندلی فلزی در آن بود هر یک از این کودکان را برای پانزده دقیقه محاکمه کرده بود و بر او ثابت شده بود که آنان به جنگ با خدا برخاسته اند. حکومت اسلامی اجراکننده حکم خداوند در زمین بود و این کودکان که با دستان خالی و بعضاً با اعلامیه و یا نارنجک دست ساز و یا کوکتل مولوتوف به تعارض با آن برخاسته بودند هرچند که پشیمان بودند و توبه کرده بودند مستحق مجازات جنگ با خدا بودند و می بایستی به دست مرگ سپرده شوند. خطیب با شنیدن صدای قاضی که با عمامه و عبا و ریش مشکی در پشت میز آهنی گفته بود: برو و ارتباط ات را با خدا مستحکم تر کن! معنای جمله او را که در واقع کد رمزی برای حکم اعدام بود به سرعت دریافته بود. خطیب حتی بعد از محکوم شدن توسط دادگاه اسلامی به اعدام، در میان دوستان توابش از حکم قاضی شرع دفاع می کرد و خود و دوستانش را مستحق چنان عقوبتی می دانست. و می گفت: او و دوستانش بر ضد خداوند قیام کرده‌اند و حتی اگر حال پشیمان و نادم اند، این تنها برای دنیای دیگر بارشان را سبک‌تر می کند و ممکن است آنان را از آتش جهنم برهاند ولی این ندامت به معنای بخشودگی گناهانشان در این دنیا نیست و مجازات تعیین شده

۳٤

فصل چهارم

عیـــن عدالــت اســت.

کاروان کـودکان دعاخـوان و پاسـداران گریـان در شـب پاییـزی سـال
شـصت بـه ســمت چالـه هایـی کـه در اطـراف زنـدان کنـده بودنـد
در حرکـت بـود و خـواب پریشـان پیـران پـس از چنـدی بـا صـدای
مهیـب شـلیک همزمـان مسلسـلها پریشان‌تر شـد.

برای همه ما

فصل پنجم

یغما در برابر درب آهنی آبی رنگ کوچک ایستاده بود، دستها در جیب اورکت سربازی اش. حدود بیست نفر دیگر هم آنجا بودند. زن، مرد، جوان، پیر، با ریش، بدون ریش. همگی با چشمانی نگران و پر سوال. یغما به چهره تک تک آنان می نگریست و آشنایی نمی دید. بدش هم نمی آمد که آشنایی نیست، نمی خواست در چنین شرایطی به سوالات آشنایان پاسخ گوید. شب گذشته را تا صبح نخوابیده بود. چشمانش می سوخت و سرش گیج می رفت. آخرین نگاه پیران را در جیپ نظامی و در میان دو پاسدار و قبل از اینکه سرش را به روی زانوانش بفشارند مرتب به یاد می آورد و اینکه بعد از رفتن جیپ با چه سرعتی به خانه دویده بود تا از شر کتابها و نوارهای پیران رهایی یابد و دیده بود که پاسداران در جای جای خانه در حال کند و کاوند. قلبش تقریباً ایستاده بود.

۳۷

برای همه ما

در روی بـام، درون زیرزمیـن، در اتـاق هـا، همـه جـا در جستجو
بودنـد. و یغمـا مـادرش مهربانـو را دیـده بـود کـه بـی خبـر از همـه
جـا یـک سـر مـی پرسـد کـه چرا خانه اش را مـی گردنـد. یغمـا
خـودش را بـه مـادر رسـانده بـود و بـا صدایـی کـه خـودش آن را از
دور مـی شـنید گفتـه بـود: پیـران را گرفتنـد. مـادر بـه سـر زده بـود
و بـه زمیـن نشسـته بـود. یغمـا گریـه اش گرفتـه بـود ولـی محکـم
ایسـتاده بـود. پاسـداران کتـاب هـا ، نوارهـا، اعلامیـه هـا و روزنامـه
هایـی را کـه یافتـه بودنـد در وسـط حیـاط کپـه کـرده بودنـد. تمـام
اتاقهـای خانـه را زیـر و رو کـرده بودنـد و مادربـزرگ پیـر پیـران
فقـط نگاه کـرده بـود و نگـران سـینی بزرگـی بـود کـه در کمـد
عتیقـه هایـش داشـت کـه بـه قـول خـودش بـا نقـش اعلیحضـرت و
شـهبانو مزیـن شـده بـود. بـه نـاگاه یغمـا بـه یـاد آورده بـود جعبـه
ای را کـه پیـران در کمـد اتـاق مشـترک شـان نـگاه مـی داشـت و
در یـک روز تابسـتان بـه یغمـا بـه شـوخی گفتـه بـود اگـر ایـن را
بیابنـد کار مـن تمـام اسـت. یغمـا بـه آرامـی بـه اتـاق رفتـه بـود و
در حالـی کـه قلبـش بـه شـدت مـی تپیـد جعبـه را برداشـته بـود و از
پنجـره اتـاق بـه حیـاط خالـی از سـکنه همسـایه پرتـاب کـرده بـود.
اینکـه هیـچ کـس از پاسـداران او را ندیـده بـود بـه معجـزه شـبیه بـود.
بعـد از رفتـن پاسـداران، محتویـات جعبـه را از نیمـه شـب تـا صبـح
بـا احتیـاط کامـل دانه‌دانـه در توالـت گوشـه حیـاط سـوزانده بـود.

یغمـا سـردش شـد. در آبـی آهنـی کوچـک هنـوز بسـته بـود.
مـردم حـالا کمـی بیشـتر شـده بودنـد و بـا هـم آرام آرام حـرف
میزدنـد. یغمـا بـا کسـی حـرف نمـی زد. شـاید اورکـت سـربازی
و ریـش او باعـث شـده بـود شـبیه پاسـداران باشـد. هنـوز بـوی دود

می داد. سرفه کرد و دست هایش را بیشتر در جیب فرو برد. مادرش تا صبح راه رفته بود و گریه کرده بود. پدر سر را به زیر انداخته بود و سکوتش از غم سنگینی حکایت می کرد. مادربزرگ یک سر حرف زده بود و به آخوندها نفرین کرده بود و مکرر گفته بود که پیران سرش در کتاب و درسش بوده و اهل کارهای خلاف نبوده.

در آهنی آبی رنگ کوچک با صدا باز شد. پاسداری در آستانه ظاهر شد و نامی را بلند صدا زد. پدری با هیجان خود را از میان مردم به او رساند. کیسه ای در دستش بود که برای فرزندش آورده بود. پاسدار کیسه ای پر از لباس را به دست مرد داد و گفت: دیشب اعدام شد.

یغما نفسش گرفت. ضربان قلبش را در شقیقه هایش حس می کرد. صداهای اطراف را نشنید. مرد کیسه را گرفت. حالا دو کیسه در دست داشت. در بسته شد. مرد بر زمین نشسته بود و بر سر میزد. یغما نمی شنید چه می گوید. مردم به دور مرد حلقه زده یکی دست هایش را می گرفت و دیگری بغلش می کرد. یغما به دیوار تکیه کرد. در دوباره باز شد. همان پاسدار با ریش توپی و اورکت سبز ظاهر شد. کیسه ای دیگر در دست داشت. نامی را خواند. مادری غریو کشید اما جلو نیامد. پاسدار کیسه را به سمتش پرتاب کرد و همان جمله لعنتی را گفت. یغما حالا صدای خودش را می شنید که فغان می زند. مادر نقش بر زمین شد چادر از سرش افتاد و زنان به تسلایش دویدند. همانانی که باشک و گمان خود را

برای همه ما

قربانـی بعـدی مـی‌پنداشـتند. در آهنـی شـش بـار دیگـر بـاز شـد و
هـر بـار یغمـا نـام پیـران را بـر دهـان پاسـدار پیـش بینـی کـرده بـود.
و هـر بـار قلبـش از حلقومـش بیـرون زده بـود. پاسـدار نـام پیـران
را نگفـت. شـش نـام دیگـر را گفـت. خطیـب بـود و هفـت پیـرو
توابـش. حـالا خداونـد هشـت کـودک محـارب کمتـر داشـت.

آسـمان پاییـزی ترکیـد و بـاران کوچـه خالـی را پـر از چالـه هـای آب
کـرد. یغمـا دسـتها در جیـب و سـر در گریبـان بـه سـمت خانـه روان
شـد. در حالـی کـه همچنـان در ذهنـش چهـره پاسـدار نقـش بسـته
بـود کـه از پـس در آبـی بیـرون می‌آیـد و نـام پیـران را مـی گویـد.

مهربانـو همچـون کسـی کـه عزیـزی را از دسـت داده اسـت در اتـاق
نشسـته بـود و فامیـل بـرای احوالپرسـی آمـده بودنـد. عمـو صـادق
کـه سـابقه مبارزاتـی داشـت، در اتـاق را بسـته و پـرده هـا را کشـیده
بـود تـا صـدا بـه بیـرون نـرود. بزرگان خانـواده همـه جمـع بودنـد.
پـدر پیـران سـر بـه زیـر بـا تسـبیح دانـه درشـتش بـازی مـی کـرد.
یغمـا داسـتان صبـح را می‌گفـت. بعضـی در سـکوت مـی گریسـتند.
آفتـاب نارنجـی غـروب از پشـت پنجـره اتـاق پنـج دری بـه روی
قالـی قرمـز رنـگ مـی تابیـد. بـوی چـای و سـیگار در فضـای اتـاق
غوطـه ور بـود. هرکـس راهحلـی ارائـه مـی کـرد. یکـی مـی گفـت:
داشـتن چنـد کتـاب و روزنامـه کـه جرمـی چنـدان بـزرگ نیسـت،
همیـن امـروز فـردا پیـران را رهـا مـی کننـد. مهربانـو دسـتهایش را
بـر زانـو مـی زد و از سـر بیچارگـی سـرش را تـکان می‌داد. یغمـا
کـه اسـناد سـازمان را تـا صبـح در مسـتراح سـوزانده بـود مـی دانسـت
کـه مشـکل پیـران داشـتن مشـتی کتـاب و روزنامـه نیسـت. بـه نـاگاه

دیگربار فریاد هـای پـدری کـه لبـاس هـای پسـرش را تحویـل گرفتـه بـود در ذهنـش جـان گرفـت و بـی اختیـار صورتـش خیـس شـد و بـه هـق هـق افتـاد. مهربانـو برسـر زنـان بـه سـمت یغمـا رفـت و در حالـی کـه گریـه امانـش نمـی داد یغمـا را در آغـوش کشـید و مرتـب تکـرار مـی کـرد یغمـا جـان بگـو ببینـم چـه مـی دانـی؟ چـه بـر سـر پیـران ام آمـده اسـت؟ و یغمـا گریـان نمـی توانسـت آنچـه را در نـگاه مـرد دیـده بـود را بـه زبـان آورد. یغمـا تـا بـه حـال چنیـن نگاهـی ندیـده بـود و نمـی توانسـت آن را بـرای مهربانـو بگویـد و ایـن مـادرش را مضطـرب تـر مـی کـرد.

برای همه ما

فصل ششم

سخنرانی پیـران در سالن مجلـل و تاریخـی اینرتمپـل در کالـج
سلطنتی لنـدن بـا دیگـر کنفرانس هایـش تفاوتـی مهم داشت. او
بـرای اولیـن بـار بـه عنـوان یـک کارشـناس و قربانـی هـم زمـان
سخن مـی گفـت. موضـوع کنفرانس مذهـب و حقـوق بشـر بـود.
پیـران چنـد ماهـی را صـرف نوشـتن مقالـه اش کـرده بـود. بـا ایـن
حـال نمـی توانسـت اضطرابـش را انـکار کنـد. در کنـار شـادی بـه
دور میـز گـرد شـام کـه بـا گلهـای زیبـای رز و رومیـزی سـفید
و شـمعدان هـای زیبـای نقـره ای تزئیـن شـده بـود بـا شـش نفـر
دیگـر از مدعویـن نشسـته بـود و بـه آرامـی و بـا متانـت بـه لیـوان
شـراب قرمـز لـب مـی زد. بـرای لحظـه ای آرزو کـرد کـه ای کاش
در ایـن سـالن زیبـا و مجلـل بـا پذیرایـی بی‌نظیـرش فقـط بـرای
شـراب نوشـیدن و شـام خـوردن آمـده بـود و نمـی بایسـت اضطراب
بـازی بـا تاریک‌تریـن بخـش هـای جـان و روانـش را تحمـل کنـد.

برای همه ما

در عین حال احساس می کرد که برای چنین روزی سالیان
سال انتظار می کشیده است و این فرصتی بود که دین خود
را به دوستان قدیمی اش ادا کند. تمامی این سالها با خود فکر
کرده بود که دلیل زنده ماندن و بیرون آمدن از آن جهنم باز
گویش داستان کودکانی است که دستاویز بازی سیاسی کثیفی
شده بودند. هر چند روایت این قصه برایش مهم بود اما در
سالیان اخیر برایش هدف مهمتری هم تعریف شده بود: نشان
دادن ماهیت سیستم‌های متکی به ایدئولوژی در بستر عملی
اشان و با استناد به مدارک تاریخی. به نظر پیران این هدف
به هدف اولش که بازگویی قصه کودکان قربانی بود معنا
و مفهومی والاتر می داد و اساساً قربانی شدن آنان را معنایی
بزرگ‌تر می بخشید.

شادی از همیشه زیباتر شده بود و هربار پیران به او می نگریست
احساس آرامش می کرد. دست او را از زیر میز در دست گرفته
بود و با نگاه تحسینش می کرد. پیران گیلاس شراب را تا ته
سر کشید و تکه ای نان و کره را به آرامی در دهان گذاشت
درست قبل از اینکه نامش را برای شروع سخنرانی اش اعلام
کنند.

سخنرانی پیران: تعارض بنیادین ایمان و عقل

فلسفه چیست؟ علمی که با تکیه بر عقلانیت به دنبال یافتن
جواب هایی عقل پسند به پایه ای ترین سوال های انسان
است. فلسفه پاسخ مغز جستجوگر انسان است برای تحلیل

مفهومی و کلامی مقولاتی چون وجود، فردیت، هویت اجتماعی، دانش، اخلاق، هنر و سیاست. انسانی که آستین بالا زده و بر اتکا بر عقل و اندیشه خویش و آنچه که درک می کند و در حد توانایی اش پاسخ گوی چنین سوالاتی باشد. طبیعی است که چنین مکاشفه ای به مذاق جستجوگر انسان خوش می‌آید و مورد استقبال قرار می‌گیرد.

از سوی دیگر پاسخ آسان به چنین سوالات دشواری را در مذاهب می توان یافت. جوابهایی که اغلب با ذهن جستجوگر انسان هیچ تطابقی ندارد و از این رو تنها اعتقاد بایستی میدان‌داری کند تا مقبول آدمی افتد. البته در این میان تنبلی ذهن موجود کم هوش نیز کفه ترازو را به سمت جواب راحت میبرد.

بعد از گسترش قلمرو مسلمانان فراتر از شبه جزیره عربستان، فرهیختگان کشورهای تازه مسلمان شده آن چه که در خور اندیشه شان بود را در تعلیمات رسمی اسلام نمی یافتند و از آنجا که اندیشه کنجکاو و سوال کننده آدمی خاموش شدنی نیست جواب سوال های بنیادین خود را در باره هستی، زندگی، انسان، اخلاق و عدالت در فلسفه یونان به جستجو پرداختند. موفقیت بی نظیر این متفکران قرون اولیه بعد از پیدایش اسلام در شناخت و معرفی حکمت یونان به غرب ، گامی بزرگ در تکامل تمدن جهانی است. اما موضوع حیرت آور این است که با وجود چنین دست آورد مهمی و یافتن جواب بسیاری از سوالات شان در مفاهیم رشد یافته در ذهن بشر و فلسفه یونان ، برای اصالت بخشیدن به این تفکرات آن را با مفاهیم اسلامی

برای همه ما

تلفیـق کردنـد تـا مـورد قبـول خـاص و عـام جوامـع شـان واقـع
گـردد. در واقـع از متـون اسـلامی بـرای اصالـت بخشـیدن بـه حکمـت
بشـر سـود جسـتند.

چنیـن پروسـه‌ای در زمـان معاصـر نیـز همچنـان ادامـه دارد و از ایـن
روسـت کـه نظریه‌پـردازان مـا تـن بـه اندیشـه هـای دیگـران داده
انـد و آن را بـا کمـی تغییـر بـه ملغمـه‌ای شـکننده و نـا اسـتوار تبدیل
کـرده انـد. از ایـن روسـت کـه مفاهیمـی ناهمگـون و جمـع ناشـدنی
در تاریـخ متفکـران اسـلامی شـکل گرفتـه اسـت. مفاهیمـی ماننـد
دیالکتیـک توحیـدی، جمهـوری اسـلامی، اقتصـاد اسـلامی، رنسـانس
اسـلامی و...

ریشـه اصلـی چنیـن فراینـدی را مـی تـوان ناشـی از عـدم اعتمـاد
بنیادیـن بـه انسـان و اندیشـه اش در فرهنـگ اسـلامی دانسـت. در
ایـن جهـان بینـی، انسـان نمی‌توانـد بـدون اتکا بـه آسـمان بـه
دسـتاوردهای قابـل اعتمـادی دسـت یابـد. انسـان بـی عرضـه و
ناقابلـی کـه تنهـا بـه درد بندگـی خـدا مـی خـورد، خواه‌ناخـواه در
ذات خویـش تسـلیم را پذیرفتـه اسـت. چنیـن انسـانی حتـی در حیطـه
حکومـت نیـز افسـارش بایسـتی در دسـت شـاه یـا شـیخ باشـد. خودش
بـه چنـان معرفتـی دسـت نیافتـه اسـت کـه صلاحیـت انتخـاب داشـته
باشـد. صغیـر و کوچـک اسـت و والـی و بزرگتـر مـی خواهـد.
ولایـت فقیـه را بـر سرنوشـت اش مـی طلبـد و ایـن بـاور و اعتقـاد
اسـت کـه اراده نماینـدگان خـدا بـر زمیـن را بـر همـه چیـز اسـتوار
مـی کنـد. از ایـن دیـدگاه حکومـت جمهـور دارای اصالـت نیسـت و
تنهـا اراده جمهـور در سـایه اراده فقهـا و تاییـد آنـان قابـل اجراسـت.

غـرب در دوران رنسـانس توانسـت دسـت خـدا را از امـور دنیـوی کوتـاه کـرده او را مشـغول امـور معنـوی سـازد. بدیـن گونـه بـود کـه دانـش و هنـر بـه اوج خویـش رسـیدند و پایـه و بنیـاد تمـدن کنونـی را بنـا نهادنـد. امـا انسـان خداپرسـت امـروزی در شـرق نـه تنها دسـت خـدا را از امـور دنیایـی خویـش کوتـاه نکـرد بلکـه حکمـت بشـری را نیـز بـه خـدا بخشـید تـا او را و یـا خـود را خشـنود کنـد.

هنـر انسـان شـرقی در خلـق آکسـی مـوران[۲] حیـرت‌آور اسـت. رنسـانس کـه خلـع یـد خـدا از امـور دنیـوی بـود را به اسـلام چسـبانده رنسـانس اسـلامی خلـق مـی کنـد. رنسـانس کـه اولیـن سـنگ بنایـش پذیـرش حاکمیـت انسـان بـر سرنوشـتش اسـت و اسـلام کـه بشـری تسـلیم می‌خواهـد دو مقولـه کامـلاً متضادانـد و جمـع ناشـدنی . بـه همیـن طریـق کاروان کلمـات ترکیبـی متنافـی پشـت سـر هـم قطـار مـی شـوند کـه یکـی از درخشـان تریـن شـان حقـوق بشـر اسـلامی اسـت. حقـوق بشـر سـاخته دسـت انسـان قـرن بیسـتم در قالـب اعلامیـه ای جهانـی و مبتنـی بـر اصالـت انسـان اسـت کـه هـر لحظـه مـی توانـد بـر اسـاس نیـاز تغییـر کنـد. اسـلام بـا مجموعـه ای از قوانیـن جاودانـی و نـه چنـدان صریـح الهـی بـا حقـوق بشـر دو مقولـه جمـع ناشـدنی انـد. اگـر بـا تکیـه بـر چنیـن مقولـه التقاطـی و جمـع ناشـدنی بـه دفـاع از حقـوق آنانـی کـه در چنـگال مسـلمانان افراطـی گرفتارنـد بخواهیـد عمـل کنیـد، هیـچ گاه بـه مقصـد نخواهیـد رسـید.

---

2 Oxymoron: a figure of speech in which apparently contradictory terms appear in conjunction. Definitions from Oxford Languages

برای همه ما

فصل هفتم

پیران همیشه چنین فکر نمی‌کرد. زمانی بود که تنها راه رهایی بشر را در اسلام می‌دانست. آن زمان به قول خودش جوانی بی تجربه و کم سواد بود. آنچنان به این ایده باور داشت که خیلی زود در جریان انقلاب اسلامی بر علیه شاه در سال پنجاه و هفت علیرغم سن و سال کمش شروع به فعالیت سیاسی کرد. پاییز بود و مدارس در اعتصاب سراسری تعطیل شده بودند. اکثریت مردم عادی قبل از این چند ماه اخیر حتی نام خمینی را هم نشنیده بودند، ولی حوادث تابستان و اعتصابات و تظاهرات این چند ماهه نام او را ورد همه زبانها کرده بود. عکس های خمینی به صورت مخفی دست به دست می گشت و اعلامیه هایش به سرعت در بین مردم پخش می شد. یکی از این هسته‌های پخش اعلامیه را پیران و دوستانش راه انداخته بودند. شبها تا صبح از روی یک نسخه، اعلامیه های جدید خمینی را دست نویس می کردند و هر کس سعی می کرد روز بعد به صورتی که گیر نیفتد در درون خانه‌ها بیاندازد. اعلامیه ها

برای همه ما

معمولاً شعارهایی بود که به صورت سطحی رژیم شاه را متهم می‌کرد که نوکر انگلیس و آمریکاست و جوانان مردم را در راه منافع این کشورها قربانی می کند. مردم عادی و جوانانی مثل پیران با این شعارها احساساتی می‌شدند و از آنجا که اعتماد عمومی به رژیم شاهنشاهی پایین بود این گفته‌ها بدون چون و چرا پذیرفته می شد. پیران امروز می دانست که واقعیت چیزی فراتر از آن شعارها بود که تنها جریان زمان توانست آن را به رخ مردم بکشاند.

پیران وقتی به احساساتش در آن دوران فکر می‌کرد شرمگین می شد از این که چگونه می توان به راحتی مردمی را به سمت و سویی که مورد نظر قدرتمندان است سوق داد. پیران در آن زمان شک نداشت که شاه که با کودتای انگلیسی‌-آمریکایی در سال سی و دو مجدداً بر قدرت منصوب شده، نوکر بی چون و چرای قدرت های جهانی است. جهان و جغرافیای سیاسی آن به شکل بسیار ساده‌ای برای پیران و هم نسلانش تبیین می شد: قدرت های جهانی و ما! در این معادله ساده شاه در کنار قدرت های جهانی قرار گرفته بود و خمینی در کنار ما. پس باید از هر امکانی سود جست تا به یکی ضربه زد و به دیگری کمک کرد. در این دیدگاه ساده تصاویر تنها دارای دو رنگ سیاه و سفید بودند و حتی طیف سایه های سیاه و سفید هم در آنها نبود. بنابراین هر کسی یا حق بود و یا باطل، یا دشمن بود و یا دوست، یا خدایی بود و یا شیطانی. سادگی این نوع نگرش موجب مقبولیت آن در بین مردم ساده اندیش و جوانان بی تجربه همچون پیران شده بود. و این، آتش بیار معرکه ای گشت که سقوط شاه و استقرار

حکومـت اسلامـی را بـه دنبـال داشـت. بعـد از گذشـت چنديـن دهـه و مطالعـه اسـناد و مـدارک خارج‌شـده از طبقه‌بنـدی سـرويس‌های امنيتـی قدرت‌هـای بـزرگ، و خوانـدن بـی شـماری از زندگينامـه‌هـای دسـت انـدرکاران دوران انقـلاب، اينـک پيـران مـی توانسـت بـه روشـنی تصويـر چنـد و چـون انقـلاب اسـلامی را ببينـد: شـاهی کـه در سـال سـی و دو بـه کمـک کودتـای انگليسـی-امريکايی، دولـت دموکراتيـک نخسـت وزيـر مصـدق را سـرنگون مـی کنـد و دوبـاره بـر مسـند قـدرت مـی نشـيند، بـا يـک چرخـش تاريخـی آمريکايی‌هـا را بـر مسـندی بالاتـر از انگليسـی‌ها در سياسـت کشـور مـی نشـاند و بـا حمايـت دولـت آمريـکا بـه مـدرن سـازی ايـران می‌پـردازد. ايرانـی قدرتمنـد کـه يـار اسـرائيل در منطقـه خاورميانـه اسـت، بـرای آمريـکا و اسـرائيل از اولويـت برخـوردار اسـت. تـا آنجـا کـه بـا حمايـت آمريـکا ارتـش ايـران بـه يکـی از ارتـش هـای قدرتمنـد جهـان تبديـل می‌شـود و بـه ميمنـت وجـود نفـت پـروژه هـای عمرانـی بـا سـرعتی فزاينـده اجـرا می‌شـوند. رفـاه ناشـی از ايـن رشـد فزاينـده در درجـه اول بـه طبقـات شـهری مـی رسـد در حالـی کـه روسـتاييان همچنـان بـا شـرايط نامناسـب کلنجـار مـی رونـد. ايـن عـدم تعـادل روسـتاييان را بـه شـهرها مـی کشـاند و بافـت جمعيتـی شـهرها را تغييـر مـی دهـد. از ايـن جهـت رشـد فرهنگـی مـردم همزمـان بـا رشـد اقتصـادی اتفـاق نمی‌افتـد و ايـن عـدم تعـادل گسـلی را در اجتمـاع مـی سـازد کـه هـر لحظـه زلزلـه ای را نويـد مـی دهـد. تنهـا يـک تلنگـر کوچـک قـادر اسـت ايـن گسـل را بشـکند. آن تلنگـر کوچـک را خمينـی می‌زنـد. بسـتر مناسـبی کـه موجـب موثـر بـودن چنيـن تلنگـری شـد تغييـر گفتمـان شـاه بعـد از بحـران نفتـی سـال هفتـاد و سـه ميـلادی بـود. بعـد از ايـن بحـران، کشـورهای نفتـی

برای همه ما

بـه قـدرت شـان در کنتـرل اقتصـاد غـرب واقـف شـدند. صف‌هـای بنزیــن در کشـورهای اروپایـی و آمریکایـی نشـان از وابسـتگی بـه نفـت بـود و شـیر نفـت جهـان در دسـتان تولیدکننـدگان کنسرسـیوم نفـت اوپـک بـود. در مـدت یـک سـال قیمـت نفـت چهـار برابـر شـد. بـه ایـن ترتیـب، شـاهی کـه منافـع آمریکاییـان و اسـرائیلی‌ها را در مقابـل اعـراب حفـظ مـی کـرد و مـی بایسـتی قـوی مـی شـد، بـه یکبـاره موجـب نگرانـی غـرب شـد و پـروژه فضـای بـاز سیاسـی در ایـران توسـط حـزب دموکـرات آمریـکا بـه سردسـتگی کارتـر شـروع شـد. ایـن پـروژه بسـتر مناسـبی بـرای فعالیت‌هـای خمینـی و نهایتـاً روی کار آمـدن دولـت اسـلامی در ایـران شـد. هرچنـد پیـران بـه عنـوان اسـتاد تاریـخ فلسـفه اینـک و بعـد از گذشـت سـالیان ایـن را مـی فهمیـد، همچنـان از مشـارکتش در ایـن پروسـه شـرمگین بـود.

اولیـن بـار کـه پیـران همـراه بـا گروهـی از همکلاسـی هایـش یـک راهپیمایـی ضـد حکومتـی و بـر علیـه شـاه بـه راه انداختـه بودنـد هفـده سـال هـم نداشـت. وقتـی از کنـار مجسـمه شـاه کـه در وسـط میـدان اصلـی شـهر بـود مـی‌گذشـتند، رویشـان را بـه سـمت مجسـمه کـرده بودنـد و بـا مشـت هـای گـره کـرده رو بـه مجسـمه برنـزی کـه تندیـس شـاه بـا لبـاس ارتشـی و سـوار بـر اسـب بـود کـرده بودنـد و فریـاد کشـیده بودنـد: مـرگ بـر شـاه! هنـوز هیجـان ناشـی از ایـن کار نـا متعـارف را بـه خوبـی بـه یـاد داشـت. چنـان بـا تمـام وجـود فریـاد زده بـود کـه بـرای چنـد روز صدایـش گرفتـه بـود. گـوش مردمـی کـه بـا حیـرت از کنـار آنهـا مـی گذشـتند بـا ایـن شـعار آشـنایی نداشـت. شـاه مقتـدر بـر اسـبش در بلنـدای قـدرت نشسـته بـود و جمعـی محصـل جـوان بـا فریـاد زدن مـرگ او را مـی خواسـتند!

هـر چنـد آن روز ایـن بـرای اغلـب مـردم بسیار غیـر عـادی و عجیب مـی نمـود، چنـدی نگذشـت کـه شـعار مـرگ بـر شـاه عـادی تریـن کلام کوچـه و بـازار و ورد زبـان کـودکان گشـت.

انقـلاب اسـلامی همچـون بهمنـی هـر لحظـه بزرگتـر و بزرگتـر مـی شـد و آنچـه در جلویـش قـرار می‌گرفـت را معـدوم مـی کـرد. چنـد مـاه بعـد حکومـت نوپـای اسـلامی برقـرار شـد و پیـران شـاد و پیـروز بـه دلواپسـی بزرگترهـا بـرای آینـده میخندیـد. مخصوصـاً دلسـوزی هـای مـادر بزرگـش بـرای شـاه و خدماتـش را بسـیار خنـده آور مـی یافـت.

اولیـن نـوروز بعـد از اسـتقرار حکومـت اسـلامی همـراه بـود بـا آفتـاب، بـرف، زمیـن خیـس، کتابفروشـی هـای گوناگـون، موسـیقی هـای انقلابـی، افـکار نـو و مـوج خوشـبینی بـه آینـده. پیـران بـا اشـتهایی سـیری ناپذیـر کتـاب می‌خریـد و می‌خوانـد: تاریـخ سیاسـی معاصـر ایـران، تئـوری هـای سیاسـی و اقتصـادی، مارکسیسـم و لنینیسـم و سـرانجام کتاب‌هایـی کـه رنـگ و بـوی مـدرن بـه اسـلام و فرهنـگ اسـلامی مـی داد. ایـن کتاب‌هـا بیشـتر از بقیـه توجـه او را بـه خـود جلـب می‌کـرد و بـه هیجـان مـی‌آورد.

در روزهایـی کـه حکومـت اسـلامی بـه سـرعت ریشـه هایـش را در کالبـد کشـور می‌گسـتراند، پیـران غـرق در خوانـدن بـود. کتاب‌هـا را بـا ولـع می‌بلعیـد. هـر کتـاب دریچـه ای نـو را بـه رویـش مـی گشـود بـا چشـم انـدازی دلنـواز. در ایـن میـان کتاب‌هـای شـریعتی رنـگ و بویـی خـاص داشـتند. بـرای ذهـن سـاده و بـی آلایـش پیـران

برای همه ما

و هم‌دوره ای هایش شـریعتی بـه سـاده تریـن شـیوه ای جهان را بـه
دو نیمـه خـوب و بـد، خـدا و شـیطان، و حـق و نـاحـق تقسیم می کـرد
و هـر چیـز را در قالـب چنیـن تفکـری تفسیـر می کـرد. ایـن بـرای
پیـران و دوستانش قابـل فهم و جـذاب بـود. پیـران بارهـا از کودکـی
داسـتان کشـته شـدن حسـین، امـام سـوم شـیعیان را در کربـلا بـه
دست سپاهیان یزیـد شـنیده بـود ولـی شـریعتی داستان را بـه زمـان
حـال مـی آورد و کاراکترهـای داسـتان جلـوی چشـمان پیـران جـان
مـی گرفتنـد. آن وقـت قیـام حسـین قیـام اسـلامی مـی شـد و یزیـد
شـاه مـی شـد و ایـران کربـلا. جوانـان بسـیاری آموزه‌هـای شـریعتی
را دنبـال می کردنـد و مـرگ اسرارآمیز او تنهـا یـک سـال و نیـم
قبـل از پیـروزی انقـلاب بـه او هالـه ای از تقـدس مـی‌داد. انقلابیـون
او را معلـم انقـلاب لقـب داده بودنـد. ولـی پیـران اکنـون مـی فهمیـد
کـه مبانـی تفکـر شـریعتی بـا مبانـی انقـلاب اسـلامی در تضـاد کامـل
بـود و انقلابیـون تنهـا از چهـره شـریعتی بـرای مـدرن جلـوه دادن
گفتمانشـان سـود مـی بردنـد کـه باعـث جـذب جوانـان بیشـتری
مـی گردیـد. گروهـی از ایـن جوانـان کـه سـالیان قبـل هسـته یـک
مقاومـت مسـلحانه را در مقابـل رژیـم شـاه تشـکیل داده بودنـد و
خویـش را مجاهدیـن خلـق مـی خواندنـد پـای ثابـت کلاس‌هـای درس
شـریعتی بودنـد. ایـن جوانـان فکـر مـی کردنـد کـه در کشـور ایـران
تفکـر سوسیالیسـتی بـا تکیـه بـر مادیگرایـی و فلسـفه علمـی تـوان
گسـترش بـه توده‌هـای مذهبـی را نـدارد. از اینـرو تنهـا راه پیـش
بـردن جامعـه بـه سـوی سوسیالیسـم از طریـق اتـکا بـه باورهـای
دینـی ریشـه‌دار در بیـن تـوده هاسـت. آنـان بـه ایـن اعتقـاد رسـیده
بودنـد کـه ایـن باورهـا قابلیـت و تـوان پیـش بـردن جامعـه به سـمت
سوسیالیسـم را دارد. شـاه آنـان را مارکسیسـت اسـلامی مـی نامیـد. ولـی

٥٤

آنان برچسب مارکسیست را صرفاً تاکتیک تخریبی شاه تلقی می کردند و خود را مسلمانانی می دانستند که پویایی موجود در دین اسلام را فهمیده اند و قرائتی نوین از دین ارائه می کنند که با مبانی جوامع روز همگون است و حتی الگویی جامع تر از دو الگوی غالب و متعارض سرمایه‌داری و کمونیسم است.

پیران هر چه بیشتر کتابهای آن دوران و مخصوصا کتاب های مجاهدین را می‌خواند بیشتر جذب اندیشه های آنان که اغلب مجموعه ای از مطلق هایی متنافی بودند، می شد. چند ماه بعد از پیروزی انقلاب، رهبر مجاهدین که هوادارانش مسعود می‌نامیدند در یکی از دانشگاه‌های اصلی تهران کلاس دوره های آموزشی ایدئولوژیک برگزار می‌کرد. عنوان کلاس تبیین جهان بود و پیران با بی‌قراری و پشتکاری بی مانند حتی لحظه‌ای از این کلاس‌ها را از دست نمی‌داد. مسعود که خود جوانی بیست و پنج ساله بود در سالنی که مملو از صدها جوان کم سن و سال و پرشور بود با حرارت جهان را تبیین می‌کرد و با تکیه بر متون علمی سعی می‌کرد اسلام را به علم نزدیک کند. این برای پیران بی‌نهایت جذاب بود. در دنیای بسته آن روزهایش که تصور عبور از مذهب هیچ جایگاهی نداشت، او با مطالب مسعود به استدلالاتی دست می‌یافت که می توانست در بحث با دوستان کمونیستش از آنان استفاده کنند و ضمن دفاع از مذهب، چندان کهنه پرست جلوه نکند، چرا که این مذهب با صیقل نوگرایی مسعود جذاب و مدرن بود.

برای همه ما

فصل هشتم

چشم هایش سرخ بود، هر دو. خسته بود ولی باز توانست با تبسم با وقارش و با شوخ طبعی دلنشینش بگوید: گفته‌اند اشراف پیدا کنم. و در ادامه گفت: اشراف بر موتور سواری. از صبح تا شب را بر روی موتور هوندای ۱۲۵ گذرانده بود. از این سر شهر تا آن سر شهر رانده بود بدون کلاه ایمنی و عینک. برای همین چشم هایش سرخ بود. پیران با نگاهی پر سوال به دنبال دلیلی در فکرش گردید: نمی دانست. حدس هایی می توانست بزنند ولی مطمئن نبود. از آن شبی که با فروهر برای اولین بار بر موتوری نشسته بودند و با یک گالن بنزین و کبریتی در جیب به در خانه بسیجی محل رفته بودند تا ماشینش را به آتش بکشند، فقط یک ماه می گذشت. در این یک ماه هر روز اتفاقاتی افتاده بود که برای همه تازگی داشت. پیران هر چند باور داشت که روند این حوادث درست است و راهی

برای همه ما

جـز رویارویـی بـا رژیـم باقـی نمانـده اسـت، حـس غریبـی را نیـز بـا خـود یـدک مـی کشـید. احسـاس کمرنگـی در درونـش تمایلـی بـه خشـونت نداشـت و همیـن احسـاس بـود کـه بـه تـرس تبدیـل مـی‌شـد. تـرس از دسـت زدن بـه کاری کـه جبـران ناپذیـر باشـد. هنـوز بـه شـرایط جنـگ مسـلحانه بـا رژیـم بـاور نداشـت یـا عـادت نکـرده بـود. نمی‌دانسـت. آن شـب هـم کـه بـر تـرک موتـور بـا گالـن بنزیـن زیـر بغـل نشسـته بـود چنیـن احساسـی داشـت و همیـن باعـث شـده بـود کـه بـدون انجـام ماموریـت بر گردنـد. شـاید فروهـر هـم ایـن طـور احسـاس می‌کـرد و بـرای همیـن بـا پیشـنهاد پیـران بـه راحتـی موافقـت کـرده بـود و بـه خانـه پیـران بازگشـته بودنـد. خودشـان را راضـی کـرده بودنـد کـه انجـام ماموریـت بـه دلیـل تعـداد زیـاد مامـوران در شـهر امکان نداشـت. امـا حـالا فروهـر مثـل اینکـه بـه مسـیری دیگـر وارد می‌شـد. حسـی ناخوشـایند پیـران را مـی آزرد.

بـا خنـده گفـت: حـالا اشـراف پیـدا کـردی؟ فروهـر گفـت: نـه بابـا، حـالا حـالا هـا بایـد بـرم! لبخنـد کمرنگـی بـه لـب هایـش نشسـت و بـه نظـر غمگیـن آمـد. ولـی شـاید ایـن احسـاس پیـران بـود کـه در صـورت فروهـر میدیـد. فروهـر ،خسـته، بـا پیراهـن آبـی آسـمانی و چهـره معصومـش مثـل بچـه ای بـه خـواب رفـت. پیـران در حالـی کـه روی زمیـن پتـو انداختـه و بـر بالشـی تکـه زده بـود کتـاب میخوانـد. شـب تابسـتان بـود و هـوا گـرم. کلمـه اشـراف بـه آن حالتـی کـه فروهـر ادایـش کـرده بـود و رخدادهـای روزهـای آن تابسـتان از فکـرش دور نمیشـد. می‌دانسـت خبرهایـی در راه اسـت.

بعد از ظهر بود، پیران در مغازه بود و کتاب می خواند. چند ماهی بود که در مغازه کوچک کتاب فروشی یغما کار می کرد. مشتری در کار نبود ولی طبق عادت بعد از ناهار باید به پشت پیشخوان مغازه باز می گشت و می خواند. چند روزی بود از فروهر خبر نداشت. تلفن زنگ زد. عباس بود با آن شور و حرارت همیشگی، لهجه شمالی و نیمی از حرفهایی که هرگز فهمیده نمی شد. گفت تا پنج دقیقه دیگر به آنجا می آید و آمد. سراسیمه و هیجان زده. پیراهنش خیس عرق بود و نفس نفس میزد. با عجله گفت: الان میان که بزننش! پیران نفهمیده بود عباس چه می‌گوید، تا آمده بود دهان باز کند و بپرسد، از پشت شیشه مغازه موتوری را دید که به لبه جدول خیابان راند و کسی که در پشت نشسته بود با خونسردی اسلحه را مستقیم به طرف عده‌ای که در جلوی مغازه لبنیاتی نشسته بودند گرفته و دو بار شلیک کرده بود. موتور در حرکتی ناموزون به وسط خیابان رانده شد و رفت. پیران پیراهن آبی آسمانی راننده موتور را دید.

جمعیت نشسته در جلوی مغازه که حدود پنج تا شش نفر بودند با صدای اولین گلوله با سرعتی باور نکردنی خودشان را به روی زمین انداخته بودند. پیران نتوانست سوالش را بپرسد. همه چیز در چندین ثانیه تمام شده بود. عباس ساکت بود و با رنگ سفید، لبخندی بر لب داشت. پیران بدون گفتگو در مغازه را باز کرد و به طرف لبنیاتی دوید. حالا از دیگر مغازه ها هم مردم بیرون آمده بودند و به سمت لبنیاتی می دویدند. موتور هنوز دیده می‌شد که به سرعت دور می‌شود. مردم از

یکــی از اهالــی کــه موتــور داشــت می‌خواســتند بــه دنبــال ضاربیــن بــرود و آن مــرد مایــل بــه ایــن کار نبــود. خطــر را می‌دیــد و در مقابــل درخواســت هــای جمعیــت توجیهاتــی مــی‌آورد کــه تــن بــه تعقیــب ضاربیــن ندهــد. هــدف حملــه حــالا ایســتاده بــود بــا گلولــه ای در کــف دســت لرزانــش. گلولــه دیگــر از شیشــه گذشــته بــود و بــه یخچــال لبنیاتــی خــورده بــود. پیــران در فکــر پیراهــن آبــی آســمانی بــود.

بــه مغــازه برگشــت و از عبــاس پرســید: فروهــر بــود؟ عبــاس گفــت کــه نمی‌دانــد. فقــط بــه او گفتــه بودنــد بــه اینجــا بیایــد کــه گــزارش واقعــه را ارســال کنــد. گفــت حیــف کــه نشــد. هــدف خوبــی بــود.

پیــران دلــش آشــوب بــود. حســی در درونــش میگفــت کــه ایــن راه درســتی نیســت کــه آدمــی را بــدون محاکمــه و صرفــاً بــر حســب شــواهد بــه گلولــه بســت. اطمینــان داشــت کــه شــخص مــورد حملــه خــودش جنایــت پیشــه اســت و دســتش از خــون بیگناهــان رنگیــن، ولــی نفرتــش از وی نمــی توانســت بــه گلولــه بســتن اش را بــه ایــن شــکل توجیــه کنــد. اینهــا را بــه ایــن روشــنی نمــی دانســت ولــی حســی در درونــش اینطــور می‌گفــت. فکــر کــرد تــرس اســت. تــرس اســت کــه بــا ایــن توجیهــات مــی خواهــد او را از مســیر انقلابــی اش دور کنــد. احســاس گنــاه کــرد و لــب فــرو بســت. عبــاس همچنــان چشــم بــه خیابــان دوختــه بــود و بــا هیجــان حــرکات مــردم را بررســی می‌کــرد. پیــران دوبــاره پرســید: فروهــر بــود؟ چنــد روزی اســت نیامــده. عبــاس جوابــی نــداد و رفــت. پیــران مانــد و ســوال هــای بــی جوابــش. احســاس متضــادی هــم داشــت. احساســی خوشــایند کــه بــه

او می‌گفت در مسیر جنبش انقلابی در نوک پیکان تکامل است، همگام با دیگر همرزمانش.

شب بود. شب تابستان سال شصت. خانواده شام را در ایوان خانه که مشرف به حیاط بود می‌خوردند. نور زرد رنگ چراغ ایوان آنقدر قوی نبود که همه حیاط را روشن کند. انتهای حیاط تاریک بود و وهم آلود. بوی یاس و گلهای اطلسی همراه با بوی نم آجر های شسته شده خوشایند بود. پیران در حالی که با بی میلی غذایش را می خورد در فکر بود. به حیاط نگاه کرد و در روشنایی زرد رنگ، اطلسی های رنگارنگ را دید. دلش قوت گرفت. وهم آن سوی حیاط را دوست نداشت. از بچگی از تاریکی آن سو خوشش نمی آمد. آن شب تابستان بیش از هر شب دیگری، آن سوی حیاط وهم آلود بود.

برای همه ما

فصل نهم

از خــواب بیــدار شــد. در خانـه بـالا بـود. در اتـاق میانـی بـر روی پتــوی مندرسـی کــه بــوی بـدی مـی داد خوابیـده بــود و شلــوار طوسـی و پیراهـن آبـی آسمانی اش بـه طـرز بـدی چـروک بودنـد و او ایـن را دوسـت نداشـت. همیشـه دوسـت داشـت مرتـب و اتـو کشـیده باشـد. هرچنـد ایـن روزهـا، ایـن چنـدان ارزشـی محسـوب نمی‌شـد و می‌توانسـت حتـی مایـه دلگیـری بعضی‌هـا شـود. ولـی تـه دلـش دوسـت نداشـت نامرتـب باشـد. از پلـه هـا پاییـن رفـت و در آشـپزخانه رضـا را دیـد کـه دارد چـای دم مـی کنـد. سـلامی داد و بـه کمـک او رفـت تـا وسـایل صبحانـه را مهیـا کنـد. رضـا خسـته بـه نظـر مـی رسـید و حرفـی نمـی زد. ایـن دو چنـدان آشـنایی نداشـتند و تنهـا چنـد روزی بـود کـه همدیگـر را مـی شـناختند و در خانـه بـالا بـا هـم زندگـی مـی کردنـد. خانـه بـالا یکـی از اولیـن خانـه هـای تیمـی گـروه بـود کـه بـه جهـت اینکـه در بـالای شـهر و

برای همه ما

در ارتفاع قرار داشت، بین اعضای گروه به خانه بالا معروف
شده بود. صبحانه ساده را خوردند بدون حرف. هر دو با
سرهایشان که پایین بود به آرامی پنیر را به به روی نان بیات
سرد می‌گذاشتند و لقمه را در دهان می کردند. رضا با پیژامه
راه راه که تا ساق پایش را می پوشاند، استوار و هدفمند در
نگاه فروهر جلوه کرد. با آنکه نمی‌دانست او کیست، اعتقاد
مشترک کافی بود که فروهر کاملاً به او اعتماد کند.

صبحانه را خوردند و رضا در حالی که سفره را جمع می کرد
گفت: امروز یکی رو میزنیم. فروهر پرسید: کیو؟ رضا گفت:
هر کی گیرمون بیاد. و از اتاق با سفره و وسایل خارج شد.

فروهر درست نفهمیدمعنای حرف رضا چیست. فکر کرد حتما
دستور تشکیلات است که همه مطلب را به او نگوید و رضا
دارد دست به سرش می کند که زیادتر از این سوال نکند.
موتور را از در خانه به بیرون هل داد و روشن کرد. رضا در
را بست و پشت او سوار شد با این که تابستان بود، رضا
کاپشن نازکی به تن کرده بود و زیپش را بسته بود. فروهر
همان پیراهن آبی آسمانی و شلوار خاکستری را که حالا هر دو
خیلی چروک به نظر می‌رسیدند پوشیده بود. راه افتادند. هوای
گرم و خشک صبحگاه تابستان بر روی موتور سیکلت چندان
ناخوشایند نبود و فروهر با چشمان سرخش و لبخند کمرنگش
خواست به هیچ چیز فکر نکند و فقط از لحظه خوشایندی که
داشت لذت ببرد. باد در موهایش می زد و او فراموش کرده بود
رضا در پشت نشسته و گاه به گاه می گوید که به چپ یا

راسـت بـرود. فروهـر خیلـی زود فهمیـد کـه رضـا مقصـدی نـدارد. فکـر کـرد بـرای مسـائل امنیتـی بیراهـه مـی رونـد و مسـیری را بـاز مـی گردنـد و دوبـاره مـی رونـد. ناگهـان بـا صـدای رضـا کـه خـودش را بگـوش او نزدیـک کـرده بـود بـه خـود آمـد: ایـن یـارو رو میشناسـی؟ فروهـر جوانـی را در پیـاده رو دیـد. بـا لبـاس سـبز ارتشـی. جـوان ریـش داشـت. فروهـر گفـت: نـه، چطـور مگـه؟ رضـا گفـت: میتونـه هـدف باشـه. فروهـر محلـی بـود و رضـا نبـود، بـه همیـن خاطـر رضـا از فروهـر مـی خواسـت کـه هـدف را شناسـایی کنـد. فروهـر قلبـش لرزیـد. او بـرای جـان انسـان هـا مـی توانسـت تصمیـم بگیـرد. کـدر شـد، دلـش گرفـت. آرزو کـرد کـه ای کاش ایـن شـرایط پیـش نیامـده بـود. بـه خـودش نهیـب زد. دوسـتانش را یـاد آورد کـه در بنـد انـد و بـا خـود گفـت: در جـاده تکامـل، نیروهـای مترقـی مـی بایسـتی آنـان را کـه سـد تکامـل مـی شـوند نابـود کننـد و در ایـن فرآینـد جایگزینـی نیروهـای پیشـرو بـه جـای نیروهـای واپسـگرا هیـچ رحمـی در کار نیسـت. طبیعـت هـم چنیـن اسـت. همیشـه کاروان تکامـل از جـاده ای خونیـن مـی گـذرد و اینـک او سـوار بـر مرکبـی شایسـته دوران، جـاده تکامـل را بـرای نیروهـای برتـر آمـاده مـی کـرد. همـه اینهـا از ذهنـش گذشـت و بـر خـود نهیـب زد. امـا طعـم تلخـی در دهـان اش آزارش مـی داد. در کنـار دکـه آبمیـوه فروشـی ایسـتاد تـا گلویـی تـازه کننـد. رضـا آب طالبـی خریـد. فروهـر همانطـور بـر روی موتـور نوشـید. تـا تـه، بـدون تامـل. یـخ کـرد. بـه رضـا نـگاه کـرد کـه بـا دقـت بـه افـرادی کـه در حرکـت انـد نـگاه میکنـد. نگاهـش را بـه پاییـن انداخـت. مـی ترسـید دوبـاره از او بپرسـد کـه کسـی هـدف اسـت یـا نـه؟ رضـا بـالا پریـد و دوبـاره بـه راه افتادنـد. تمـام صبـح را گشـتند.

هدفی را نیافتند. رضا دو بار از کیوسک تلفن تماس گرفته بود و فروهر نمی دانست با کی؟

باد گرم ظهر تابستان چشم های قرمز و خشک شده فروهر را می آزرد. همچنان می راند بدون اینکه به مقصدی فکر کند. آنقدر تند می رفت که چهره افراد را به سختی می توانست ببیند. از کنار ماشین پیکان آبی رنگی گذشت. راننده را دقیق ندید ولی فهمید که ریش داشت. رضا سرش را جلوی گوشش آورد و با صدای بلند گفت یواش تر. پیکان جلو افتاد و رضا دوباره سرش را جلو آورد و گفت: برو دنبالش. فروهر فورا به دنبال پیکان به راه افتاد. پیکان به خیابان فرعی و کوچه‌ای باریک پیچید و جلوی خانه کوچکی که در آهنی کوچکی به رنگ آبی داشت ایستاد. راننده پایین آمد. در ماشین را قفل کرد و نیم نگاهی به سمت فروهر و رضا که حالا در بیست متری او بودند انداخت. فروهر او را شناخت. قلبش از جا کنده شد. او معلم دوره راهنمایی اش بود. فروهر دستش لرزید. رضا گفت برو جلو تر. موتور سرعتش کم شد. معلم به سمت در خانه اش رفت. کلید را در قفل چرخاند. رضا کلت را از زیر کاپشن اش درآورد و شلیک کرد. مرد برگشت، فروهر را دید و رضا را که هنوز اسلحه را به سمت اش گرفته بود. رضا دوباره شلیک کرد و مرد به زمین افتاد.

فروهر سنگ شده بود. انگار همه اینها را در خواب میدید. قدرت حرکت نداشت. به مرد خیره شده بود. در نیمه باز خانه را می دید که حالا داشت باز میشد و چهره بهت زده پسر

بچه‌ای در چهارچوبش ظاهر می شد. رضا محکم به پهلویش فشرد که برو. فروهر گاز داد و رفت. خاک کوچه به هوا رفت. صدای شیون و فریاد در غوغای موتور از دور به گوشش رسید. حس می کرد در روی زمین نیست و دارد پرواز می کند. سرش سوت می کشید. برگشت و از میان خاک زنی را دید که بر سر می کوبد و بچه‌هایی که دنبالشان می دودند با دست هایی که گویا سنگ پرتاب می کردند. حالا فقط جلو را می‌دید و تند میراند. رضا هدایتش می کرد و او فقط میراند: چپ، سریعتر، راست، تندتر.

به خانه بالا رسیدند. موتور را سریع به داخل بردند. فروهر از پله های آجری نم کشیده و قدیمی بالا رفت و در اتاق میانی در روی زمین ولو شد. نمی‌توانست حرکت کند. در گرمای ظهر تابستان به شدت می لرزید. زانوهایش را در دلش جمع کرد و روی زمین در حالی که می لرزید چشمانش را بست. میان خواب و بیداری آقای جواهری داشت سر کلاس درس میداد و فروهر مجذوب حرف‌های او آرام نشسته بود با لبخندی کمرنگ و چهره ای بی گناه. نگاه جواهری اما آخرین نگاهش بود که نیم ساعت پیش به چشمان فروهر دوخته شده بود. جواهری در کلاس راه می رفت و حرف میزد ولی نگاهش، آخرین نگاهش به چشمان فروهر دوخته شده بود. خودش را به جای پسر جواهری دید که در چهارچوب در خانه در را به سوی مرگ می‌گشاید. نفرت را چشید. صورت پدر بر خاک بود و کت و شلوار سرمه ایش خاک آلود بود و خیس. لرزید. بوی رضا را حس کرد. صدایش را میان هیاهو شنید: مرد، بلند

شو! بچه ها اولین عملیات موفق ات را تبریک گفتند. چشمانش را باز کرد و با تبسمی کمرنگ به رضا گفت: میشناختمش. معلمم بود. معلم خوبی بود. رضا گفت: اما آدم خوبی نبود و به مجازات اعمالش رسید. میدانی که اخیراً معاون دادستان شده بود و دستش به خون دوستان آلوده بود. فروهر می‌دانست. با سر تصدیق کرد ولی درونش همچنان آشوب بود. حسی مبهم به او می گفت که کار درستی نکرده است. آنقدر در همان حال در روی زمین دراز کشید که خوابش برد. ولی در خواب همان نگاه دنبالش می کرد و فروهر می‌راند ولی دور نمی شد و نگاه همچنان به دنبالش بود.

فصل دهم

پیران از خواب برخاست. آشفته بود و نمی دانست چرا؟ حس
می کرد در زندگی اش تغییراتی مهیب دارد رخ می دهد. هوای
صبح تابستان خوشایند بود. مغازه را گشود و چندی نگذشته
بود که عباس پیدایش شد، همچنان عجولانه و پرشور. کیسه
پلاستیکی را در بغل داشت. در حالی که کیسه را به پیران می داد
گفت: اگر تونستی به پدر و مادرش بده. شلوار خاکستری
و پیراهن آبی فروهر در آن بود. قلب پیران لحظه ای ایستاد.
عباس لبخندی زد و گفت: نترس، لباسش را عوض کردیم و
فرستادیمش جای دیگر. درست نبود اینجا بمونه. پیران می
دانست که نباید بپرسد چرا و می دانست که به نفع خودش
است که نداند چرا. پس ساکت ماند و کیسه را به گوشه ای
پرت کرد تا بعدا به مادر فروهر بدهد. در عین حال غمی بر
سینه اش نشست چرا که میدانست دوران دوستی سرخوش شان

۶۹

برای همه ما

بـا فروهـر بـه پایـان رسـیده است.

عبـاس ماموریـت ویـژه ای بـرای پیـران داشت. پیـران را توجیـه
کـرد کـه چه بایـد بکنـد و رفت. پیـران مـی بایسـت حـرکات
و رفـت و آمـد مکانیـک میانسـال محـل را زیـر نظـر می‌گرفـت
و گزارشـی بـا جزئیـات دقیـق می‌نوشـت. مکانیـک میانسـال در
سالهای اخیـر بـرای خـودش اسـم و رسمی در سـرکوبی نیروهـای
مخالـف رژیـم کسـب کـرده بـود. دسـت هـای پینـه بسـته ا ش کـه
نشـان از سـالها کار سخت داشت بیشـتر بـه دسـت هایـی مفرغـی
می‌مانسـت. پیـران بـه یـاد داشت کـه یـک بـار مجیـد مکانیـک
بـه سویش حملـه ور شـده بـود و آنچـه از آن صحنـه بـه یـاد داشت
دو دسـت مفرغـی و سـیاه و سـخت بـود کـه بـه سـمتش آمـده بـود
و محکـم بـه صورتـش سیلـی ای کوفتـه بـود. مجیـد مکانیـک را از
دوران بچگـی اش بـه یـاد داشت. در آن دوران، مجیـد فقـط مکانیـک
بـود و بـه هیـچ کار دیگـری کار نداشـت. ناگهـان بعـد از انقـلاب
بـود کـه مجیـد تبدیـل بـه چهـره ای انقلابـی شـد و در درگیری‌هـای
خیابانـی بـا گروه‌هـای مخالـف رژیـم سـردمدار شـد. پیـران یـادش
بـود کـه صـدای فریـاد الله اکبـر مجیـد چـه رعشـه ای بـر تنـش مـی
انداخـت و چـه وحشـتی بچه‌هـا را فـرا مـی گرفـت وقتـی او را مـی
دیدنـد کـه بـا گـروه ده بیسـت نفـره بـه بچـه هایـی کـه روزنامـه
و کتـاب می‌فروختنـد حملـه می‌کـرد. فحشهایـی کـه مجیـد فریـاد
مـی‌زد پیـران را شـرمگین مـی کـرد کـه چنیـن حرف‌هایـی در حضور
مـردم، زنـان و بچه‌هـا زده می‌شـود. مجیـد مـو نداشـت و همیشـه کلاه
بافتنـی مشـکی تـا بـالای گـوش هایـش بـه پاییـن کشـیده شـده بـود.
پیـران ریـش پرپشـت و صـورت آفتـاب خـورده زمختـش بـا دسـتان

مفرغــی را خــوب بــه یــاد داشــت.

آنـروز، پیـران از صبـح تـا حوالـی غـروب را در اطـراف مغـازه مجیـد گذرانـد. مدتـی در آن طـرف خیابـان روبـروی مغـازه مجیـد پرسـه زد و مغـازه را پاییـد. وقتـی مجیـد مغـازه را گشـود زمـان را یادداشـت کـرد تـا در گزارشـش استفـاده کنـد. دوچرخـه اش را بـه دیـوار کهنه ای تکیـه داده بـود و بـه آن تکیـه کـرده بـود. هـر از چنـدی بـرای اینکـه مـورد سـوءظن قـرار نگیـرد سـوار دوچرخـه می‌شـد و دوری در اطـراف مـی‌زد و بـاز می‌گشـت و ایـن بـار در نقطـه‌ای دیگـر بـه نظـاره مـی نشسـت. در هنگـام اذان ظهـر مجیـد بـا شتـاب از مغـازه بیـرون آمـد و بـه سـمت مسجـد راهـی شـد. پیـران آرام آرام بـا دوچرخـه بـه دنبالـش بـراه افتـاد. بیـرون مسجـد، دوبـاره خـودش را مشغـول کـرد. در تمـام ایـن سـاعات مـلال‌آور بـه فکـر فروهـر بـود. فروهـر را بـه یـاد آورد کـه بـا چشمـان قرمـز مـی گفـت کـه بایسـتی بـه موتورسـواری اشـراف می‌یافـت و اینـک او نیـز در پـی مأموریتـی آمـده بـود کـه سـرانجامش معلـوم نبـود. از خود مـی پرسیـد رفـت و آمـد مجیـد چـه اهمیتـی دارد کـه بایسـتی بـه ایـن دقـت ثبـت شـود؟ در ذهنـش یـاد اشـراف فروهـر، ناپدیـد شـدنش و خبـر تـرور معـاون دادسـتان حسـی از تـرس را دامـن مـی زد. تـرس از رانـده شـدن در مسیـری بـی بازگشـت بـدون اینکـه خـودش کنترلـی بـر آن داشـته باشـد. ایـن را دوسـت نداشـت ولـی نمـی دانسـت چطـور می‌شـود ایـن شـرایط را تغییـر داد. عبـاس مـی گفـت: موانـع تکامـل را بایـد از راه برداشـت، هرچـه و هـر کـه بـاشد. علی‌رغـم تنفـری کـه از مجیـد مکانیـک داشـت، فکـر نمی‌کـرد او آنقـدر مهـم بـاشد کـه سـد تکامـل بـه حسـاب بیایـد.

برای همه ما

مجیـد بـا گروهـی از کسبـه و اهالـی محـل از مسجد بیـرون آمـد. راهـی دکان نشـد و بـه سـمت خانـه اش رفت. پیـران سـوار بـر دوچرخـه دورادور او را تعقیـب کـرد. هیـکل مجید تنومنـد و محکـم بـود. کلاه بافتنـی مشکـی اش را در ظهر تابسـتان هـم از سـرش برنداشتـه بـود. بـه سـرعت مـی رفـت و پیـران در حالـی کـه از او چشـم بـر نمـی داشـت سعـی می‌کـرد بـه طـرز عـادی دوچرخـه سـواری کنـد. بـرای همیـن گاهـی بـه کوچه‌هـای منتهـی بـه راه مـی پیچیـد و مسیـری را طـی مـی کـرد و دوبـاره بـه مسیـر اصلـی بـاز می‌گشـت. هـوا گـرم بـود و کوچـه پـس کوچـه هـای خاکـی بـا خانـه هـای قدیمـی خشـت و گلـی بـا درب هـای آهنـی رنـگ و رو رفتـه خالـی تـر از همیشـه مـی نمـود. پیـران می‌رانـد و در فکـرش فروهـر بـود. بـا آنکـه از آخریـن دیدارشـان چنـدی نمی‌گذشـت، احسـاس دلتنگـی مـی کـرد و ایـن شـاید از آن رو بـود کـه حسـی در درونـش خبـر از آغـاز فصـل تـازه ای مـی داد. فصلـی کـه پیـران زیـاد مشتـاق آن نبـود میدانسـت کـه روزهـای در پیـش خـوب نخواهنـد بـود و داسـتان فروهـر تـازه شـروع حـوادث ناگـوار اسـت. دوسـت نداشـت زندگـی معمولـی اش تغییـر یابـد. اصلاً فکـرش را هـم نمـی کـرد کـه بتوانـد از خانـواده‌اش دور شـود و یـا تنهـا در نقطـه ای دور و متـواری زندگـی کنـد. بـا ایـن حـال در درون جریانـی افتـاده بـود کـه قـدرت انتخابـش را کمتـر و کمتـر مـی کـرد. حـس مـی کـرد کـه در جریـان رودی شنـاور اسـت کـه هـر چـه جلوتـر مـی رود خروشـان تـر مـی شـود و ماننـد ذره کاهـی بـر روی آب قدرتـی بـرای تغییـر جریـان و یـا نجـات خویـش را نـدارد. ندایـی در درونـش نهیـب زد کـه ایـن افکـار ناشـی از تـرس، واخوردگـی

فصل دهم

و فرهنگ خرده بـورژوازی اوسـت. بایـد محکـم بـود و در نـوک پیکان تکامـل، رسـالت انسـان را بـر دوش کشـید. عـرق پیشـانی اش را پـاک کـرد و نفسـی کشـید و پایـش را بـر پـدال فشـرد. احسـاس تشنگی شـدید مـی کـرد. لـب بـر هـم فشـرد و مجیـد را تـا جلـوی درب خانه اش بدرقـه کـرد. زمـان را یادداشـت کـرد و بـه دکان بقالی در نزدیکی خانه مجید وارد شـد. نوشابه ای گرفـت و بـا سـه جرعـه بـه پایان رسـاند.

شب هنگام گزارشـی چنـد صفحـه‌ای بـا جزئیـات کامـل نوشـت. از حـرکات و رفـت و آمـد مجیـد گرفتـه تـا رفـت و آمـد مأمـوران در سـطح شـهر و آنچـه دیـده بـود. مجیـد از بـام تـا شـام را در دکانـش کار کـرده بـود و تنهـا ظهـر هنـگام بـرای نمـاز بـه مسـجد و بـرای ناهـار بـه خانـه رفتـه بـود. هنـگام غـروب وقتـی کـه مجیـد دکان را بسـته بـود بـه سـایه روشـن کوچـه فرعـی پیچیـده بـود کـه مسـیر میانبـری بـه خانـه‌اش بـود. کوچـه باریکـی کـه جـوی آبـی در طـول آن، آنـرا بـه دو نیـم مـی کـرد. گـزارش را بـر روی کاغذهـای نـازک مخصوصـی می‌نوشـت کـه به‌راحتـی قابـل اشـتعال بـود و در شـرایط ویـژه می‌بایسـتی حتـی خـورده شـوند. تـا بـه حـال تـلاش نکـرده بـود خـوردن آنهـا را تمریـن کنـد ولـی مطمئـن بـود کـه بـا بـوی بـدی کـه کاغـذ داشـت خوردنـش چنـدان آسـان نبـود. گـزارش را بـه صـورت مخصـوص تـا کـرد و در جـای مناسـب گذاشـت کـه فـردا بـه عبـاس بدهـد. از فـرط خسـتگی زودتـر از همیشـه بـه خـواب رفـت. فروهـر سـوار بـر موتـور می‌رفـت و پیـران در پشـت موتـور نشسـته بـود و فروهـر را محکـم گرفتـه بـود. فروهـر تنـد مـی رانـد و بـاد خنـک شـب تابسـتان بـرای پیـران خوشـایند بـود. پیـران مـی

برای همه ما

خواست چیزی بگوید ولی هرچه در گوش فروهر فریاد می‌زد صدایش در نمی آمد. حس کرد سرعت زیاد موتور نمی‌گذارد حتی صدای خودش را بشنود. فروهر می‌راند. باد موهای صافش را به دو طرف رانده بود و پوست سرش پیدا بود. چشمهایش سرخ بود و لبخندش بر لب. پیران می دانست باید چیزی بگوید ولی صدایش در نمی آمد. لرزش موتور را حس می کرد. ساق پای فروهر را دید و شلوار بالا رفته اش را که اینک سلاح سردش را که در جورابش پنهان بود آشکار می کرد: یک تیغ موکت بری. پیران سعی کرد بگوید، فروهر نشنید. پیران فریاد می زد، موتور می غرید. سایه ها به سرعت از دید شان می‌گذشتند. دهان پیران خشک شده بود و گلویش می سوخت دست فروهر گاز را بیشتر می چرخاند و موتور می‌رفت. پیران خودش را و فروهر را در میان آسمان و زمین دید که غوطه می خورند. موتور هم در میانشان در حالی که چرخ هایش به آرامی می چرخید در حرکت بود. چشمانی قرمز در هوا و بی وزنی، به آرامی می چرخید. پیران او را دید. فریادی نبود. هر دو آرام و بی وزن بودند. فروهر لبخندش را بر لب داشت. پیران خواست چیزی بگوید که به سختی به زمین خورد. خودش را دید که گونه اش بر آسفالت خنک شب تابستان چسبیده و دارد فروهر را در همان حال می نگرد. از خواب پرید و تا ساعت ها در تاریکی به کابوسی فکر می کرد که هر لحظه بیشتر به واقعیت نزدیک تر می شد.

***

مجید مکانیک در حالی که دست چپش را به سینه اش چسبانده بود تلو تلو خوران در کوچه می آمد. چند بار دهنش را باز

فصل دهم

کـرد ولـی فریـادی در نیامـد. از لای انگشـتانش کـه به سـینه چسـبانده بـود خونـش را حـس میکـرد: لـزج و گـرم. هنگام غـروب بـود بـا ایـن حـال کوچـه خلـوت بـود. چنـد ثانیـه قبـل، مجیـد کـه بعـد از تعطیلـی دکانـش بـه خانـه مـی رفـت، در کوچـه ای کـه جـوی آب در طـول آن را بـه دو نیـم مـی کـرد، دو جـوان را بـر موتـوری دیـده بـود و قبـل از اینکـه بـه چیـزی فکـر کنـد لولـه هفت تیـر جـوان ریشـویی را بـه سـمت سـینه اش دیـده بـود و نـاگاه شـلیک و دیگـر هیـچ. نـه صدایـی شـنیده بـود و نـه دیگـر ضاربـان را دیـده بـود. خونـش را میـان انگشـتانش حـس کـرده بـود و در خـلاف مسـیر خانـه اش بـه راه افتـاده بـود بـه سـمت بیمارسـتانی کـه میدانسـت در یـک کیلومتـری آنجاسـت. بـدون فکـر کـردن، همچـون حیوانـی تیـر خـورده کـه بـه حـس غریـزه، پناهگاهـی میجویـد بـه آن سـمت روان شـده بـود. اینـک سـایه هایـی همچـون اشـباح را مـی دیـد کـه در اطرافـش ظاهـر شـده و دوبـاره ناپدیـد میشـوند. مـزه خـون را در دهانـش حـس کـرد. در خـود غلطیـد و در جـوی وسـط کوچـه افتـاد. حـالا تمامـی سـینه پوشـیده از خـون بـود و آب جـوی باریـک در بـالای سـرش جمـع مـی شـد. کلاه بافتنـی کـه همیشـه بـر سـر داشـت خیـس شـد و آب صورتـش را پوشـاند. چنـد تنـی کـه بـا شـنیدن صـدای شـلیک بـه کوچـه آمـده بودنـد بـالای سـرش جمـع شـدند و بـدن بـی جانـش را بیـرون کشـیدند. مجیـد مکانیـک مـرده بـود.

خبـر شـبانه در محـل پیچیـد. در طـول یـک هفتـه، ایـن دومیـن بـار بـود کـه در محلـه پیـران تـروری اتفـاق میافتـاد. پیـران در خانـه بـود کـه خبـر را از بـرادرش یغمـا شـنید. یغمـا بـا جزئیـات توصیـف

کرد که چگونه مجید را در پتو پیچیده تا بیمارستان برده اند
ولی خیلی دیر بوده است. پیران به خود لرزیده بود و با
چشمانی بی روح به یغما چشم دوخته بود. یغما گفته بود:
حقش بود مردیکه پدرسگ، از بس بچههای مردم را کتک زد
و اذیت کرد، گوربه گوری. و پیران صدایی شبیه به تصدیق
از دهانش خارج شده بود. صدایی که حتی خودش هم نشنیده
بود. یغما تعجب کرده بود ولی اهمیتی نداده بود.

فصل یازدهم

فروهـر از پلـه هـای باریـک بـه پاییـن آمـد و در فلـزی را گشـود. حتـی واکسـی روبـروی در کـه همیشـه سـر جایـش بـود از گرمـای بعـد از ظهـر تابسـتان بـه خانـه اش پنـاه بـرده بـود. دکـه اش و کفش‌هـای آویـزان در کنـار مغـازه خـرازی کـه آن هـم بسـته بـود سـایه هـای پـر رنگـی بـر روی زمیـن خاکـی کوچـه و دیوارهـای کاهگلـی انداختـه بودنـد. فروهـر بـه انتهـای کوچـه نظـری انداخـت و بـه آرامـی بـه سـمت خیابـان اصلـی راه افتـاد. بـا اینکـه چنـد روزی بیـش از آمدنـش بـه ایـن شـهر کویـری نمـی گذشـت، حـس میکـرد سال‌هاسـت کـه از خانـه اش دور بـوده. دوسـتان سـازمانی اتاقـی در بـالای مغـازه خیاطـی اکبـر آقـا برایـش اجـاره کـرده بودنـد و گفتـه بودنـد آن جـا بمانـد تـا پـس از چنـد روز بـه کردسـتان بـرود. سـه روز گذشـته را تنهـا در اتاقـی تقریبـاً خالـی کـه تشـکی ابـری، بالشـی پنبـه ای و تکـه ای حصیـر کل اثاثیـه اش را تشـکیل میـداد گذرانـده

بـود. پـارچ و لیـوان پلاسـتیکی هـم تنهـا ظروفـی بـود کـه داشـت. در گوشـه اتـاق بالاخانـه یـک توالـت کوچـک بـود کـه در آن دستشـویی کوچکـی هـم جاسـازی شـده بـود. پـارچ قرمـز را بارهـا از شیر دستشـویی پـر کـرده بـود و آب بویناک و شـور و گـرم را لیـوان لیـوان نوشـیده بـود. بـدون موفقیـت، سـعی کـرده بـود همـراه آب بویناک لقمـه نانـی هـم کـه از سـر کوچـه خریـده بـود و حـالا کامـلا خشـک شـده بـود را فـرو دهـد. حـالا بـه امیـد یافتـن یـخ از خانـه بیـرون زده بـود. مـی دانسـت کـه تـب دارد. سـرش گیـج میرفـت و دهانـش بـد طعـم و خشـک بـود. از روزی کـه بـا رضـا بـه شـکار رفتـه بـود (ایـن لفظـی بـود کـه بـرای عملیـات بـدون هـدف مشـخص بـه کار بـرده میشـد) نتوانسـته بـود در آینـه نـگاه کنـد. حـس مـی کـرد روحـش در بـالای سـرش قـدم بـر مـیدارد. جسـمش را کـه بـر روی کوچـه ی خاکـی و داغ مـی رفـت از بـالا مـی دیـد. بـوی بـاروت اسـلحه رضـا هنـوز در مشـامش مـی پیچیـد و گـوش هایـش وز وز مـی کـرد. از آن روز هـر لحظـه چشـمانش را بسـته بـود افتـادن پـدر و فریـاد پسـرش را در جلـوی درب آهنـی کوچـک دیـده بـود. نمـی توانسـت بفهمـد چطـور ممکـن اسـت کـه آن چنـد ثانیـه بـا همـه جزییـات در خاطـرش مانـده. آن هـم در آن شـرایط پـر هیجـان، تـرس و وحشـت زدگـی. در آن چنـد ثانیـه تمامـی جزئیـات بـا دقـت قابـل توجهـی حضـور داشـت: ماشـین آبـی رنـگ آقـای جواهـری بـا شیشـه نیمـه بـاز سـمت راننـده و چـرخ هایـی کـه تنهـا یکـی از آنهـا قالپـاق داشـت، آجرهـای خانه و بخشـی از دیـوار کـه بـا گـچ سـفید شـده بـود و رویـش پوشـیده از کاغذهای تبلیغاتـی بـود، تیـر چوبـی چـراغ بـرق کـه در چنـد قدمـی در آهنـی بـود، طـرح گلـی کـه بـر روی در آهنـی بـا پروفایـل فلـزی بـه

صـورت نـه چنـدان حرفـه ای سـاخته شـده بـود و حتـی دکمـه هـای مشـکی کـت آقـای جواهـری کـه دومیـش شکسـته بـود. حـالا بـه خیابـان اصلـی رسـیده بـود. ماشـینهای سـنگین در جـاده ای دو طرفـه کـه بلوکهـای سـیمانی بـه دو نیمـش کـرده بـود بـه سـرعت در رفـت و آمـد بودنـد. فروهـر بـه امیـد یافتـن مغـازه‌ای در کنـاره جـاده قـدم میـزد ولـی بعـد از چنـد صـد متـری کـه در آفتـاب رفـت امیدش را بـه یافتـن از دسـت داد و فهمیـد کـه در حوالـی شـهر اسـت. بـه کنـار جـاده آمـد و بـدون هیـچ هدفـی دسـتش را بـالا بـرد و بعـد خـاک ناشـی از ترمـز یـک کامیـون را دیـد و بـه سـمتش روان شـد. بـا مشـکل از پلـه کامیـون بـالا رفـت و در حالـی کـه در را بـاز می‌کـرد بـه راننـده سـلام کـرد و پرسـید کـه آیـا بـه سـمت شـهر میـرود یـا نـه؟ راننـده بـا صـورت پـر آبلـه و آفتـاب سـوخته اش دسـتش را بـه علامـت اینکـه بیـا بـالا تکـان داد. فروهـر خـود را بـر روی صندلـی سرنشـین جـای داد. سـرش را بـه صندلـی کـه بـا روکـش پلاسـتیکی نـرم قرمـز پوشـیده شـده بـود تکیـه داد و آهـی از گلویـش خـارج شـد. راننـده در حالـی کـه دنـده را بـا مهـارت عـوض مـی کـرد نیـم نگاهـی بـه فروهـر انداخـت و بـا پوزخنـدی گفـت: گرمـه؟ فروهـر زیرلـب گفـت: خیلـی.

آهنگـی کوچـه بـازاری بـا صـدای غـرش کامیـون و صـدای آویزهای گوناگونـی کـه جلـوی ماشـین را تزئیـن کـرده بـود بـا صـدای وزوز گـوش هـای فروهـر مخلـوط شـد. راننـده بـا هـر تعویـض دنـده نیـم نگاهـی بـه فروهـر می‌انداخـت و عاقبـت گفـت: حـال و روزت خـوب نیسـت. ناخوشـی؟ فروهـر کمـی بـه جلـو آمـد و گفـت: نـه حالـم خوبـه، فقـط خسـته ام. راننـده گفـت: مـن تـو قهـوه خونـه بعـدی

برای همه ما

وایمیستم بـرا نمـاز. یـه چایـی بـزن حالـت خـوب میشـه. فروهـر
چـاره ای جـز تمکیـن نداشـت. کامیـون در جلـوی سـاختمان تقریبـا
مخروبـه ای ایسـتاد و راننـده بـه بیـرون جسـت زد. فروهـر هـم بـا
اکـراه پاییـن رفـت. در قهـوه خانـه تعـدادی انـدک در حـال نوشـیدن
چـای بودنـد و تعـدادی هـم در روی تخـت در کنـار دیـوار خوابیـده
بودنـد. بـوی چـای و عـرق تـن حالـت تهـوع بـه فروهـر داد. راننـده
یـک راسـت بـه سـمت حوضـی کـه در حیـاط پشـتی قهـوه خانـه
بـود رفـت تـا بـه نمـاز برسـد. نمـازش را در روی گلیمـی خوانـد.
فروهـر بـر روی صندلـی زنـگ زده ای مـات و مبهـوت نشسـته بـود و
آدمهـا را نـگاه مـی کـرد. راننـده نمـاز را بـا سـرعت بـه پایـان بـرد
و بـه حیـاط پشـتی رفـت. در گوشـه حیـاط کوچـک دری کوچـک
و فلـزی بـه اتاقکـی کوچـک بـاز میشـد. راننـده در اتاقـک ناپدیـد
شـد. فروهـر سـرش بیشـتر گیـج رفـت. از آب پارچـی کـه روی میـز
بـود نوشـید. بدمـزه و گـرم بـود. بـه مـردم درون قهوه‌خانـه نگریسـت
و بـه تـک تـک آنـان حسـودی اش شـد. دلـش مـی خواسـت جـای
یکـی از آنـان بـود. او وصلـه ناجـور بـود و اینـان وصلـه هـای هـم
رنـگ و جـور.

راننـده از اتـاق بیـرون اومـد. عـرق آلـوده تـر از پیـش. مـی بایسـتی
پانـزده دقیقـه ای را در آنجـا بـوده باشـد. بـه فروهـر کـه رسـید
حتـی نیـم نگاهـی هـم نکـرد و از کنـارش رد شـد. فروهـر بـدون
حـرف بـه دنبالـش روان شـد. راننـده بـا چالاکـی بـه پشـت فرمـان
کامیـون جسـت و موتـور را روشـن کـرد. فروهـر حـس کـرد اگـر
زود نجنبـد جـا مانـده اسـت. از جلـوی کامیـون بـا سـرعت خـود را
بـه سـمت شـاگرد رسـاند و بـالا پریـد. بـوی تریـاک زیـر دماغـش

زد. راننــده از دیــدن فروهـر جـا خــورد ولـی مثـل اینکــه چیــزی یـادش آمـده باشـد چیـزی نگفت. بالنـگ قرمـزی عـرق پیشانـی را پـاک کـرد و پیـچ رادیـو را پیچانـد. تفسیـری خبـری از وقایـع آن روزهـا پخـش می‌شـد. راننـده در تاییـد تفسیـر رادیـو گفـت: بـی شـرف هـا دارنـد مملکـت را بـه جنـگ داخلـی مـی کشـونن. همـه ایـن بـی ناموسـا رو بایـد از دم تیـغ گذروننـد. مملکـت رهبـر داره و وقتـی رهبـر چیـزی میگـه همـه بایـد خفـه خـون بگیـرن. فروهـر محکـم تـر از قبـل گفـت: بلـه همینطـوره. راننـده نیـم نگاهـی بهـش کـرد و بـا پوزخنـدی گفـت: از اونـا کـه نیسـتی، هـا؟ فروهـر گفـت: از کدومـا؟ راننـده گفـت: از ایـن بـی ناموسایـی کـه روحانـی هـا رو میکشـند. فروهـر گفـت: نـه بابـا، مـا را چـه بـه ایـن کارا؟ راننـده گفـت: مـا کـه نمیدونیـم، نشـمه و عـرق و تریاکمـون جـور باشـه خوشـیم و کاری بـه کسـی نداریـم. ولـی ایـن رو میدونیـم کـه ایـن مملکـت یکـی رو میخـواد مثـل رضاخـان. همچیـن کـه رو میـدی بـه ایـن مـردم، میپـرن بـه همدیگـه. فروهـر سـرش گیـج میرفـت و از تشـنگی زبانـش خشـک شـده بـود. چیـزی نگفـت. اگـر دو سـه مـاه پیـش در ایـن موقعیـت بـود، مطمئنـا سـعی می‌کـرد بـا صحبـت کـردن بخشـی از آن چیـزی کـه فکـر مـی کـرد حقیقـت اسـت را بـه راننـده بفهمانـد. ولـی حـالا خـودش هـم بـه آن حقیقـت بـه آن شـکل مطلـق اعتقـاد نداشـت چـه بـه اینکـه بخواهـد چنیـن موجـودی را ارشـاد کنـد. عـلاوه بـر ایـن، موقعیتـی کـه در آن قـرار داشـت بیـش از همیشـه حکـم مـی کـرد کـه خـود دار باشـد. راننـده همچنـان می‌گفـت و فروهـر فقـط حرکـات لـب هـا و گونـه هـای او را مـی دیـد و بـا چشـمان تـو رفتـه و غـم زده اش کـه بـه نظـر می‌رسـید زندگـی در آن جـاری نیسـت بـه راننـده خیـره شـده بـود.

برای همه ما

بـه شـهر رسـیدنـد. دلـش مـی خواسـت هـر چـه زودتـر از ایـن فضـا
بیـرون رود. وقتـی راننـده در نزدیکـی حـرم ترمـز کـرد و گفـت کـه
بایـد از راه کمربنـدی بـرود، از خـدا خواسـته تشـکر محکمـی از او
کـرد و بیـرون پریـد. راننـده در حالـی کـه دنـده را عـوض مـی کـرد
و راه افتـاده بـود چیـزی گفـت کـه در هیاهـوی ماشـین گـم شـد.

فروهـر بـه اطرافـش نـگاه کـرد. مغـازه هـای کوچـک و بـزرگ و
رنگارنـگ، مردمـی از هـر قـوم در حرکـت، صـدای ماشـین هـا و دود
و بـوق و در انتهـای آن خیابـان باریـک، آبـی فیـروزه ای گنبـد و
گلدسـته هـای حـرم همچـون سـمفونی آرامـی او را بـه خـود خوانـد.
بـه آن سـمت روان شـد. شیشـه هـای نوشـابه هـای خنـک نارنجـی در
یـخ در جلـوی مغـازه هـا مـی بایسـتی اولیـن توقـف گاهـش می‌بـود
ولـی او بـدون توجـه بـه اطـراف مبهـوت در تجلـی آبـی فیـروزه ای
بـه انتهـای خیابـان می‌رفـت. خورشـید نـور نارنجـی رنگـش را بـر
حـرم مـی تابیـد و فروهـر در تجلـی نـور خورشـید غـروب دیگـر
رنـگ پریـده نبـود. حـالا داخـل حیـاط حـرم شـده بـود. سـنگ
فـرش کـف حیـاط پوشـیده از دانه‌هـای گندمـی بـود کـه زائـران
بـرای کبوتـران می‌ریختنـد. کبوتـران کبـود در میـان مـردم پـرواز
مـی کردنـد، بـه زمیـن مـی نشسـتند و دانـه بـر مـی چیدنـد. حجـره
هـای اطـراف صحـن پذیـرای آخوندهایـی بـا عمامـه هـای سـیاه و یـا
سـفید و عباهـای عمدتـا قهـوه ای بودنـد.

حسـی نـو فروهـر را بـه سـمت حـرم میخوانـد. مصمـم بـه آن سـو
مـی رفـت و چهـره هـای مـردم تـک تـک از منظـر ش می‌گذشـت:

پیـر، جـوان، مـرد روسـتایی، مادرشـهری، آخونـد، بچـه ای بـر روی صندلـی چرخـدار، دختـری کوچـک بـا روسـری گل گلـی، افغـان، بلـوچ، سـیاه، سـفید،... آشـنا!

صورتـی پـر از ریـش سـیاه و عینـک آفتابـی پررنگتـر از معمـول کـه واضحـا بـرای جلوگیـری از آفتـاب و یـا مـد نبـود. وسـیله ای بـود بـرای پوشـاندن جراحـات یـک چشـم. در هفـت هشـت متـری اش بـود. در یـک آن چشمانشـان تلاقـی کـرد. فروهـر بـی مهـارت و شـتابزده تغییـر مسـیر داد. عینـک آفتابـی تردیـد کـرد، ایسـتاد و بعـد بـه دنبـال فروهـر راه افتـاد. فروهـر پـا بـه فـرار گذاشـت. بـا سـرعت از میـان مـردم، کبوتـران و گنـدم هـا مـی دویـد. فریـادی شـنید کـه: منافـق رو بگیریـد! پیرمـردی ریـش سـفید جلویش را سـد کـرد، از او گذشـت. پیرزنـی چـادر مشـکی پیراهنـش را کشـید. از دسـت او خـود را رهانیـد و دویـد. عینـک آفتابـی مـی آمـد. جوانـی پـا جلویـش گرفـت، بـه شـدت بـه زمیـن خـورد و آنـگاه صـورت هـا بودنـد کـه بـر او هجـوم بردنـد: پیـر، جـوان، مـرد روسـتایی، مادرشـهری، آخونـد، بچـه، دختـران روسـری بـه سـر، سـیاه، سـفید.

صورتهـا دشـنام گویـان، دسـت هـا و پاهایـی کوبـان و فروهـر همچـون غزالـی درمانـده در میـان گلـه ای گرسـنه از درنـدگان. در میـان صـورت هـا، آبـی فیـروزه‌ای را دیـد، مـزه دهانـش شـور بـود. آسـمان نارنجـی نارنجـی بـود و دسـتان مـردم قرمـز بـالا و پاییـن میرفـت. قرمـز، آبـی فیـروزه ای و نارنجـی و فروهـر بـر سـنگفرش صحـن همچـون جنینـی دسـتها و پاهـا را جمـع کـرده بـود و بـه پهلـو افتـاده بـود. بـوی خـون خـود را فهمیـد. یـاد آقـای جواهـری افتـاد.

برای همه ما

احساس کرد سبک شده است. حالا لگد هـا و مشـتها را حـس
مـی کـرد و هـر ضربـه برایـش حکـم آزادی داشـت. لذتـی غریـب
بـر وجـودش گذشـت و حسـی پـرواز گونـه را تجربـه کـرد. فکـر
کـرد مـرده اسـت.

عینـک آفتابـی بـالای سـرش بـه زمیـن نشسـت و بـا دسـت بـه مـردم
اشـاره کـرد کـه دیگـر بـس اسـت. دسـت بـر شـانه فروهـر نهـاد و
او را غلتانـد تـا چهـره اش را ببینـد. فروهـر چشـم هایـش را گشـود و
بـا دنـدان هـای سـرخ بـه چهـره رهاننـده‌اش لبخنـد زد. شـاد بـود و
سـبک، چشـم‌هایش فـرو افتادنـد و دیگـر هیـچ نفهمیـد.

فصل دوازدهم

میـرو در انبـوه جمعیـت راه مـی رفـت و آواز دیشـب شـادی بـی
وقفـه در سـرش مـی کوبیـد و صـورت برافروختـه اش در میـان سـیاه
پوشـان را نمی‌توانسـت از ذهـن دور کنـد. فقـط آهنـگ آواز شـادی
بـود و صـورت برافروختـه اش کـه مـی خوانـد.

بـا خـود فکـر می‌کـرد کـه تقدیـر باعـث شـده کـه دیشـب درسـت
در لحظـه‌ای کـه شـادی را مـی بردنـد تـا در کوهسـتانهای اطـراف
شـهر بـه گلولـه ببندنـد، او در اتـاق نیمـه مخروبـه مسـافرخانه روبروی
دادسـتانی مقیـم باشـد. سـاعتی بعـد از اینکـه پیـران خانـه تـازه او و
عبـاس را تـرک کـرده بـود بـه آنـان خبـر داده بودنـد کـه هـر چـه
زودتـر خانـه را تـرک کننـد چـرا کـه پیـران را گرفتـه انـد و امـکان
لـو رفتـن خانـه وجـود دارد. میـرو کـه هیـچ جایـی بـرای مانـدن
نداشـت بـه ارزانتریـن مسـافرخانه ای کـه یافتـه بـود پنـاه آورده بـود

۸۵

برای همه ما

و عباس بـه مقصدی نامعلـوم. مـاه هـا بـود کـه آواره بـود. پـدرش
مدتهـا بـود کـه تهدیـد کـرده بـود اگـر او را ببینـد پاسـدارها را
خبـر خواهـد کـرد و میـرو نقشـه بـه آتـش کشـیدن مغـازه پـدر
را بارهـا مـرور کـرده بـود ولـی تـا بـه حـال عملـی نکـرده بـود.
مدتـی در خانـه پیـران سکنی کـرده بـود و بعـد در خانـه فروهـر.
ولـی هیچگـاه در ایـن چنـد مـاه، بـه ایـن انـدازه احسـاس بیچـارگی
نکـرده بـود. صـدای شـادی را مـی شـنید، بـه وضـوح مـی شـنید کـه
مـی خوانـد.

سـنگ فـرش پیـاده رو را مـی دیـد و پاهـای آدمیانـی کـه بـه فراغـت
بـه خریـد میرونـد و یـا گردش مـی کننـد، وقـت مـی گذراننـد،
مـی خندنـد، میخورنـد، مـی گوینـد و ناگهـان عقـش گرفـت. بـر
لـب جـوی آب نشسـت و آبـی زرد رنـگ از دهانـش خـارج شـد.
هیـچ کـس نگاهـش نکـرد و ضرباهنـگ در شـقیقه هایـش بیشـتر و
بیشـتر شـد. دلـش میخواسـت فریـاد بزنـد، نفسـش بـالا نمـی آمـد،
دوبـاره عـق زد و چیـزی بـالا نیامـد. بیسـت و چهـار سـاعتی مـی
شـد کـه چیـزی نخـورده بـود. شـادی روپـوش سـرمه ای و روسـری
سـیاه داشـت. دسـتانش از پشـت بسـته شـده بـود و سـیاه پوشـانی
کـه بـه جـز یکـی همگـی ریـش داشـتند دور تـا دورش را گرفتـه
بودنـد. تفنـگ هایشـان را بـا یـک دسـت بـه آسـمان گرفتـه بودنـد و
شـادی مـی خوانـد. صدایـش در آن سـاعت شـب در سرتاسـر خیابـان
میپیچیـد. میـرو بـه بالکـن آمـده بـود و در پنـاه تاریکـی درختـان
جلـوی مسـافرخانه صحنـهای را میدیـد کـه اینـک فکـر مـی کـرد
دسـت تقدیـر برایـش رقـم زده اسـت.

شادی می خواند، با تمام وجود می خواند. یکی از سرودهای سازمان را که آهنگی با رپ رپه ی طبل و در مدح سرباز-کودکانی که سازمان آنان را ملیشیا می‌نامید، می خواند. شادی هفده سال داشت و یکی از فعال‌ترین و شجاع ترین ملیشیا های شهر بود. در دو سال گذشته خود را تماما وقف سازمان کرده بود و رهبران سازمان را خدای گونه می‌ستایید. چند ماهی بود که دستگیر شده بود و در تمام این مدت پرتوان و بدون تزلزل از مواضع سازمان در مقابل دیگر زندانیان و پاسداران دفاع کرده بود. به همین دلیل او را در زندان ملیشیای قهرمان صدا میکردند. در شرایط آتش بار اوایل سال شصت که کمتر تنابنده ای توان آن را داشت که بر باورهایش در زندان پافشاری کند، او توانسته بود با شجاعت بی نظیری از عقایدش دفاع کند و در نتیجه علیرغم سن کمش بین زندانیان و پاسداران از احترام ویژه ای برخوردار بود. شادی یک ماه قبل از شروع درگیری مسلحانه بین رژیم و سازمان دستگیر شده بود. در شرایط قبل از درگیری مسلحانه، رژیم صرفا چنین بچه‌هایی را برای ترساندن دستگیر می کرد و بعد از یکی دو روز با گرفتن ضمانتی آنان را آزاد می کرد. اما علی رغم تلاش مسئولین زندان و پاسداران، شادی هرگز راضی نشد که ضمانت نامه را امضا کند. التماس‌های پدر پیرش به شادی برای امضا ضمانت نامه بیهوده بود و شادی در زندان ماند. حرفش این بود که بایستی او را بدون دادن هیچ ضمانتی رها کنند. می گفت او کاری خلاف قانون نکرده و به دلیل فروختن روزنامه و کتاب و نشر افکار به زندان افتاده است. تا آنجا پیش می رفت که میگفت نه تنها باید آزادش کنند بلکه باید از او عذر

برای همه ما

خواهی رسمی هم بکنند. اما شرایط آن چنان نماند. در آخرین روز بهار سال شصت سازمان مجاهدین رسما به حکومت اسلامی اعلام جنگ کرد. سازمان در اعلامیه ای که اینک بین هواداران با احتیاط و ناباوری دست به دست می شد، دستان خمینی را تا مرفق به خون جوانان وطن آلوده خوانده بود. بعد از اعلام جنگ مسلحانه بر علیه حکومت اسلامی، هواداران مجاهدین محارب لقب گرفتند و مجازات محارب با حکومت خدا هم مرگ است. بدین گونه بسیاری از بچه هایی که در شرایطی مشابه شادی قرار داشتند به عنوان محارب در زندان نگاه داشته شدند.

از پله های جلوی ساختمان دادستانی که حالا به صورت اضطراری به زندان هم تبدیل شده بود پایین آمدند و سوار دو ماشین استیشن شدند. مرد بی ریش راننده یکی از ماشین‌ها بود. تفنگ هایشان از شیشه های نیمه باز ماشین ها بیرون زده بود. شادی همچنان در ماشین می خواند. صدای غرش موتور ماشین ها نغمه شادی را خواباند و میرو در سایه درختان جلوی بالکن مسافرخانه دست بر سر زد و گریان بر زمین نشست.

از کنار جوی آب بلند شد. خورشید آخرین دقایق نور افشانی بی ثمرش را به تاریک خانه شهر لعنت شده طی می کرد و میرو نمی دانست به کجا باید برود. از خیابان رد شد و جیپ پاسداران را دید که در جلویش ایستاد. در یک آن خطیب را در صندلی عقب دید. مبهوت تماشا می کرد و وقتی دستانش را بستند و به داخل ماشین هلش دادند فریاد شادی پر تنش

تـر از قبـل در سـرش مـی کوفـت و احسـاس رهایـی وجـودش را پـر کـرده بـود. چشـمانش بـا دسـتمالی بسـته شـد و سـرش بـه روی زانوهایـش خـم شـد و خورشـید بی‌ثمـر غـروب کـرد.

‌‌*

میـرو مـی دانسـت کـه در آینـده ای نزدیـک سرنوشـتی همچـون شـادی در انتظـارش اسـت. بـا ایـن حـال از اینکـه نمـی ترسـید یـا قلبـش نمـی کوفـت و یـا بـه هیجـان نمی‌آمـد تعجـب مـی کـرد. از آن روز نفریـن شـده کـه شـادی را بـه مسـلخ بـرده بودنـد و او دسـتگیر شـده بـود یـک مـاه مـی گذشـت امـا صـدای شـادی، میـرو را رهـا نمـی کـرد. در خـواب و بیـداری.

در صندلـی عقـب ماشـین پاسـداران نشسـته بـود و سـرش را بـه روی زانوهایـش خـم کـرده بـود یـا بـه زور خـم کـرده بودنـد. پارچـه سـیاهی چشـمانش را پوشـانده بـود و او ترجیـح مـی‌داد کـه چشـمانش را نیـز در زیـر پارچـه ببنـدد. اینطـور راحتـتـر بـود. بـه محضـی کـه گردنـش کمـی از زانوانـش فاصلـه مـی گرفـت دسـتی سـرد کـه زمختـی انگشـتانش بـه کشـاورزان شـباهت داشـت محکـم گردنـش را بـه سـمت پاییـن مـی فشـرد. ماشـین در حرکـت بـود و گاهـی کـه چشـمانش را در زیـر چشـم بنـد مشـکی بـاز میکـرد، بارقـه هایـی از نـور گـذرا و بـی تامـل بـه چشـمش مـی خـورد. مـی دانسـت شـب شـده اسـت. بـه زندانـی دیگـر منتقلـش مـی کردنـد ولـی او نگـران نبـود. فکـر شـادی رهایـش نمـی کـرد. بـه پیـران فکـر کـرد کـه آیـا مـی دانـد بـر شـادی چـه گذشـته اسـت؟ آرام بـود. چشـم بندسـیاه آرامشـی را کـه نیـاز داشـت بـه اجبـار بـه او تحمیـل کـرده بـود.

برای همه ما

ماشـین کـه جیـپ ارتشـی فرسـوده ای بـود بـا هـر تغییـر دنـده زوزه
کشـان خـود را بـه جلـو مـی کشـید و بـا هـر تکـان سـوزش زننـده
کمـر و کتـف هایـش او را بـه خـود مـی آورد. هـر حرکـت کوچکـی
تمـاس بیـن پیراهـن و زخـم هایـش را بـه مـوج هایـی پیاپـی از درد
تبدیـل مـی کـرد کـه دیـر گاهـی طـول مـی کشـید تـا بـه آرامـش
برسـد. و بـاز یکـی دیگـر.

خـودش هنـوز صـدای هولناکـی را کـه از گلویـش خـارج شـده بـود
بـاور نداشـت: بعـد از اولیـن ضربـه، آنـگاه کـه صـدای هوووف شـلاق
را همـراه بـا الله اکبـر شـنیده بـود، سـردی شـلاق را بـر کمـر عریانـش
حـس کـرده بـود و پـس از لختـی موجـی نـا آشـنا از درد سرتاسـر
بدنـش را بـه رعشـه انداختـه بـود. حـس کـرده بـود کـه رعشـه هـای
درد خـود را بـه گلویـش رسـانده بودنـد و عظمـت درد و تحقیـری را
کـه حـس مـی کـرد در صدایـش بـه رخ جهـان کشـیده بـود. صدایـی
الله اکبـر مـی گفـت. یکـی دیگـر ضربـات را مـی شـمرد. بـر روی
نیمکتـی چوبـی دمـر خوابیـده بـود و دسـتانش در زیـر نیمکـت بـا
ریسـمانی بـه هـم بسـته شـده بـود. بـوی نیمکـت دوران دبسـتان را
بـه یـادش آورد. زانوهایـش در یـک سـمت نیمکـت روی زمیـن بـود
و سـرش را دو دسـت زمخـت محکـم بـه نیمکـت میفشـرد. پانـزده،
دیگـر صدایـی نبـود. آب سـرد بـر پشـتش ریختنـد. نفسـش در سـینه
حبـس شـد و بـا فریـادی مخـوف دیگـر بـار آزاد شـد. سـیاهی بـود.
آب سـرد بـر روی سـر و صـورت. نفـس حبـس شـده در مجـرای
سـینه، فریـاد سـهمناک حیوانـی زخمـی، هوووف، الله اکبـر، بـوی
خـون، سـیاهی، رعشـه، تحقیـر، بـوی نیمکـت مدرسـه، هوووف، آب

سـرد بـر زخمهـا، سـرفه و دیگـر بـار سـیاهی.

ماشـین در چالـه ای افتـاد و بـی اختیـار از شـدت درد نالـه ای از گلویـش خـارج شـد. صدایـی گفـت: وقتـی هـر غلطـی مـی خواهیـد بکنیـد بـه فکـر ایـن روزهـا نیسـتید؟ حـالا بکـش!

حـس کـرد دارد پوزخنـد میزنـد و از ایـن کـه در اوج درد عضـلات صورتـش مـی تواننـد پوزخنـد بزننـد تعجـب کـرد. احسـاس عمیـق حقـارت بـه جانـش پنجـه انداخـت و کشـمکش زخـم و پیراهـن را از یـاد بـرد. بـه خـارج شـهر مـی رفتنـد. نمـی دانسـت بـه کجـا. بعـد از شـلاق بـه درون جیـپ انداختـه بودنـدش. عـلاوه بـر راننـده، مـی دانسـت کـه یکـی در کنـارش نشسـته اسـت و مـی دانسـت کـه اسـلحه خـود کارش را بـا یـک دسـت عمـودی بـر زانـو نهـاده. پشـت سـر راننـده در صندلـی عقـب نشسـته بـود. هـر چنـد چشـم بنـدی تیـره نـور را از او گرفتـه بـود، بـه خوبـی مـی توانسـت تصـور کنـد کـه هـر کسـی در کجـا نشسـته و چـه فاصلـه‌ای بـا او دارد. در یـک آن بشـکه بـاروت تحقیـر و خشـم و درد بـه جرقـه یـک فکـر گـذرا ترکیـد.

بـی آنکـه بـه خـود اجـازه دهـد دوبـاره نقشـه اش را مـرور کنـد، پاهایـش را بـالا آورده بـود و محکـم بـه سـینه بغـل دسـتی اش کوفتـه بـود و بلافاصلـه از پشـت گـردن راننـده را چسـبیده بـود. سـیاهی بـود و خشـم. ولـی فهمیـد کـه ضربـه اش بـه پاسـدار بغـل دسـتی کاری بـوده چـون دچـار تنگـی نفـس شـده بـود. ماشـین بـه اعوجـاج افتـاد، راننـده دسـتانش را از فرمـان جـدا کـرد تـا گردنـش را رهـا کنـد. پاسـدار بغـل دسـتی شـلیک کـرد. چندیـن گلولـه بـه صـورت

برای همه ما

رگبار. گلوله برایش مهم نبود و گردن راننده را همچنان می‌فشرد. ماشین تکان‌های شدیدی خورد، گوشش زنگ می‌زد، سرش به میله‌ای خورد، گلو را می‌فشرد، پاسداری فریاد می‌زد، صدای مهیب برخورد آهن و سنگ، در هوا می‌چرخید ولی گلو را در دست داشت.

گوش‌هایش هنوز زنگ می‌زد. تاریک بود. بوی خاک آمد. ناگهان سکوت و ایستایی. فقط صدای نفس‌های خودش را می‌شنید. دست انداخت و چشم بند را پاره کرد. ماه و ستاره‌ای درخشان در کنارش را در چهارچوب در کنده شده جیپ دید. پاسدار بغل دستی را از رویش کنار زد و خود را بالا کشید. راننده هنوز در پشت فرمان و در روی زمین بود. نور مهتاب نقره‌ای سرد کمکش کرد تا از جیپ بیرون بپرد. دو پاسدار صدایی نمی‌دادند. حس کرد باید برود. جاده را با ماشین هایش که هنوز در تردد بودند دربالای شیب دره دید و به سمت آن به راه افتاد. مکثی کرد، سرش را لمس کرد. مایعی لزج از سرش به صورتش جاری بود. قرمزی اش را نمی‌دید. برگشت و به سمت مخالف جاده با تمام قوا دوید. جیپ را پشت سر گذاشت و در همان حال که می‌دوید برگشت و به جیپ به پهلو غلتیده با چراغ‌های روشنش و توده گرد و خاکی که هنوز ننشسته بود نگاه کرد. به سرعتش افزود.

نور ماه جلویش را روشن کرده بود و او می‌دوید. درد زخم‌ها نبود، ترس نبود، تحقیر نبود، خطی دور دست که آسمان را از کویر جدا می‌کرد بود و او که می‌دوید. صدای نفس هایش

را مـی شـنید کـه بـه سـختی بیـرون مـی آمدنـد و بـه افقـی چشـم
دوخته بـود کـه در پـس پـرده ای قرمـز رنـگ مـی دیـد. بـه پشت
سـر نـگاه نکـرد، فقـط دویـد بـا پاهایـی کـه بـه سـختی بـر زمیـن
خشـک کشـیده مـی شـدند. میـرو مـی دانسـت کـه بـه مـوازات
جاده‌ای کـه از آن بـه پرتگاه منحـرف شـده بودنـد جـاده ای قدیمـی
وجـود دارد کـه محـل رفـت و آمـد ماشین‌های سـنگین اسـت. امـا
نمـی دانسـت کـه جـاده مـوازی در ایـن سـمت جـاده اصلـی اسـت
یـا سـمت دیگـر. بـه ایـن هـم فکـر نکـرد و گام هـا را بـر خـاک
خشـک کـه بـا هـر قـدم تـوده ای را بـه هـوا مـی فرسـتاد کشـید.
نمی‌دانسـت چـه مـدت راه رفـت یـا دویـد یـا خـود را بـر خـاک
کشـید، آنچـه مـی دانسـت ایـن بـود کـه در پـس برآمدگـی تپـه ای
خاکـی، نـور ماشـین هـا را در تاریکـی شـب دیـده بـود و چنـدی
نگذشـته بـود کـه خـود را در کنـار جـاده یافتـه بـود.

بهـت زده در کنـار جـاده ایسـتاد یـا سـعی کـرد بایسـتد. درد شـلاق
بـاز آمـد، همـراه بـا درد شکسـتگی سـر، تاولهـای پاهـا و دسـتها.
کمـرش را راسـت کـرد و ایسـتاد. کامیونـی از دور پدیـدار شـد،
نفسـش داشـت بنـد می‌آمـد. دسـتان را بـر زانوهـا گذاشـت بـه
زور نفـس کشـید. فکـر کـرد دنـده هایـش شکسـته اسـت. کامیـون
در برابـرش ایسـتاد و راننـده بـا دسـت اشـاره کـرد کـه بیـا بـالا.
وقتـی کـه خـود را بـه زحمـت در روی صندلـی جـا داد، راننـده از
دیـدن چهـره پـر خونـش و لبـاس هـای دریـده و خاکـی اش در سـایه
روشـن نـور داخـل کامیـون یکـه خـورد و بـا تعجـب و یـا دلسـوزی
گفـت: چـه بلایـی سـرت آمـده؟ تصـادف کـردی؟ ماشـین ات کـو؟
میـرو نفسـی بـه سـختی کشـید و بـی آن کـه از قبـل فکـر کـرده

برای همه ما

باشـد بـه زحمـت گفـت: کنـار جـاده وایسـاده بـودم کـه... یـه از
خـدا بـی خبـر زیـرم کـرد و پـا... بـه فـرار گذاشـت. در یـک آن از
داسـتان فـی البداهـه اش خوشـش آمـد. راننـده زیـر لـب گفـت: خـدا
ازش نگـذره. حـالا کجـا میخـوای بـری؟ میـرو گفـت: شـما کجـا
میریـد؟ راننـده: تهـرون.

آفتـاب تـازه سـر زده بـود کـه کامیـون دره هـا و تپـه هـای اطـراف
تهـران را نـالان بـالا و پاییـن مـی رفـت. راننـده هـر از چنـدی نیـم
نگاهـی بـه میـرو مـی انداخـت کـه اینـک نیمـه هوشـیار بـود. خـون
جـاری از سـرش خشـک شـده بـود و نفـس هایـش آرام تـر بـود. راننـده
بارهـا بـه میـرو پیشـنهاد داده بـود کـه او را بـه مریـض خانـه ببـرد
ولـی میـرو گفتـه بـود کـه بـه خانـه خودشـان در حوالـی سرچشـمه
خواهـد رفـت و مـادرش از او مراقبـت خواهـد کـرد. یـک دروغ فـی
البداهـه دیگـر. در یکـی از خیابـان هـای جنـوب شـهر از کامیـون
پاییـن پریـد، بـه راننـده گفـت خانـه شـان در کوچـه روبرویـی اسـت.
کامیـون کـه دور شـد یـک راسـت بـه سـمت حمـام عمومـی کـه
سـر کوچـه بـود روان شـد. بـه صاحـب حمـام گفـت کـه چنـد دزد
کتکـش زده انـد و پولـش را روبـوده انـد. حمامـی از سـر دل رحمـی
مجانـی بـه حمـام راهـش داد. آب گـرم بـر زخـم سـرش مرحمـی
بـود و دردش را کمتـر کـرد. بـدن کوفتـه اش در زیـر دوش آب
گـرم غـرق لـذت و درد شـد. طاقـت نیـاورد و بـر زمیـن نشسـت. درد
زخـم شـلاق دوبـاره بازگشـت. هـر قطـره آب همچـون خنجـری بـر
شـانه هـا و پشـتش مـی کوفـت. نشسـته بـر زمیـن بـه گریـه افتـاد.
دلـش بـرای خـودش، شـادی، پیـران و دیگـران سـوخت. حتـی بـرای
پاسـدارانی کـه در ماشـین جیـپ رهـا کـرده بـود. بـه خـود آمـد،

کسی بر درب آهنی می کوفت. دوش را بست و به پشت در آمد. دستی به صورتش کشید و لای در را باز کرد. حمامی بود و می‌خواست بداند که آیا حالش خوب است یا نه؟

به سختی سر و رویش را با احتیاط خشک کرد، لباس هایش را تکاند و بعضی نقاطش را شست. لباس پوشید، در آینه زنگ زده رختکن نگاه کرد. از خودش ترسید. نه از زخم های سر و صورتش، از اینکه سال‌ها پیرتر شده بود ترسید.

از حمام بیرون آمد و در ازدحام پیاده رو در میان مردم گم شد. حس خوش آزادی را مزه مزه کرد و ساعت ها آرام آرام راه رفت و به آنچه در آن محله فقیرنشین می‌دید با دقتی دیگرگونه نگریست. فکر کرد خلق اش آنقدر گرفتار نان شب است که حتی خبر ندارد که چه بر سر او و دوستانش می آید. بر خود نهیب زد و سعی کرد شماره تلفن تماس ای را که داشت به یاد بیاورد. به یاد آورد. در جلوی دکه ی زرد رنگ تلفن عمومی ایستاد. زنی در کابین تلفن بود. انتظار طولانی شد و میرو در اندیشه هایش غوطه ور شد. زن داشت از کنارش رد می شد که به خود آمد و گفت: خانم ببخشید دو ریالی اضافی ندارید؟ زن نگاهی مشکوک به صورت زخمی اش انداخت. میرو سریع گفت: در آن کوچه روی ساختمانی کار می کنم از داربست افتادم، اگه دو ریالی دارید لطفاً بدید تا به صاحب کارم تلفن کنم بیاید مرا به درمانگاه ببرد. طرز حرف زدنش شبیه کارگران ساختمانی نبود و این را هم زن و هم خودش حس کردند. با این وجود زن یک دو ریالی در

برای همه ما

دستش نهاد و رفت.

میرو شماره را گرفت. بیش از ده بار زنگ خورد و کسی گوشی را بر نداشت. قطع کرد و با نگرانی به دریچه سکه‌ها نگاه کرد تا ببیند دو ریالی اش را پس می‌گیرد یا نه؟ دو ریالی با صدای خوشایندی به پایین آمد. دوباره شماره را گرفت. این بار بیشتر صبر کرد. پانزده زنگ و ناگهان صدایی از آن طرف فریاد زنان گفت: کیه چه کار داری؟ میرو گفت: رسول گفته که بار چایی رو بیارم پیش شما. صدا داد زد: دیر شده، دیگه نمیتونی بیاری.

در پس زمینه صداهای زیادی شنیده میشد. میرو گفت: آقا رسول محتاج پوله و گرنه تو دردسر می افته. صدا از پشت خط گفت: به آقا رسول بگو اگه بیاد دنبال پولش بدتر میشه. بعد از مکثی گفت: بابا الان دارن از کوچه با ضدهوایی می‌زنند تو این خونه. تا دو دقیقه دیگه یا باید تسلیم بشیم یا دود بشیم بریم هوا. بعد گوشی رو کوبید زمین. میرو مات و مبهوت گوشی رو بر جای گذاشت و از کابین بیرون آمد. تنها ارتباطش با سازمان نابود شده بود و او مانده بود و زخم هایش، بی سرپناه و آواره، رودررو با لشکری از چشم هایی که با شک و تردید به این وصله ناجور می نگریستند.

فصل سیزدهم

فروهـر از روزی کـه در حـرم دسـتگیر شـده بـود رنـگ آفتـاب را
ندیـده بـود. در سـلول کوچکـی بـا دری آهنـی حبـس بـود و یـک
هفتـه‌ای بـود کـه هـر روز سـر سـاعت ده صبـح دو پاسـدار بـه
سـلولش مـی آمدنـد، برگـه ای را امضـا مـی کردنـد و بـر کـف
پاهـای فروهـر شـلاق مـی زدنـد. یکـی از پاسـداران پاهـای فروهـر
را محکـم رو بـه بـالا مـی گرفـت و دیگـری دیگـری شـلاق را بـر
پاهـای زخـم آلـودش بـا قـدرت مـی کوفـت.

شـلاق از جنـس تسـمه پروانـه ماشـین بـود و هـر ضربـه همچـون
دشـنه ای فـرود مـی آمـد. فروهـر فریـادش را در گلـو حبـس مـی
کـرد، هـر چنـد گاهـی انـگار تمامـی وجـودش در قالـب فریـادی دل
خـراش خـارج مـی شـد. آن روز هـم برنامـه روزانـه جریـان داشـت :
فروهـر بـا چشـمان بسـته بـر کـف سـلول بـا درد شـلاق مـی نالیـد

برای همه ما

که ناگاه در سلول با صدا باز شد. شلاق قطع شد. فروهر قلبش تند می زد و نفس را به سختی بیرون می داد. صدایی گفت: خوب نگاهش کن. پس از مکثی کوتاه همان صدا گفت: خیلی خوب. احتیاجی به شلاق و اعتراف گرفتن نیست. آقا فروهر شناسایی شد. قاتل شهید جواهری است.

فروهر درد و شلاق را از یاد برد. در همان حال که به پشت افتاده بود حضور رضا را در سلول حس کرد. رهایش کردند و در سلول با صدایی بلند در پشت سرشان بسته شد. فروهر در اوج درد به یاد مادرش افتاد و او را تصور کرد که در سوگ او مشکی به تن دارد. ناامیدی همراه با اشمئزاز سراسر وجودش را پر کرد.

فصل چهاردهم

بعـد از ظهـر روز گـرم تابسـتان شصـت بـود کـه پیـران شـادی را
دیـد. سـر قـرار بـه موقـع حاضـر شـده بـود و شـادی کـه ده دقیقـه
ای دیـر آمـده بـود در حالـی کـه قطـرات عـرق پشـت لبـش توجـه
پیـران را جلـب مـی کـرد بـا خاطـری نگـران از پیـران عذرخواهـی
مـی کـرد کـه نتوانسـته بـه موقـع برسـد. پیـران از اینکـه شـادی در
خیابـان دویـده بـود تـا بـه موقـع بـه قـرار برسـد در عیـن رضایـت
باطنـی، انتقـاد کـرد و بـا همـان حالـت همیشـگی کـه جـدی و مصمـم
مـی نمـود بـه شـادی گوشـزد کـرد کـه دویـدن مـی توانـد باعـث
شـک افـراد و نهایتـاً دردسـر شـود. شـادی بـا صورتـی برافروختـه از
گرمـای تابسـتان، پوشـش اسـلامی و دویـدن، سـر بـه زیـر انداخـت
و زیـر لـب گفـت: درسـته. بعـد چشـمانش بـه بـالا نگریسـتند و
بـا چشـمان پیـران تلاقـی کردنـد. صـورت پیـران سـنگواره ای بـود
بـی احسـاس و نشـاط جوانـی. روسـری سـفید شـادی بـه صـورت

برای همه ما

مهتابی و ملتهب اش جذابیتی روحانی داده بود. لب صورتی و کمی قلمبه اش معصومیتی کودکانه را القا می کرد و پیران تمامی اینها را در یک لحظه سکوتی که بین اشان برقرار شد، در خاطرش برای همیشه حک کرد.

شادی با احساس تعهدی کم نظیر، به تمامی خود را وقف مبارزه ای کرده بود که برای پیران و دوستانش تنها معنای وجودی اشان بود و این اعتباری گرانقدر به شادی در چشم پیران می داد. دختری جوان که به چنان مرتبه ای در تشکیلات دست یافته بود که اینک رابط اصلی تمام تیم های دانش آموزی با سازمان بود.

قرارهای سازمانی بعداز ظهر های تابستان آن سال به سمفونی زیبایی بدل گشت با ضرب آهنگهای پرطنین و شوق انگیز قبل از قرار، ملودی آرام و در برگیرنده چند دقیقه بی کلام، ریتم موزون و خلسه آور و بیقرار جدایی و عاقبت ناله جان سوز ساز در شبهای احساس گناه.

در هر قرار، شادی بسته کوچکی از گزارشها و خبرهای تیم های دانش آموزی را به پیران می‌داد. این خبرها بر روی کاغذهایی نازک نوشته و به دقت به کوچکترین حجم ممکن فشرده می شد تا در صورت دستگیری بتوان راحتتر از شرش خلاص شد. تحویل این بسته کوچک که معمولا به اندازه یک قوطی کبریت بود وقت چندانی نمی گرفت، ولی پیران دلش میخواست بدون هیچ کلامی می توانست بایستد و شادی

را بنگرد. اما فرصت کوتاه بود و هدف مبارزه. پیران مسئول و مبارز چنان بر پیران عاشق نهیب می زد و می تاخت که او حتی در خلوت ذهن خود هم اجازه ابراز عشق نداشت.

عشق بی کلام اما رویید. بی آنکه هیچ یک از آن دو حتی در خلوت ذهن خویش نیز ابرازش کنند. شادی، خوشحال در سر قرارها حاضر می‌شد. حتی گاهی زودتر. هر چند باز هم شماتت می شد که نبایستی زودتر به سر قرار برسد چرا که معطلی در سر قرار نیز شک برانگیز و دردسر ساز بود. پیران نیز احساس می کرد زیستن اش معنایی دیگر یافته است. هرچند هیچکدامشان ذره ای از مبارزه و اصول آن حتی در خلوت ذهن خویش نیز عدول نمی کردند، در هنگام قرار، چشم ها در لحظات زودگذر و دلهره آور و پر خطر بی هیچ مدارایی گفتگوهای دیرپایشان را از سر می گرفتند. و این به اعتلای عشق این دو منجر میشد که به جبر زمان از آلودگی به ابتذال گفتار به دور می ماند. با هم بودنی دور از هم که به برکت اعتقادات هر دو به بازی بی بدیلی از کشف راز و رمزهای ضمیر یکدیگر بدل گشته بود، بی آنکه بخواهند و یا بدانند.

پیران بود و سلول کوچک تنهایی و یاد شادی. شادی قبل از او دستگیر شده بود و تا آنجا که می دانست شادی نبایستی در خطر باشد. آنچه در باره اش می دانستند اندک بود و چند هفته ای قبل از درگیری های مسلحانه با رژیم دستگیر شده بود. پیران با خود فکر می کند که شاید هم الان شادی آزاد شده و به خانه بازگشته است. همانطور که در روی تخت فلزی

برای همه ما

خوابیده بود باز به یاد خانه افتاد. یک هفته بود که در این سلول زندگی می‌کرد و متعجب بود که چه ساده خو گرفته بود که سر وقت به در بکوبد تا اجازه دستشویی رفتن بگیرد، با اذان صبح، ظهر و مغرب نمازش را بخواند و ساعتها در آینه کوچکی که در اتاق بود خیره به خود بنگرد. در آن احوال حس می‌کرد در پشت چشمانش کسی دیگر به تماشایش ایستاده است. و بعد از مدتی از آن موجود تماشاگر می‌ترسید و چشم از آینه بر می‌داشت. رویای شادی روزها و شبهایش را شیرین می‌کرد. هر چند نگران او نیز بود ولی به خود حتی اجازه نمی‌داد که فکری غیر از آزادی برای شادی داشته باشد.

فصل پانزدهم

فروهـر بـر زیلـوی کـف سـلول طـاق بـاز افتـاده بـود و در خـواب یـا بیـداری و یـا بیهوشـی مطمئـن نبـود کـه رویـا مـی بینـد یـا فکـر مـی کنـد. مـرز بیـن واقعیـت و رویـا و خاطـره برایـش مخـدوش شـده بـود. پاهایـش را حـس نمـی کـرد. فکـر کـرد شـاید فلـج شـده. دسـتش را حرکـت داد و جلـوی صورتـش گرفـت. دسـت خـودش بـود. مـی دیـد ولـی نمـی دانسـت آنچـه کـه مـی بینـد رویاسـت یـا واقعیـت. شـادی را دیـد آوازخـوان و خنـدان. هیچگاه پیـش تـر او را بـدون حجـاب ندیـده بـود و برایـش جالـب بـود کـه شـادی اینـک بی‌پـروا گیسـوان در دسـت بـاد داده اسـت. یـاد پیـران افتـاد. مـی دانسـت، بـدون اینکـه کسـی بـه او گفتـه باشـد.

شـادی آواز مـی خوانـد، نـه سـرودهای سـازمان را. آوازی بـود باشـکوه و هرچـه فروهـر بیشـتر دقـت مـی کـرد کمتـر کلامـی از

۱۰۳

برای همه ما

آن را مـی فهمیـد، ولـی بـه آواز بـا جـان و دل گـوش مـی داد و از آن سـیری نداشـت. شادی خندیـد و دسـتش را بـه سـوی فروهـر دراز کـرد. فروهـر دسـتش را دراز کـرد امـا هـر چـه جلوتـر مـی رفـت شـادی دورتـر مـی شـد. شـادی در میـان نـور و بـاد گـم شـد و فروهـر از درد پشـت بـه خـود لرزیـد. درد بـه دنیـای واقعـی بـازش گردانـد. گردنـش را کمـی بلنـد کـرد و نـوک انگشـتان پایـش را دیـد. کمـی آرام شـد. پاهایـش بودنـد. امـا حسـی نبـود. مـی دانسـت کجاسـت و یـادش آمـد لحظـه آخـری کـه او را بـه خـود واگذاردنـد و حـس تهـوع در اعمـاق وجـودش را. امـا یقیـن نداشـت کـه در خـواب بـوده اسـت یـا بیـدار؟ بـه خـود لرزیـد. بـه خـود رهایـش کردنـد چـرا کـه رضـا ماجـرا را گفتـه بـود. بـاز یـاد مـادرش افتـاد. مـی دانسـت چنـدان امیـدی نـدارد. امـا در گوشـه ذهـن اش امیـد بـه اینکـه دیـدن رضـا در رویـا بـوده اسـت را زنـده نـگاه داشـت. یـاد پـدرش افتـاد. دلـش برایـش تنـگ نشـده بـود. حتـی نمـی خواسـت او را ببینـد. میدانسـت کـه اولیـن جملـه اش تاییـد حرفهـای خویـش و نادرسـتی راه او بـود. بـا هـم ماجراهـا داشـتند. فروهـری کـه تـا قبـل از انقـلاب پـدر را همچـون بـت مـی پرسـتید و او را مظهـر کاملـی از انسـانیت مـی دانسـت، بعـد از چنـد سـال بـه جایـی رسـید کـه آشـکارا در مقابـل پـدر نافرمانـی مـی کـرد و حرفـش را بـه هیـچ مـی پنداشـت. و پـدری کـه فروهـر برایـش یگانـه عالـم بـود آنچنـان مسـتأصل شـد کـه آخرالامـر او را از خانـه رانـد. از آن پـس فروهـر چنـدی شـبها را در اتـاق پیـران مـی گذرانـد و ایـن دوره دوسـتی شـان را عمقـی دیگـر بخشـید.

فصل شانزدهم

همـه چیـز روشـن بـود. مـرزی مشـخص و روشـن مابیـن آنـان کـه بـه راه تکامـل مـی رفتنـد و بـا حرکـت تکاملـی گیتـی سـتیز نمی‌کردنـد و آنـان کـه بـا نادانـی و ندیـدن کوچکـی خویـش مـی خواسـتند در برابـر ایـن حرکـت سـدی شـوند. حرکـت گیتـی رو بـه جلـو بـود و عناصـری کـه بـا ایـن حرکـت در تعـارض بودنـد محکـوم بـه فنـا. و اینـک میـرو و دوسـتانش خـود را سـمبل عناصـر همگام بـا سـیر تکاملـی گیتـی مـی دانسـتند و آنـان کـه در مقابلشان صـف بنـدی کـرده بودنـد مرتجعانـی بودنـد کـه عاقبتـی غیـر از فنـا نداشـتند. هـر چنـد واپسـگرایان مـدت اندکـی بـر چهـره حرکـت پویـای هسـتی چنـگ مـی انداختنـد و در چشـمانش خـاک مـی پاشـیدند، ولـی در نهایـت بازنـده ایـن ماجراجویـی انـد. همـه چیـز بـه شـدت روشـن بـود و میـرو هیـچ شـکی نداشـت. او و دوسـتانش در نـوک پیـکان تکامـل بـه جنـگ آنانـی بـر خواسـته بودنـد کـه

۱۰۵

برای همه ما

نهایتاً محکوم بـه فنا بودنـد.

جـای زخـم هـای شـلاق بـر پشـتش سـوخت. پتـوی نازکی کـه
بـر روی زمیـن سـفت انداختـه بـود کمـک چندانـی نبـود. بـه پهلـو
دراز کشـید. مـاه در چارچـوب پنجـره نیـم سـاخته سـاختمان در حال
سـاخت تمـام رخ سـلامش کـرد. دسـتش را بـه زیـر سـر تکیـه کـرد
و بـی اراده آهـی از گلویـش خـارج شـد. مـاه همانـی بـود کـه بـه
خـاک افتـادن شـادی را نورافشـانده بـود. درسـت یـک مـاه قبـل.
گویـا هیـچ اتفاقـی نیفتـاده و دوبـاره در مـدار خویـش بـه نقطـه
قبلـیـش بازگشـته اسـت. سـگی از دور وغ زد. نسـیمی سـرد سـاختمان
نیمـه کاره را درنوردیـد. حـس کـرد قرنهـا از آن روز نحـس دور
اسـت. حـس کـرد آن همـه را در رویـا دیـده و اینـک از خـواب
بیـدار شـده. سـگ دوبـاره وغ زد. زخـم هـا سـوختند. صدایـی گفت:
چـه مرگتـه اینقـده مـی غلطـی ؟ زمیـن زیـرت مـی لـرزه! بـذار کپـه
مرگمـان رو بذاریـم! همکارش بـود مجیـد، همانـی کـه بـه احوالـش
دل سـوزانده بـود و بـه دروغ میـرو را پسـر دایـیش معرفـی کـرده بـود
تـا سـر سـاختمان مشـغول بـه کار شـود. هـر دو روز را بـه عملگـی
و شـب را بـه پاسـداری از سـاختمان مشـغول بودنـد. مجیـد جـوان
هفـده سـاله ای بـود بـی سـواد و میـرو جـوان بیسـت و چهـار سـالهای
دانشـگاه دیـده و مبـارز. مجیـد مـی دانسـت میـرو بـه ماننـد او نیسـت.
فحـش نمـی داد، فریـاد نمـی زد و قبـل از غـذای سـاده شـان کـه
اغلـب نـان و پنیـر بـا انگـور، خربـزه یـا هندوانـه بـود دسـتانش را مـی
شسـت. از همـه عجیـب تـر ایـن بـود کـه نمـاز میـرو تـرک نمـی
شـد. مجیـد هرگـز نمـاز نخوانـده بـود. از زمانـی کـه خـود را شـناخته
بـود کار کـرده بـود و جـز معمار کـه سـالها بـود برایـش کار مـی

کـرد هیچ کسـی دیگـر را ندیـده بـود کـه نمـاز بخوانـد، آن هـم بـا چنـان آدابـی و تمرکـزی. وقتـی میـرو نمـاز می‌خوانـد دوسـت داشـت تماشـایش کنـد. میـرو در نظـرش بـه نیرویـی روحانـی بـدل مـی شـد کـه نشـان از دنیایـی دیگـر داشـت و او ایـن را دوسـت داشـت. میـرو هـم ایـن را زیرکانـه دریافتـه بـود و شـب هـا کـه چـراغ هـا خامـوش مـی شـد و ایـن دو در گوشـه‌ای از طبقـات بالایـی سـاختمان نیمـه کاره بـر پتوهـای پـاره شـان دراز می‌کشـیدند، مجیـد را بـه زعـم خویـش ارشـاد مـی کـرد. از اسـلام انقلابـی برایـش مـی گفـت و اینکـه چطـور امـام حسـین در مقابـل ظلـم یزیـد قـد علـم کـرد و چگونـه بایسـتی میـراث او را پـاس داشـت. برایـش مـی گفت کـه چطـور خـون حسـین کـه بـرای آزادی امثـال او ریختـه شـده بـود را مدعیـان دروغیـن دیـن بـه هـدر داده انـد. مـی گفـت کـه آزادی انسـان از بردگـی و اسـارت قدرت‌هـای بـزرگ از راه مبـارزه حسـینی انجـام می‌شـود و گریـه بـر مـرگ حسـین سـاخته آنانـی اسـت کـه حسـین بـر علیـه آنـان برخاسـته بـود. مجیـد بیشـتر حرفهـای میـرو را نمـی فهمیـد و گاهـی فقـط دوسـت داشـت بـه موسـیقی حرفهـای او در شـب هـای تاریـک خفتـه بـر پتـو هـای پـاره، یـا در کنـار سـفره بـی رونـق اشـان گـوش دهـد و از ایـن دنیـای پـر درد و رنـج خویـش دور شـود. میـرو پنجـره ای رو بـه دنیایـی دیگـر بـود. یـک روز در هنـگام کار زیـر تابـش آفتـاب، مجیـد در حالیکـه ظـرف مخصـوص حمـل سـیمان را در بغـل داشـت رو بـه میـرو کـرد و گفـت: تـو کـی هسـتی آقـا میـرو؟ میـرو در چشـم هـای مجیـد خیـره شـد و هیـچ نگفـت. حتـی نتوانسـت بفمهـد چـرا مجیـد بـه یـک بـاره چنیـن سـوالی از او کـرده؟ تبسـمی کـرد و فرقـان پـر از آجـر را بـه جلـو رانـد.

برای همه ما

فصل هفدهم

همان‌طور کـه در سـایه روشـن چـراغ کـم سـوی زردرنـگ ایسـتاده
بـود بـه بـرادرش خیـره شـده بـود کـه بـا عینـک آفتابـی اش در
کنـار صـف پاسـداران جـوان و بعضـاً بچـه، کـه در لبـاس هـای سـبز
و گشـاد شـان بیشتـر بـه نظـر مـی رسـید کـه مشـغول بـازی بـا
تفنـگ هـای چوبـی انـد. امـا نـه ایـن بـازی بـود و و نـه آن تفنـگ
هـا چوبـی. ردیـف کـودکان سـبز پـوش جوخـه اعدامـی بـود کـه
در سـحرگاه آن روز تابسـتان شصـت آمـاده بودنـد تـا فرمـان دادگاه
انقـلاب را در مـورد او اجـرا کنـد.

رنـگ و روی بیشتـر بچـه هـای تفنـگ بـه دسـت پریـده بـود و
دستانشـان آشـکارا مـی لرزیـد. مهـدی بـرادر عینـک آفتابـی بـود
کـه دو هفتـه پیـش بـا اسـتفاده از اطلاعاتـی کـه عینـک آفتابـی از
طریـق مـادرش بـه دسـت آورده بـود دستگیـر شـده بـود. او از فعـالان

برای همه ما

مجاهدیـن بـود و سـری نتـرس داشـت. اولیـن بـار کـه مجاهدیـن در
خیابان‌هـای شـهر بـه رژه مسـلحانه و خصمانـه دسـت زدنـد او بـا
چنـان جسـارتی بـه صـف پاسـداران و بسـیجی هـای حامـی حکومـت
حملـه کـرده بـود کـه بسـیاری از آنـان از تـرس مهـدی فـرار کـرده
بودنـد. او کـه در ورزش هـای رزمـی آمـوزش دیـده بـود بـا مهـارت
خاصـی بـه سـر پاسـداران و بسـیجی‌ها لگـد مـی‌زد و نقـش زمیـن
شـان مـی کـرد. او بـه تنهایـی تصویـر نقاشـی شـده بـزرگ خمینـی
را در وسـط میـدان اصلـی شـهر آتـش زده بـود، آن هـم در شـرایطی
مشـابه حکومـت نظامـی! خانـواده مهـدی امـا هـم عقیـده او نبودنـد.
بـرادرش، عینـک آفتابـی از پاسـداران اصلـی شـهربود و مـادر و
خواهرانـش حامیـان بـی چـون و چـرای حکومـت اسـلامی. از ایـن
رو، وقتـی رودررویـی مجاهدیـن و حکومـت اسـلامی از فـاز سیاسـی
بـه فـاز نظامـی وارد شـد، تضـاد بیـن اعضـای خانـواده مهـدی از بحث
هـای معمـول آن سـال‌ها فراتـر رفـت. مهـدی از خانـه گریخـت و در
خانه‌هـای امـن مجاهدیـن مـاوا جسـت. امـا از همـان روز عینـک
آفتابـی قسـم خـورد کـه او را خواهـد یافـت و تحویـل حکومـت
خواهـد داد.

اگـر مهـدی هـم دسـتش بـه بـرادر پاسـدارش مـی رسـید او را شـامل
مجـازات هـای از پیـش نوشـته مجاهدیـن بـرای پاسـداران مـی کـرد.

ایـن دو کـه قبـل از اسـتقرار حکومـت اسـلامی جدایـی ناپذیـر بودنـد،
همـراه بـا رونـد قـدرت گرفتـن حکومـت اسـلامی و بـه تبـع آن
رشـد درگیری‌هـای سیاسـی و بعـد نظامـی بیـن حکومـت و دیگـر
گروه‌هـای سیاسـی از یکدیگـر دور شـدند، تـا اینکـه امـروز عینـک

فصل هفدهم

آفتابی در آستانه صدور فرمان آتش به جوخه اعدامی بود که برادرش را نشانه رفته بود.

مهدی به جرم جنگ با خدا در مقابل جوخه آتش کودکان رنگ پریده ایستاده بود و در کنارش پنج جوان دیگر بودند که از بین شان فقط فروهر را می شناخت. فروهر با همان آرامش همیشگی در حالی که دست هایش از پشت بسته بود به مهدی لبخندی زد. عینک آفتابی دو شکار مهم کرده بود و اینک با موفقیت ناظر اجرای حکم خداوند در مورد آنان بود که بر ضد او به جنگ برخاسته بودند.

فروهر هنوز نمی توانست این همه را باور کند. از چند ساعتی قبل که به ناگاه صدایش کرده بودند و خود را در مقابل مادر و پدر گریانش یافته بود تا آخرین دیدار را انجام دهند، دچار حالتی بود که گویا این همه را در رویا می بیند. مادر می گریست و پدر خمیده بود و فروهر نمی دانست چه طور به آنان بنگرد. فروهر به هیچ چیز فکر نمی کرد و به تمامی به عقوبتی که برایش رقم خورده بود تسلیم بود. روز قبل در اتاقی کوچک که دو میز آهنی در آن بود محاکمه شده بود. او روبروی قاضی که آخوندی با عمامه و ریش سیاه بود نشسته بود و آخوند از او پرسیده بود که آیا دفاعی دارد که از خود بکند؟ فروهر که زمان زیادی بود رنگ آفتاب و مردم را ندیده بود، از پنجره اتاق که در طبقه دوم و مشرف به خیابان شلوغ بود، به بیرون می‌نگریست و غرق تماشای دستفروشی بود که کلنجار می رفت تا بار میوه اش را بر الاغش ببندد.

۱۱۱

برای همه ما

بعد از چندی شنیده بود که آخوند می گفت : بـرو و ارتباطت را بـا خـدا مسـتحکم‌تر کـن. فروهـر دانسـته بـود کـه روزهایـش بـر ایـن کـره خاکـی بـه پایـان رسـیده اسـت. محاکمـه ده دقیقـه طـول کشـیده بـود بـدون وکیلـی یـا هیئـت منصفـه ای و یـا دفاعـی. او دشـمن خـدا بـود و اینـک سـربازان خداونـد او را بـه عقوبتـی کـه مسـتحق اش بـود می‌رسـاندند.

فصل هجدهم

هـوای خنـک کوهسـتان اطـراف شـهر در نیمـه شـب تابسـتان سـال شـصت بـرای شـادی یـادآور دوران نـه چنـدان دوری بـود کـه بـا دوسـتانش در ایـن کوهپایـه هـا گذرانـده بـود. یـک سـال پیـش کـه هنـوز انقـلاب جـوان بـود و تـب و تـاب و احساسـات ضـد امپریالیسـتی در اوج، شـادی و دیگـر دختـران میلیشـیا در ایـن منطقـه مشـق نظـام مـی کردنـد و بـه خیـال خویـش بـرای مقابلـه بـا ارتـش آمریـکا خـود را آمـاده مـی کردنـد. در آن زمـان گروهـی از انقلابیون وابسـته بـه رژیـم اسـلامی سـفارت آمریـکا را اشـغال کـرده و اعضـای سـفارت را بـه گـروگان گرفتـه بودنـد. جامعـه در بیـم و شـاید امیـد حملـه آمریـکا بـه ایـران بـود و بـر چنیـن بسـتری مجاهدیـن توانسـته بودنـد احساسـات پـاک جوانـان را بـه بزرگتریـن کمپیـن جمع‌آوری نیـرو تبدیـل کننـد. در آن روزهـا، هـر روز صبـح زود جوانـان و نوجوانانـی کـه دل بـه تعلیمـات مجاهدیـن داده بودنـد در دسـته هـای

برای همه ما

سـی چهـل نفـری بـه ایـن کـوه پایـه هـا مـی آمدنـد و بـدون داشـتن
هیـچ سـلاحی تمرینـات رزمـی میکردنـد.

شادی بـوی خـاک و علـف و سـکوت و خنکـی کوهسـتان را حـس
کـرد. چشـم بنـد سـیاهی کـه بـر چشـمش بسـته بودنـد در شـب
سیاه امکان دیـدن نـوری را نمـی داد. دسـتی زیـر بازویـش را گرفتـه
بـود و بـه جلـو مـی بـرد. پایـش بـه سـنگ هـای درشـت دامنـه کـوه
مـی خـورد و راه رفتـن را دشـوار مـی کـرد. مـی دانسـت کـه آخریـن
لحظـات زندگانـی اش را می‌گذرانـد ولـی خـود نیـز متعجـب بـود
کـه چـرا نمـی ترسـد. تنهـا احسـاس غریبـی از تسـلیم مطلـق داشـت.
بـه پیـران هـم فکـر کـرد ولـی او را زود از ذهـن رانـد. تسـلیم مطلـق
بـود و هیـچ نمـی گفـت. دیگـر سـرود هـم نمـی خوانـد. فقـط راه را
درمـی نوردیـد و بـی قـرار بـود کـه ایـن لحظـات بـه پایـان برسـند.

صدای دختر جوانـی کـه بلنـد زاری مـی کـرد بـه گـوش مـی رسـید
و آزارش مـی داد. مـی توانسـت حـدس بزنـد کـه ده دوازده نفـر
در حـال حرکتنـد. دسـتی کـه زیـر بازویـش را گرفتـه بـود زنـی
بـود بـا چـادر مشـکی. پارچـه چـادرش گاهـی بـه تنـش مـی خـورد.
صـدای برخـورد پوتیـن پاسـدارها را بـه سـنگهای کوهپایـه مـی شـنید.
رسـیدند. دو دسـت شـانه هایـش را گرفـت و در نقطـه‌ای مسـتقرش
کـرد. ایسـتاد. مـردی شـروع بـه خوانـدن قـرآن کـرد. آیـه را مـی
شـناخت.

آیـه کـه تمـام شـد، مـرد اسـامی دختـران را خوانـد. همـه را مـی
شـناخت. در واقـع همـه بـه نحـوی در تشـکیلات میلیشـیای دختـران

بـه شـادی مرتبـط بودنـد و همـه نوجـوان.

شـادی هفـده سـال داشـت و دیگـران هـم زیـر بیسـت سـال بودنـد. مـردی کـه قـران میخوانـد بـه سـرعت بـه خوانـدن حکـم دادگاه انقـلاب پرداخـت و جـرم شـش دختـر نوجـوان را جنـگ بـا خـدا و مبـارزه مسـلحانه بـر علیـه حکومـت اسـلامی دانسـت. پـس از آن همـه چیـز بـه سـرعت اتفـاق افتـاد. صـدای پاسـداری کـه فرمـان آمـاده بـاش بـه جوخـه آتـش داد و صـدای غـرش رعـد آسـای همزمـان اسـلحه هـای ژ-سـه بـه روی صـف دختـران نوجـوان. شـادی بـوی بـاروت و خـون را فهمیـد و دیگـر هیـچ.

پاسـدارهای جوخـه اعـدام تفنـگ هـا را بـه زمیـن انداختنـد و شـروع بـه کنـدن زمیـن بـا بیـل و کلنـگ کردنـد. کار دشـوار تـر از آن بـود کـه تصـور مـی کردنـد. زمیـن سـنگی لبـه بیـل و کلنگهـا را مـی سـایید و بـازوان گورکنـان خسـته و خسـته تـر مـی شـد. شـش جسـد کـه در چـادر سـیاه پیچیـده شـده بودنـد بایسـتی چـال مـی شـدند.

عاقبـت در تاریکـی شـب و بـا کمـک نـور چـراغ قـوه، چالههایـی بـه عمـق سـی تـا پنجـاه سـانتی متـر کنـده شـد و بـدن هـا را بـه درون چالـه هـا انداختنـد و روی آنـان را بـا سـیمان پوشـاندند. نتیجـه کار گورهایـی شـد کـه از دل خـاک بیـرون زده بودنـد و گاهـی گوشـهای از چـادری و یـا تکـه ای از لباسـی از دل سـیمان بیـرون زده بـود.

برای همه ما

فصل نوزدهم

پیران می‌دوید. بی وقفه و با نگاهی رو به جلو، به دور حوض کوچکی که در وسط حیاط قدیمی بود. ضرب آهنگ قدمهایش در سرش می کوفت و قصد ایستادن نداشت. فقط می دوید.

اینجا خانه ای سنتی بود با تمام نشانه های یک خانه سنتی. حیاطی با باغچه های کوچک و حوضی کوچک در میان و اتاق هایی چیده شده در دو طرف آن. خانه در مجموع پنج اتاق در دو ضلع شمالی و غربی داشت. در ضلع جنوبی یک در کوچک فلزی آبی قرار داشت که برای رسیدن به آن می بایست از سه پله بالا رفت. در باغچه های کوچک خانه دو درخت نه چندان زیبای محلی قد بر افراشته بودند. حوض کوچک و کم عمق بود و با دیواره کوتاه سنگی اش در دل زمین جا داشت. بر پشت بام خانه معمولاً سه یا چهار پاسدار نگهبانی می‌دادند و

برای همه ما

گاهـی بـه درون حیـاط سـرک می‌کشـیدند.

ایـن خانـه اخیـراً و بنـا بـه ضـرورت تبدیـل بـه زنـدان شـده بـود و
هیـچ یـک از امکانـات مـورد نیـاز یـک زنـدان را نداشـت. هنگامـی
کـه مجاهدیـن بـه حکومـت اسـلامی اعـلام جنـگ مسـلحانه کردنـد
و سـیل دسـتگیری هـا شـروع شـد، رژیـم مجبـور شـد خانـه هایـی
ماننـد ایـن را بـرای نگهـداری موقـت از زندانیـان بـه وجـود آورد. بـه
دلیـل وجـود سـه پلـه ورودی بـه حیـاط ایـن خانـه، زندانیـان نـام ایـن
زنـدان را سـه پلـه گذاشـته بودنـد.

دو اتـاق بزرگتـر در ضلـع غربـی حیـاط مـکان اصلـی گـذران وقـت
در طـول روز، غـذا خـوردن و همیـن طـور خوابیـدن اکثـر زندانیـان
بودنـد. زندانیـان بـر روی موکـت فرسـوده کـف اتـاق مـی نشسـتند و
بـه دیـوار گچـی تکیـه مـی دادنـد. آنـان کـه تکیـه گاهـی بـه دیـوار
نمـی یافتنـد بـر روی زمیـن چمباتمـه مـی زدنـد، دراز مـی کشـیدند و
یـا لـم مـی دادنـد. در تمـام سـاعات روز و شـب کمبـود هـوای تـازه
در ایـن اتـاق هـا مشـهود بـود.

هـر زندانـی وسـایل خـواب و لبـاس هایـش را درون کیسـه ای بـه
میخـی بـر دیـوار اتـاق آویـزان کـرده بـود و هنـگام شـب هرکـس
گوشـه ای می‌یافـت تـا رختخوابـش را پهـن کنـد. هـر چنـد قدیمـی
ترهـا گوشـه خـاص خودشـان را داشـتند و کسـی هـم ایـن نظـم را
بـه هـم نمـی زد، تـازه وارد هـا بایسـتی جایـی مـی جسـتند یـا بـه
فوریـت جـای خالـی آزاد شـده و یـا اعـدام شـده ای را بگیرنـد.

غـذا معمـولا در یـک یـا دو دیـگ بـزرگ از سـه پلـه ورودی پایین
آورده مـی شـد و در پـای پلـه رهـا مـی شـد تـا خـود زندانیـان آنرا
قسـمت کننـد. تمـام مسایل ایـن طـرف در کوچـک آهنـی آبـی
بایسـتی توسـط خـود زندانیـان حـل مـی شـد: نظافـت محیـط، تقسـیم
غـذا و شسـتن ظـروف و یـا هـر چیـز دیگـری کـه در ایـن طـرف در
کوچـک آبـی اتفـاق میافتـاد. از ایـن رو زندانیـان زمـان بنـدی مرتبـی
بـرای انجـام ایـن امـور درسـت کـرده بودنـد. هـر روز یـک تیـم بـه
سـر کردگـی یکـی از بـا سـابقه تـر هـا یـا مسـن تـر هـا بـه همـه
کارهـا مـی رسـید. نـام سـر کـرده تیـم را شـهردار گذاشـته بودنـد.

هنـگام صبحانـه، سـفره هـای پلاسـتیکی بزرگـی را بـه روی زمین
و در وسـط اتـاق پهـن مـی کردنـد و همـه دور تـا دور سـفره مـی
نشسـتند و در کنـار یکدیگـر صبحانـه میخوردنـد کـه معمـولاً تکـه
ای نـان همـراه بـا کـره و مربـای کوچـک بسـته ای بـود. بعـد از
صبحانـه، ظـروف کـه معمـولاً محـدود بـه لیـوان هـای پلاسـتیکی
چـای مـی شـد توسـط تیمـی کـه نوبتشـان بـود شسـته مـی شـد،
سـفره برچیـده و اتـاق جـارو مـی شـد. ایـن برنامـه بـرای نهـار و
شـام هـم تکـرار مـی شـد. هـر چنـد شسـتن ظرفهـای ناهـار و شـام
بـه راحتـی صبحانـه نبـود.

عـلاوه بـر ایـن زندانیـان همچنیـن نظامـی اشـتراکی بـرای خوراکـی
هایـی کـه از بیـرون آورده مـی شـد برقـرار کـرده بودنـد. هیـچ
کـس در ایـن زنـدان اجـازه ملاقـات نداشـت. ولـی خانوادههـا اجـازه
داشـتند کـه هفتـه ای یـک بـار خوراکـی و یـا وسـایل مـورد نیـاز
هـر کـس را بـرایش بـه داخـل بفرسـتند. آنـان کـه بویـی از خانـه و

برای همه ما

خانواده شان را بـه واسطه خوراکی هـا و وسایل وارده حـس مـی کردنـد شـاد و سـرحال مـی شـدند و آنـان کـه کسـی را نداشـتند کـه برایشان چیـزی بفرسـتند بـه یمـن سیسـتم اشـتراکی از مزایـای خوراکـی هـا بهـره منـد مـی شـدند. اتـاق کوچکـی در کنـار حیـاط محـل ذخیـره تمامـی خوراکـی هـا بـود تـا بعـداً و بـه تدریـج و بـا برنامـه ریـزی درسـتی بیـن افـراد تقسـیم گـردد.

***

پیـران هیـچ کـس را نمـی دیـد، صـورت هـا همچـون هالـه هایـی از جلویـش رد مـی شـدند و او همچنـان بـه دور حـوض مـی دویـد.

زنـدان محـل نگهـداری آنانـی بـود کـه گویـا هنـوز نیـاز بـه بررسـی پرونـده شـان احسـاس مـی شـد و یـا زمـان بیشـتری بـرای بررسـی نیـاز بـود و پیـران چنـد روزی بـود کـه بـه اینجـا منتقـل شـده بـود و در ایـن چنـد روز توانسـته بـود بـا برخـی از همبنـدی هـا آشـنا شـود و یـا تجدیـد دیـدار کنـد. البتـه تـرس از وجـود خبرچیـن هـا در بیـن زندانیـان، باعـث مـی شـد کـه حـرف هـا حسـاب شـده باشـد. خبرچیـن هـا را آنتـن مـی نامیدنـد و عمدتـاً همـه مـی دانسـتند چـه کسـی ممکـن اسـت آنتـن باشـد. اینـان معمـولاً کسـانی بودنـد کـه از عقایـد گذشتهشـان بـه دلیـل فشـار زنـدان و یـا شـرایط جامعـه دسـت کشـیده بودنـد و بـه دنبـال مفـری بودنـد کـه بتواننـد از ایـن جهنـم جـان سـالم بـه در برنـد. آنـان در اینجـا هـم دارودسـته راه انداختـه بودنـد و بـا برگـزاری مراسـم دعاهـای مذهبـی، رضایـت خاطـر پاسـداران را فراهـم می‌کردنـد.

پیـران مـی دویـد. یـک سـاعتی مـی شـد کـه بـی وقفـه مـی دویـد.

فصل نوزدهم

خستگی در کار نبود، دلـش مـی خواست اینقـدر بـدود تـا قلبـش بایسـتد و در کنـار حـوض آب بیفتـد و بمیـرد. بـه یـادش نمی‌آمـد کـه چـه زمانـی، از چـه روزی، و در چـه مکانـی، دری کوچـک، آبـی و آهنـی بـاز شـده بـود و پاسـداری در میانـه اش ظاهـر شـده بـود و از روی کاغـذی کوچـک اسمهایـی را خوانـده بـود: شـش دختـر و شـش پسـر. و بـا خونسـردی گفتـه بـود کـه اینـان دیشـب بـه جـرم جنـگ بـا خداونـد و حکومـت اسـلامی در مقابـل جوخـه اعـدام قـرار گرفتـه و اعـدام شـده انـد.

پیـران بـا شـنیدن اسـم شـادی و بعـد فروهـر حـس کـرده بـود از جسـم خـودش جـدا شـده و رو بـه بـالا مـی رود. بـا پاسـدار و در فلـزی کوچـک آبـی رنـگ شـش هفـت متـر فاصلـه داشـت ولـی بـه نـاگاه در و پاسـدار و سـه پلـه جلـوی در بـه سـرعت از او دور شـده بودنـد. هیاهـوی اطرافـش کـه عمدتـا از ضجـه زدن زندانیـان بـود از راه دور بـه گوشـش رسـیده بـود و در فلـزی آبـی رنـگ بسـته شـده بـود. زندانیـان بـه درون اتـاق هـا بازگشـته بودنـد و پیـران شـروع بـه دویـدن بـه دور حـوض کـرده بـود.

حـس مـی کـرد هیـچ چیـز برایـش اهمیـت نـدارد. دوسـت داشـت همانجـا قلبـش از کار بایسـتد و در کنـار حـوض بمیـرد. مـی دانسـت کـه مـادرش چـه خواهـد کشـید ولـی دیگـر برایـش مهـم نبـود. حـس مـی کـرد دیگـر هرگـز جهان برایـش معنایـی نخواهد داشـت. حـس مـی کـرد رویین تـن شـده اسـت و هـر لحظـه آمـاده مـرگ اسـت و ایـن قدرتـی شـگرف بـه او مـی داد.

برای همه ما

مـی دویـد و هالـه هایـی را مـی دیـد کـه ظاهـر مـی شـدند و دوبـاره پـس مـی رفتنـد. مـی دانسـت فریـاد مـی زننـد ولـی چیـزی نمیفهمیـد. یکـی از ایـن صورتکهـای محـو بغلـش کـرد و هـر دو بـه زمیـن خوردنـد. اسـماعیل بـود کـه همچـون بچـه ای پیـران را در آغـوش گرفتـه بـود و بـا صـدای بلنـد مـی گریسـت. گریـه نبـود، فغـان بـود، ضجـه بـود و همچنـان پیراییـه را بیـن بازوانـش میفشـرد.

حبابـی از اعمـاق جانـش بـالا آمـد، بـه گلویـش رسـید، فریـادی رعدآسـا کشـید و اسـماعیل را در آغـوش گرفـت. همچـون بچـه ای زار میـزد. همانطـور کـه هـر دو در کنـار حـوض روی زمیـن افتـاده بودنـد آرزو میکـرد همانجـا آخریـن نفـس هایـش را بکشـد. اسـماعیل هیـچ نمـی گفـت، تنهـا سـرپیران را در بغـل گرفتـه مـی گریسـت. بـرای خـودش، بـرای پیـران و بـرای همـه آنانـی کـه قربانـی ایـن بـازی آلـوده سیاسـی شـده بودنـد. پیـران حلقـه زندانیانـی را کـه محـزون در گرداگـرد آن دو بـه آرامـی اشـک مـی ریختنـد را نمـی دیـد. پاسـداران از پشـت بـام بـه پاییـن مـی نگریسـتند و تفنـگ هایشـان را در دسـت مـی فشـردند.

***

اسـماعیل معلـم بـود، فلسفه خوانـده بـود و سـی و پنـج سـال داشـت، ولـی موهـای سـرش بـه تمامـی سـفید شـده بـود. بچـه هـای زنـدان میگفتنـد کـه از روزی کـه بـه دادگاه رفتـه بـود و قاضـی جملـه معـروف ارتبـاط یافتـن بـا خـدا را بـه او گفتـه بـود بـه چشـم خـود دیـده انـد کـه موهـای او در یـک مـاه از سـیاه سـیاه بـه سـفید سـفید تغییـر رنـگ داده بـود. پیـران در کتـاب داسـتانی خوانـده بـود کـه موهـای پسـر جوانـی گرفتـار در تـه چاهـی عمیـق و رو در روی یـک

افعی مخوف، در طول یک شب، کاملا سفید شده بود. پیران فکر کرد که او، اسماعیل و دیگران در عمق چاهی تاریک رو در روی افعی نشسته اند و منتظرند که کدام یک طعمه بعدی اند؟

اسماعیل با تجربه تر از آن بود که مانند پیران و دیگر دوستان جوانش از سر احساسات و شور جوانی پا در این مخمصه گذاشته باشد. اینکه او به چه جرمی اینجاست، برای پیران از اولین روزی که او را در زندان دیده بود سوال بود. تصور می کرد که با توجه به سن و سال و تحصیلات اسماعیل و اینکه محرز است که به اعدام محکوم شده است، از اعضای رده بالای یکی از سازمان‌های مخالف حکومت اسلامی است. ولی واقعیت چنین نبود. اسماعیل در یک روز دلگیر در گوشه ای از حیاط زندان در حالیکه در کنار دیواری نشسته بود و سعی می کرد خود را در آفتاب کم رنگ پاییزی گرم کند برای پیران تعریف کرده بود که چگونه از کلاس درس به این جا رسیده و اینکه هیچ گاه همکاری مستقیمی با گروه های مخالف نداشته و اینکه تنها جرمش پناه دادن به تعدادی از دانش آموزانش بوده.

دانش‌آموزان هوادار مجاهدین که از ترس دستگیری بعد از اعلام جنگ مسلحانه با حکومت اسلامی از خانه‌هایشان متواری شده بودند و جایی برای زندگی نداشتند. اسماعیل آنان را در خانه‌اش برای دو هفته پناه داده بود تا جا و مکان دیگری بیابند. خطیب سر کرده آنان بود و بعد از دستگیری، اسماعیل را معرفی کرده بود. جرم اسماعیل پناه دادن به محاربان بود و

برای همه ما

ایــن او را در دســته محاربــان بــا خــدا قــرار مــی داد.

فصل بیستم

در تاریکـی بـه سـختی مـی توانسـت جلـوی پایـش را ببینـد. راه نیـز همـوار نبـود و او در حالتـی میـان خـواب و بیـداری بـه سـمت مقصـد مـی رفـت و نمـی دانسـت چـه در انتظـارش اسـت.

قلبـش بـه شـدت مـی کوفـت و تمـام تنـش در حالـی کـه عـرق کـرده بـود مـی لرزیـد. نمـی دانسـت چگونـه کارش بـه اینجـا کشـیده اسـت و چگونـه اسـت کـه او اینـک خـودش را در چنیـن شـرایط خطرناکـی قـرار داده اسـت. هنـوز لحظـه شـلیک بـه سـر پنـج قربانـی را در ذهنـش واضـح و روشـن مـی دیـد. تصاویـر، لحظـه ای رهایـش نمـی کردنـد. حـدود دو سـاعت پیـش بـه سـر تـک تـک اعدامـی هـا شـلیک کـرده بـود. اینـک بعـد از چنـدی بـا یـک بیلچـه و کیسـه کوچکـی از سـیمان بـر دوش بـه سـمت همـان کوهپایـه مـی رفـت. هـوا خنـک بـود و نسـیم بـی رمقـی بـه صورتـش مـی خـورد.

برای همه ما

در ذهنش بـه خـود لعنـت مـی فرسـتاد و پیـش مـی رفت. از جایـی
کـه ماشـین را پـارک کـرده بـود حـدود نیم سـاعت پیـاده آمـده
بـود و هـر چـه بـه مقصـد نزدیـک تـر مـی شـد قلبـش بیشـتر مـی
کوفت. از دامنـه بـالا رفـت و شـش برآمدگـی کـه از دل زمیـن بـی
قـواره و نامـوزون بیـرون زده بودنـد را دیـد.

سکوت محـض بـود و آرامـش وهم آلـود کوهپایـه ای کـه سـاعاتی
پیـش اعـدام شـش دختر نوجـوان را شـاهد بـوده. اولیـن برآمدگـی از
دل خـاک محلـی بـود کـه شـادی چـال شـده بـود. سـیمان را لمـس
کـرد، هنـوز تـر بـود. بـا بیلچـه بـه آرامـی و بـا احتیـاط شـروع بـه
پـس زدن سـیمان از پیکـر شـادی کـرد. آسـان نبـود. دسـتش مـی
لرزیـد و در عیـن حـال نمیخواسـت صـدا یـی ایجـاد کنـد. بـه آرامـی
ادامـه داد. سـیمان هـای نیمـه خیـس را در گوشـه ای تلنبـار مـی کـرد.
آنقـدر بـه آرامـی ادامـه داد کـه حـس کـرد چـادر مشـکی شـادی را
مـی بینـد. بـا جدیـت بیشـتر ادامـه داد و حـال سـر و بـازوان شـادی
هویـدا شـد. از بـالای سـرش زیـر دو بازویـش را گرفـت و کشـید. بـا
تمـام قـوا کشـید. بـدن بـی جـان شـادی را بـر روی خـاک و بیـرون
از چالـه رهـا کـرد. از اطـراف سـنگ هـای کوچـک و بزرگـی را بـه
درون چالـه ریخـت سـیمان نیمـه خیـس را بـه رویـش ریخـت. کیسـه
سـیمانی را کـه بـه همـراه آورده بـود بـاز کـرد و بـر روی قبـر
خالـی کـرد. بـدن شـادی را نـگاه مـی کـرد کـه آرام در آن کنـار
افتـاده بـود. از پشـت یکـی از سـنگهای بـزرگ و دورتـر کـوه، پیـت
حلبـی را کـه قبـلا گذاشـته بـود برداشـت و بـه سـمت جویبـار پاییـن
کوهپایـه رفـت. پیـت را پـر از آب کـرد و بازگشـت. آب را بـه آرامـی
بـه روی سـیمان ریخـت و بـا دسـت صـاف کـرد. دسـتانش را در آب

باقی مانده شست و به سمت شادی آمد. بالای بدن بی جان شادی ایستاد و آرام گفت: گفتم که عاقبت مال منی!

شادی را به روی شانه انداخت. فکر کرد وزنش آنقدرها هم با کیسه سیمان تفاوت ندارد. پس از چند قدم وزن شادی را بر شانه اش حس کرد. در تاریکی نمی دانست که شادی چه وضعیتی دارد فقط می خواست که از آنجا دور شود. اگر در آنجا و در آن وضعیت دیده میشد، نمی دانست چه باید بگوید؟ حتی خود را برای چنین سناریویی آماده نکرده بود. تلو تلو می خورد ولی شادی را به زمین نینداخت. بوی عرق تن، خون و سیمان در مشامش بود و او فقط به سمت ماشین می رفت. عاقبت رسید. شادی را در صندلی عقب جا داد و با چراغ های خاموش و به آرامی حرکت کرد.

***

امین می دانست که آنچه احساس می کند گناهی است نابخشودنی و فرجامی جز پشیمانی برایش نخواهد داشت. او در عین جوانی توانسته بود در طول سه سال خود را در تشکیلات جوان پاسداران به مقام ارشدیت ارتقا دهد و به همین اعتبار هم فرمانده پاسداران مستقر در دادگاه انقلاب بود. او می دانست که دل بستن به یکی از زندانیانی که دیر یا زود در جلوی جوخه مرگ قرار می گیرد بازی با آتش است. می دانست که یک نوع خودکشی و رسوایی بزرگی است که نه تنها اعتبار کاری اش را نابود خواهد کرد، بلکه جانش را نیز در معرض خطر جدی قرار خواهد داد. با این حال هر آنچه منطق و عقل حکم می کرد، با یک لحظه دیدن شادی از میان میرفت. فکر

برای همه ما

شادی همچون گیاهی خودرو در درونش ریشه می دواند و تمام جانش را پر کرده بود.

روز اولی که شادی را دیده بود بهار سال شصت بود. هنوز درگیری نظام و گروههای مخالفی همچون مجاهدین بیشتر به مخالفت های سیاسی محدود بود تا یک رودررویی تمام عیار مسلحانه. در آن روزها، طرفداران مجاهدین را به جرم تبلیغ برای سازمان دستگیر می کردند و بعد از چند روزی رها میکردند. معمولاً خاتمه چنین دستگیری هایی امضای تعهدنامه ای توسط دستگیر شده بود. آن روز شادی را همراه با چند دختر دیگر دستگیر کرده بودند و به دادستانی آورده بودند. امین آنان را در راهرو دید. با روپوش های آبی و مشکی و روسری هایی که موهایشان را کامل می پوشاند. شادی همه چیز را به هم ریخته بود: ما را به چه جرمی به اینجا آورده اید؟ انقلاب کرده ایم تا انقلابیون واقعی را به اسارت بگیرید؟ مرگ بر ارتجاع! مرگ بر ارتجاع! دختران دیگر در پیروی از شادی فریاد میزدند: مرگ بر ارتجاع!

ارتجاع و ارتجاعی صفتی بود که مجاهدین به طرفداران حکومت و آخوندها داده بودند. ارتجاع به معنی تمایل حرکت به عقب و در نقطه مقابل انقلابی و مترقی که حرکت رو به جلو و تکاملی داشت قرار می گرفت. امین که مسئول پاسداران مستقر در آنجا بود، جلو رفت و گفت: خواهران، اینجا یک اداره دولتی است. لطفاً نظم اینجا را رعایت کنید وگرنه مجبور می شویم... شادی پرخاشگرانه در میان حرفش دوید: مجبور میشوید به

شلاقمان ببندید؟ شاه هم همین کار را میکرد. پس چه دلیلی داشت انقلاب کنیم؟ و با حرارت به حرفهایش ادامه داد. امین که در دلش جسارت دختر را تحسین میکرد احساس کرد باید کاری کند تا از این مخمصه خود را خلاص کند. به آرامی گفت: خواهر من، خواهش می کنم آرام باشید تا من با حاج آقا صحبت کنم و ببینم چه میتوانیم بکنیم. شادی آرام گرفت و با سرفرازی در کنار دیگر دختران به زمین نشست. امین آن روز توانست با میانداری و گفتگو با رئیس دادگاه انقلاب، شادی و دوستانش را آزاد کند. ولی شادی با او ماند تا اینکه بعد از یک ماهی سر و کله اش دوباره پیدا شد. این بار هم عاصی و معترض. امین دیگر نتوانست کاری کند و شادی و دوستانش را به بازداشتگاه موقت دادستانی فرستادند. امین نمی توانست به خودش دروغ بگوید و ته دلش خوشحال بود. شادی را هر روز می دید و از این که به او نزدیک است احساس خوبی داشت. هرچند شادی به او به عنوان مزدوری بیش نمی نگریست. امین در هر موقعیتی به رفتار و گفتار شادی دقت می کرد و هر چه بیشتر می گذشت علاقه اش به او افزون میگشت. هر چند عقاید شادی برایش قابل قبول نبود و او را اغفال شده میدانست، ولی در خلوت ذهنش به شجاعت شادی احترام می گذاشت.

آخرین روزهای بهار سال شصت به آرامی می گذشتند و التهاب جامعه روز به روز بیشتر میشد. امین حس می کرد که اتفاق بدی در راه است و نگران شادی بود. تصور میکرد که شادی باید تاکنون احساس او را به خود فهمیده باشد، هر چند

کلامـی جـز نـگاه در بیـن شـان نبـوده اسـت. از بازجـوی پرونـده شـادی خواسـت کـه بـه او مهلـت دهـد تـا بـا او حـرف بزنـد و راضـی اش کنـد کـه بـا امضـای تعهـد نامـه از بازداشـتگاه رهـا شـود. در آن روزهـا، سـازمان بـه هوادارانـش گفتـه بـود کـه در صـورت دسـتگیری هرگـز تـن بـه امضـای تعهدنامـه ندهنـد و آنقـدر مقاومـت کننـد کـه رژیـم مجبـور شـود آنـان را بـدون قیـد و شـرط رهـا کنـد. طبعـا شـادی بـدون هیـچ پرسشـی فرمـان سـازمان را پیـروی میکـرد و علیرغـم درخواسـت مقامـات دادسـتانی، از دادن تعهـد و بالطبـع آزاد شـدن سـرباز میـزد. سیاسـتی کـه سـازمان دنبـال مـی کـرد نشـان دادن مظلومیتـش در افـکار عمومـی بـود و اینکـه هـزاران هـوادارش در زنـدان انـد.

ظهـر هنـگام شـادی را بـا چشـم بسـته بـه حیـاط کوچـک بازداشـتگاه موقـت آوردنـد. امیـن سـلام کـرد و گفـت کـه مـی خواهـد بـه او کمـک کنـد. شـادی هیـچ نگفـت. امیـن مـاه گذشـته و پادرمیانـی اش را یـاد آوری کـرد و شـادی بـا لبخنـد تمسـخر آمیـزی گفـت : مرسـی از کمـک شـما ! امیـن گفـت : روزهـای بـدی را پیـش بینـی مـی کنـم و نگـران شـما هسـتم. خواهشـم ایـن اسـت کـه تعهـد نامـه را امضـا کنیـد و بیـرون برویـد. هیـچ کـس نمـی دانـد چـه خواهـد شـد و مـن بـرای شـما... ، مکـث کـرد و ادامـه داد: نگرانـم! شـادی تـکان کوچکـی خـورد و بـا جدیـت گفـت: چـرا شـما بایـد نگـران مـن باشـید؟ مـن از دیـد شـما یـک منافقـم و جایـم در بدتریـن نقطـه جهنـم اسـت. چـرا میخواهیـد بـه مـن کمـک کنیـد؟ امیـن بـا اینکـه مـی دانسـت شـادی او را نمیبینـد سـرش را پاییـن انداخـت و زیـر لـب گفـت : اگـر شـما آزاد شـوید، شـرایط میتوانـد اینطـور نمانـد. مـن بـه

شـهامت شمـا احتـرام مـی گـذارم و دوسـت دارم ... حرفـش توسـط
شـادی بـا قاطعیت قطع شـد: آنانـی کـه مـا را دسـتگیر مـی کننـد و
در بنـد مـی کشـند نـه بـه شـهامت احتـرام میگذارنـد و نـه بـه انسـان.
مـن هیـچ کار غلطی نکـرده ام کـه بخواهـم تعهد بدهـم کـه بعـدا آن
کارهـا را نخواهـم کـرد. در ضمـن مـن کـه مـی دانم همـان کارهـا
را دوبـاره خواهـم کـرد. دوبـاره کتـاب و روزنامـه خواهـم فروخـت
و دوبـاره بـرای سـازمان تبلیغـات خواهـم کـرد. پـس چـرا دروغ
بگویـم و الکـی تعهـد دهـم؟ امیـن گفت: بـرای نجـات خـودت! و
ایـن جملـه را در نهایـت صداقـت و دلسـوزی و شـاید عشـق گفت.
شـادی شـعارگونه و همچـون قهرمانـی در بنـد بـا افتخـار و سـربلندی
گفـت: نجـات مـن در نجـات خلـق ام اسـت. امیـن گفت: فقـط یـک
امضاسـت والسـلام ! و شـادی پوزخنـد زد.

***

چنـد روز بعـد سـازمان مجاهدیـن رسـماً بـه رژیـم اعـلان جنـگ
مسـلحانه کـرد و تمامـی طرفدارانـش کـه در زنـدان بودنـد حکـم
اسـیر جنگـی پیـدا کردنـد. شـادی یکـی از آنـان بـود کـه دیگـر
نمـی توانسـت بـا امضایـی زیـر یـک تعهـد نامـه از آنجـا خـلاص
شـود. و اینـک پیکـر بـی جـان شـادی در صندلـی عقـب ماشـین
امیـن بـود و پارچـه ای سـیاه بـر روی آن کشـیده شـده بـود. سـپیده دم
نزدیـک مـی شـد و امیـن غـرق در افـکار پریشـانش قـدم بعـدی را در
ذهنـش برنامـه ریـزی میکـرد کـه ایسـت بازرسـی را در جلـوی خـود
دیـد. نترسـید. ایسـتاد و شیشـه را پاییـن کشـید. پسـر بچـه ای بسـیجی
سـرش را داخـل آورد و وقتـی چهـره پـر از ریـش امیـن را دیـد بـا
حالتـی خودمانـی گفت: بـرادر التمـاس دعـا! کلـه سـحر کجـا؟ و در
همـان حـال بـه صندلـی عقـب و پارچـه سـیاه نـگاه کـرد. امین سـریعاً

برای همه ما

کارت‌ش را درآورد و بـه پسربچه نشـان داد و گفت: دنبـال مأموریت بـرای امـام زمـان! بچـه اسـلحه اش را بـر شـانه اش انداخـت، دستش را بـه سـمت کلاه بـرد و گفت: التمـاس دعـا، بـه سـلامت! امیـن راه افتـاد.

***

وقتـی حکـم اعـدام شـادی را دیـد بـه خـود لرزیـد و مصمـم شـد تـا کاری کنـد. بـا رئیـس دادگاه انقـلاب آشنایـی کافـی داشـت و بعـد از نمـاز ظهـر کـه معمـولاً بـه جماعـت خوانـده مـی شـد و رئیـس دادگاه امـام آن بـود خـود را بـه سـمت او کشـاند و بـا لبخنـدی کمرنـگ گفـت: قبـول باشـه حـاج آقـا!

- قبول حق باشه! انشاالله

- حـاج آقـا، سـوالی ذهـن مـرا مشـغول کـرده و مـی خواسـتم اگـر امـکان داره بـرام موضـوع را روشـن کنیـد؟

حتماً، بفرمایید

- میخواسـتم بپرسـم محـارب بـا خـدا و مفسـد فـی الارض کیسـت و چـه شـرایطی بایـد باشـد کـه کسـی محـارب و مفسـد باشـد؟

حـاج آقـا نگاهـی از سـر ناخوشـایندی بـه چهـره امیـن انداخـت، همانطـور کـه بـر روی فـرش قرمـز رنـگ کـف مسـجد نشسـته بـود پاهـا را جابجـا کـرد و گفـت: عـرض بـه خدمـت جنـاب عالـی طبـق فرمایـش خداونـد در سـوره مبارکـه مائـده، کیفـر آنهـا کـه بـا خـدا و پیامبـر بـه جنـگ بـر مـی خیزنـد و در روی زمیـن دسـت بـه فسـاد میزننـد و بـا اسـلحه بـه جـان و مـال و نامـوس مـردم حملـه مـی برنـد ایـن اسـت کـه اعـدام شـوند. در ایـن آیـه مقـدس، خداونـد بـرای آنـان چهـار مجـازات مقـرر میکنـد: یـا اعـدام شـوند، یـا بـه دار آویختـه گردنـد، یـا چهـار انگشـت از دسـت راسـت و پـای چـپ

آنها بریده شـود و یـا از سـرزمین خـود تبعیـد گردنـد.
امین گفت : بله ممنون ولی محارب کیست؟

- هر کـس بـرای ایجـاد رعـب و هـراس و سـلب آزادی و امنیـت مـردم دسـت بـه اسـلحه بـبـرد.

- خـوب حـاج آقـا، خیلـی عـذر مـی خـوام کـه ایـن سـوال رو مـی کنـم، ولـی ایـن چنـد دخـتری کـه اخیـرا حکـم محـارب گرفتـه انـد کـه حـدود یـک ماهـی میشـه اینجـان و اصـلا بیـرون نبودنـد کـه دسـت بـه سـلاح بـبرنـد. پـس چـرا حکـم محـارب گرفتـه انـد؟ خـودش را جمـع کـرد و سـعی کـرد در چشـمان حـاج آقـا نـگاه نکنـد.

حـاج آقـا خونسـردی اش را حفـظ کـرد و گفـت: هـر کـس مرتکـب جـرم علیـه امنیـت داخلـی حکومـت اسـلامی شـود، نشـر اکاذیـب کنـد و یـا از آنـان کـه چنیـن کارهایـی میکننـد حمایـت کنـد مصـداق محـارب و مفسـد فـی الارض اسـت. در ضمـن واضـح اسـت کـه محاربـه بـا خـدا و پیامبرش لازم نیسـت جنـگ مسـتقیم بـا خـود آن حضـرت باشـد بلکـه نبـرد بـا افـرادی کـه از طـرف حضـرت شـان بـرای مدیریـت اجتمـاع بر گزیـده شـده انـد را نیـز شـامل مـی شـود.

امیـن سـوال هـای بسـیار دیگـری در ذهنـش ایجـاد شـد ولـی حـس کـرد تـا همیـن الان هـم بـه انـدازه کافـی خطـر کـرده اسـت. بـا ایـن حـال طاقـت نیـاورد و بـا نیـم نگاهـی بـه حـاج آقـا و لبخنـد کمرنگـی گفـت: حـاج آقـا هیـچ راهـی نـداره یکـم مجـازات ایـنـارو تخفیـف بدیـن؟ مـادر یکیشـون خیلـی عجـز و لابـه مـی کـرد. حـاج

آقا محکم گفت : در حکم الهی جای تخفیف نیست. اون مادر هم بایستی اون وقت که جلوی دخترشو باز گذاشت تا هر کاری دلش خواست بکند باید به فکر این روزها می بود. بعد هم عبایش را جمع کرد و فی امان اللهی گفت و رفت. امین زیر لب گفت: به امان خدا!

امین حس می کرد که بعد از گفتگویش با حاجی، مورد سوظن سران دادستانی قرار دارد. از طرز نگاه ها و نوع حرف زدنها این را حس می کرد و یا شاید این فقط احساس او بود.

***

درب اتاق حاجی را کوبید، سلامی داد و وارد شد. حاجی پشت میز فلزی نشسته بود و منتظر شروع محاکمه بعدی بود. چای پر رنگی همرنگ نگین عقیق انگشتری که دستش بود را به لب نزدیک می کرد و زیر لب و همانطور که قند را به دهانش می گذاشت با پوزخندی گفت: خیره انشاالله برادر! فیض ملاقات شما دوباره نصیب ما شد! امین درحالی که دست هایش را به نشانه احترام در جلوی بدنش به هم گرفته بود جلوی میز حاج آقا ایستاد و گفت: بعد از صحبتهای شما من خیلی فکر کردم و آرزویم این است که در راه جنگ با این محاربین و مفسدان فیضی ببرم. اگر ممکنه وظیفه اجرای حکم های اخیر را به تیم من بسپارین. ما هم ثوابی کرده باشیم ،ممنون میشم. همین!

حاجی چای رو لبی زد و در حالی که نمی توانست لبخندش را مخفی کند گفت: برادر، حقا که هم اسم پیامبرت امین

هستی. کی بهتر از شما؟ این فیض برای شما. خدا قبول کند انشاالله! امین خم شد و دست حاجی رو بوسید و عقیق انگشترش را به پیشانی چسباند و گفت:خدا قبول کند انشاالله!

***

آفتاب کم کم داشت بالا می آمد و امین به باغ عمویش در حاشیه شهر نزدیک می شد. این منطقه از شهر از باغهای میوه پوشیده بود. عموی امین باغ کوچکی در این منطقه داشت و یک اتاق خیلی ساده هم برای اقامت در آنجا ساخته بود. امین میدانست عمویش در مسافرت است و می دانست که کلید اتاق معمولاً در زیر سنگی در کنار ساختمان گذاشته میشود. ماشین را پارک کرد. کلید بود. در اتاق را باز کرد به درون نگاهی انداخت و به سمت ماشین بازگشت. پیکر بی جان شادی را به زحمت بر دوشش انداخت و به داخل خانه برد. فرش قرمز دستباف کف اتاق را جمع کرد و پیکر خون آلود شادی را بر روی کف موزاییکی اتاق خواباند. ضربان قلبش را میشنید. احساس کرد دارد از حال می رود. به خود نهیب زد. چند نفس عمیق کشید و چادر مشکی را از روی بدن شادی پس کشید.

احساس کرد در خواب است. احساس کرد از زمین کنده شده است و به آرامی به سمت سقف می رود. دوباره چند نفس عمیق. و این بار به جای گلوله بر بدن شادی نگریست. چندین بار به جوخه آتش گوشزد کرده بود که هر یک فقط یک محکوم را بزنند و خود شادی را برگزیده بود. در تاریکی شب کوهپایه و محدودیت نور سعی کرده بود تیر هایش را به اطراف شادی بزنند و یکی را به پایش شلیک

برای همه ما

کــرده بــود. تیــر خــلاص را نیــز از نزدیــک در نزدیکــی ســر شــادی
بــه زمیــن خاکــی کوهپایــه شــلیک کــرده بــود. و اینــک شــادی بــا
پــای غــرق در خــون خشــکیده بــر کــف اتــاق بــاغ افتــاده بــود بــا
رخســاری ســفید ولــی زنــده. خــون پایــش در اثــر فشــار ســیمان بنــد
آمــده بــود و زخمــی عمیــق بــر جــای بــود و نیــاز بــه تیمــار داشــت.
شــادی همچنــان بیهــوش بــود و امیــن نمــی دانســت چــه کنــد؟

فصل بیست و یکم

پیران روز و شب شادی را می دید. همچون خواب زدگان راه می رفت، ورزش می کرد، غذا می خورد و دوباره می خوابید. با هیچکس حرف نمی‌زد و به زندگی روزمره زندان خو می گرفت. چهره شادی از چشمانش کوچ نمی کرد، گاهی شادی جایش را با فروهر عوض می‌کرد. دیگر نگران شرایط خودش نبود و بدش نمی آمد که او هم زندگی اش پایان یابد. وقتی به این فکر می‌کرد یاد خانواده‌اش می افتاد و احساس خجالت می کرد. می دانست که تحمل چنین اتفاقی چقدر برایشان سخت است. دیگر عقاید پیشینش را به کلی کنار گذاشته بود و حتی به خدا هم اعتقادی نداشت. نماز نمی خواند و می دانست که نماز نخواندنش گزارش می شود و به دردسر می افتد، با این حال برایش مهم نبود.

برای همه ما

مجاهدین خلق، گروه چریکی مسلحی بودند که در سال چهل و چهار توسط جوانانی بیست و چند ساله و با هدف براندازی حکومت سلطنتی پهلوی در ایران با مشی مسلحانه پایه‌گذاری شد. هنگامی که جوانان بنیانگذار مجاهدین تنها راه رهایی مردم ایران را از حکومت خاندان پهلوی جنگ مسلحانه و چریکی می دانستند حدود دوازده سال از سقوط دولت مصدق و بازگشت دوباره شاه به قدرت می گذشت. جوانان مذهبی که از روش‌های مدارا گرایانه یاران مصدق و گروه نهضت آزادی پس از کودتای سال سی و دو به ستوه آمده بودند راه رهایی را در آرمان های این گروه یافتند. سازمان مجاهدین با تکیه بر متون اسلامی، اندیشه های سوسیالیستی خود را بنیان نهاد و از این رو توسط دولت شاه مارکسیست اسلامی لقب گرفت. هرچند لقب مارکسیست اسلامی جمع ضدین بود و چنین لقبی توسط مجاهدین به تمسخر گرفته می‌شد، در واقعیت، چنین جمع اضدادی در تئوری های آنان مشاهده می شد. آنان که دریافته بودند مردم ایران باورهای مذهبی بسیار عمیقی دارند، مفاهیم سوسیالیستی را با تکیه بر متون اسلامی بیان می کردند و جامعه بی طبقه سوسیالیستی را جامعه بی طبقه توحیدی می‌نامیدند. برای همین هم بود که در دهمین سال تشکیل این سازمان گسل اعتقادی که سازمان بر آن بنا شده بود شکست و جمعی از آنان رسما مارکسیست شدند و در این روند چند تن از اعضای سازمان را که با این تغییر مخالف بودند را به طرز فجیعی ترور کردند. بعد از این اتفاق عملاً مجاهدین موجودیتی در اجتماع نداشتند و همه اعضای باقیمانده نیز در زندان بودند. سه سال پس از این واقعه، این افراد با سقوط شاه از زندان

فصل بیست و یکم

بیـرون آمدنـد و جنبـش مجاهدیـن را بـر اسـاس و پایـه اعتقـادات اولیه
سـازمان بنـا نهادنـد. از آنجایـی کـه روحانیـان حاکـم بعـد از انقـلاب
اعتقـادات مجاهدیـن را انحـراف از اسـلام مـی دانسـتند، هیچگاه اجـازه
مشـارکت در حکومـت را بـه آنـان ندادنـد. از ایـن رو درسـت چنـد
مـاه پـس از پیـروزی انقـلاب اسـلامی، مجاهدیـن بـه نیرویـی منتقـد
و مخالـف در حکومـت اسـلامی تبدیـل شـدند. ایـن انشـقاق در طـول
دو تـا سـه سـال آنقـدر ادامـه یافـت تـا نهایتـاً مجاهدیـن در بهـار
سـال شصـت رسـما بـر علیـه حکومـت اسـلامی اعـلان جنگ مسـلحانه
کردنـد. جنـگ مسـلحانه ای کـه ماههـای تابسـتان شصـت را بـه یکـی
از سـیاه تریـن دوران تاریـخ ایـران تبدیـل کـرد. مجاهدیـن در هـر
موقعیتـی کـه بـه دسـت مـی آوردنـد طرفـداران حکومـت را تـرور
مـی کردنـد و واکنـش حکومـت دسـتگیری و اعـدام هـای عجولانـه
و نـا عادلانـه بـود. رهبـران مجاهدیـن و آنانـی کـه دسـتگیر نشـده
بودنـد نهایتـاً بـه بیـرون از ایـران گریختنـد و از حمایـت حکومـت
عـراق کـه در حـال جنـگ بـا حکومـت بـود برخـوردار شـدند. از آن
بـه بعـد، در یـک پروسـه دردنـاک و فکاهـی ایـن گـروه کـه بـا ایده
هایـی انسـانی و شـکوهمند تاسـیس شـده بـود بـه یـک فرقـه فرصت
طلـب و آلـت دسـت قدرت‌هـای گوناگـون تبدیـل شـد. داسـتان افـول
نهایـی آنـان بـه فرقـه ای بـا اعضایـی کـه تنهـا پیوندشـان بـا سـازمان
زندگـی از دسـت رفتـه شـان اسـت، بـرای آنانـی کـه فـداکاری و از
خودگذشـتگی جوانـان و نوجوانـان طرفـدار ایـنـان را در سـال شصـت
دیـده انـد، داسـتانی اسـت پـر از آب چشـم.

برای همه ما

فصل بیست و دوم

شـادی چشـمانش را گشـود. امیـن را دیـد، دوبـاره چشـم هایـش را بسـت، رعشـه ای بـر اندامـش گذشـت. نفسـی کشـید و دوبـاره چشـم گشـود. همچنـان امیـن بـود بـا ریـش و پیراهـن مشـکی اش و لبخنـدی کمرنـگ. حـس کـرد خـواب مـی بینـد، جوخـه اعـدام، شـب، صـدای رعـد آسـای شـلیک و سـوزش بـی امـان گلولـه. پایـش سـوخت، دسـتی بـه سـمت پایـش دراز کـرد و زخـم را لمـس کـرد کـه بسـته شـده بـود. بـا بانـدی کوچـک. بـر روی تشـکی، در اتاقـی کـه آفتـاب از پنجـره کوچکـش بـه درون مـی تابیـد، و زنـده. و پاسـدار فرمانـده جوخـه اعـدام در برابـرش. خواسـت چیـزی بگویـد، صدایـش در نیامـد. امیـن یـک لیـوان پلاسـتیکی کـه نـور خورشـید بخـارش را چنـد برابـر نشـان مـی داد در برابـرش گرفـت. بـا دسـتی نامطمئـن چـای را گرفـت و گرمایـش را در دسـتانش حـس کـرد و کمـی نوشـید. داغ بـود و طعـم زندگـی مـی داد. بـه یـاد رفقایـش افتـاد و

بـا چشـم پرسشـگر بـه امیـن نـگاه کـرد. دهـان بـاز کـرد و گفـت : چـه شـد؟ امیـن سـرش را پاییـن انداخـت و سـاکت مانـد. شـادی فهمیـد کـه او تنهـا نجـات یافتـه جمـع دوستانش اسـت. سـرش گیـج رفـت، چندشـش شـد و بـه خـود پیچیـد. بـا صدایـی کـه بـه سـختی از گلویـش خـارج میشـد نعـره ای جانـکاه سـر داد، بـر سـر کوبیـد و نـالان بـه پشـت بـر روی تشـک افتـاد. امیـن اتـاق را تـرک کـرد. بـه ایـوان رو بـه بـاغ رفـت و بـر زمیـن نشسـت. بـاورش نمـی شـد کـه خـودش را بـه چنیـن دردسـر بزرگـی انداختـه ! پشـیمان نبـود ولـی عظمـت کار بـاور نکردنـی اش حـال عجیبـی بـه او مـی داد کـه ورای تـرس و پشـیمانی بـود و او ایـن احسـاس را نمـی شـناخت.

فصل بیست و سوم

تـک لـرزه ای بـر انـدامـش افتـاد و بـه یـاد حـرف مـادر بـزرگ افتـاد که مـی گفـت : هـر تـک لـرزه یعنـی اینکـه فرشتـه مـرگ اسمـت را در دفتـرش مـرور کـرده. فکـر کـرد کـه حـرف مـادر بـزرگ زیاد هـم بـی ربـط نبـود چـرا کـه عزرائیـل در ایـن روزهـا اسـم هـای بسیـاری را مـرور مـی کـرد و خـط مـی زد. لـب حـوض سـرد بـود و گرمـای آب جوشـی کـه در سطـل آورده بودنـد تـا بـا آن لایـه هـای چربـی را از روی ظـروف روی و پلاستیکـی بشـویند بـر دستـها مطبـوع بـود. در حالیکـه گـرم گفتگـو بـا داوود بـود کـوه ظـرف را نـگاه کـرد و خوشـحال شـد. بعـد از مدتهـا احسـاس مـی کـرد زنـده اسـت و دوسـت داشـت آن را حفـظ کنـد. حتـی اگـر بهایـش شستـن ظـرف در شـب سـرد زمستـان و در کنـار حـوض باشـد. امشـب نوبـت او و داوود بـود کـه ظـروف شـام همـه را بشـویند. در زیـر نـور زرد کـم رنـگ چراغـی کـه در جلـوی مستـراح نصـب بـود در کنـار حـوض

برای همه ما

آب سرد نشسته بودند و ظرف می شستند. احساس می کرد
که شاید چشم و گوشی در کار جستجوگری نیست. می توانست
حرف بزند. داوود از سینما می گفت. چون عاشقی که جذبه
معشوق بی خویش اش کند از هنگامه ای می گفت که فیلم
«چریکه تارا» به پا کرده بود. هر چند فیلم را ندیده بود،
تقریبا تمام نقد های داخلی و خارجی را در باره اش خوانده بود
و برای پیران می گفت. از فیلم «گزارش» کیارستمی و اینکه
سبکی نو در سینماست. آرزویش بود که روزی فیلم خود را
بسازد. از انجمن سینمای جوان می گفت، از فیلمی که ساخته
بود و شبی در کنار دوستان بر روی نمایشگر هشت میلیمتری
نشان داده بود. برای جمعیتی حدود پنجاه یا شصت نفر دختر
و پسر همسال خودش. پیران هم آنجا بود و از یادآوری آن روز
از ته دل و با صدای بلند خندید. یکی از پاسدارانی که بالای
پشت بام با تفنگش راه می رفت سرکی به پایین کشید. پیران
جدی تر به ظرف شستن ادامه داد و در حالی که خنده اش را
فرو می خورد زیر لب گفت : حالا بین این همه سوژه، در
این شرایط که همه جز از سیاست نمی گفتند، آخه این چه
سوژه ای بود که برای فیلمت انتخاب کرده بودی؟ من که
از شرم داشتم عرق می ریختم و وقتی چراغها روشن شد تا
بحث و گفتگو روی فیلم شروع بشه اول از همه فلنگ رو بستم.
داوود مثل پیرمردی که روزگار جوانی اش را مرور کند زهر
خندی زد و در حالی که نمی توانست هیجانش را پنهان کند
گفت : من یکی توی هیچ قالبی نمی گنجم. همیشه خلاف
جریان میرم. خوب مگر مردمی که شورش کرده اند و فریاد
می زنند، بچه هاشون بالغ نمیشن؟ چرا سوژه من نباید هول

بالـغ شـدن یـک پسـر بچـه باشـه؟ هیجـان زده و تنـد تنـد حـرف می زد. هـر وقـت از فیلـم مـی گفـت همیـن طور بـود. پیـران گفـت : آره موضـوع مهمـی اه ولـی شـاید وقتـی اولویـت هـا را نـگاه کنـی بـه درد اون موقعیـت و جمـع و مـکان نمی‌خـورد. عینکـش را کـه حـالا در اثـر بخـار آب گرمـی کـه درون ظـرف هـای نشسـته میریخـت کمـی بـه پاییـن سـر خـورده بـود بـالا داد و گفـت : بـه نظـر مـن اولویـت را هنرمنـد تعییـن میکنـه. اینکـه مـن ببینـم چـی مـد روزه و همـه راجـع بـه ایـن حـرف مـی زننـد و مـن هـم بـروم دنبـال همـون کـه هنـر نیسـت. هنرمنـد اونـه کـه بتونـه خـلاف جریـان شـنا کنـه. پیـران فکـر کـرد کـه خـلاف جریـان رفتـن باعـث گرفتـاری اسـت ولـی سـکوت کـرد و در حالـی کـه بـا آب گـرم تـه مانـده روغـن ماسـیده ظـروف روحـی را پـاک می‌کـرد گفـت : زودتـر بشـور تـا دیـر نشـده. دیگـه داره سـاعت خـواب میشـه. داوود بـه سـرعت اش افـزود و در خاموشـی گفتـار تنهـا بـه صـدای بـه هـم خـوردن ظرفهـا و شـر شـر آب گـوش کـرد. مـی دانسـت وقتـی از ایـن مخمصـه رهـا شـود چـه خواهـد کـرد. سـاعات طولانـی بـه ایـن فکـر کـرده بـود. مـی دانسـت از لحظـه رهایـی تـا سـال بعـد و سـال‌های سـال بعـد را چـه خواهـد کـرد. همـه چیـز در رویاهایـش بـا جزئیـات برنامـه ریـزی شـده بود.حتـی بـه لحظـه ای فکـر کـرده بـود کـه بزرگتریـن جوایـز بین‌المللـی را می‌بـرد و می‌دانسـت در سـخنرانی‌اش چـه خواهـد گفـت. حتمـاً بـه ایـن مضمـون اشـاره می‌کـرد کـه چنـدی جایگاهـش را گـم کـرده و بـه جـای دوربیـن اسـلحه را ابـزار آزادی انگاشـته بـود. امـا حـالا می‌دانـد کـه اسـلحه ابـزار او نیسـت. حداقـل او بـرای ایـن ابـزار سـاخته نشـده. رعشـه ای بـر اندامـش افتـاد کـه مطمئـن نبـود کـه از سـرمای زمسـتان و

نشستن طولانی در بیرون و ظرف شستن است یا چیز دیگر.
پیران ملتفت شد و با نیم خندی زیر لب گفت : عزرائیل
اسمت رو مرور کرد؟ و برایش گفت که عقیده مادربزرگش
چه بوده است. داوود می دانست که عزرائیل اسمش را مرور
کرده است اما نمی دانست فرشته مرگ چه تصمیمی راجع
به او گرفته است. پوزخندی زد. به نظرش آمد با سن و سالی
که دارد زود است اسمش مرور شود. به خود آمد و پیران را
دید که بی حوصله می‌خواهد کار شستن را تمام کند. او هم
با سرعت ادامه داد.

فصل بیست و چهارم

اصغر بیست سال بیش نداشت، با موهای صاف طلایی، چشمانی آبی و صورتی دراز و پر از چین و چروک و لک و مک. لبخند که می زد دندانهایش بیرون می افتاد و چشمانش می خندید. زیاد می خوابید و از این رو چشم هایش همیشه پف آلود بود. سیگار می کشید و با آه دود سیگار را بیرون می داد و از پدر مریضش و مادر پیرش می گفت که حتماً دق می کنند. اغلب به پشت می خوابید و سیگاری را یواش یواش در همان حال می کشید و زیر لب برای پیران درد دل می کرد : پدره مریضه، چند وقتیه تو خونه افتاده ، میدونم از این قضیه پس میفته. پکی به سیگار زد و رو به پیران با جدیت گفت : من اصلا تو این کارا نبودم ولی از نامردی اینا لجم می گرفت. اون روزا که دخترا رو کتک میزدند، خوب هر مردی باشه به رگ غیرتش برمی خوره. این بود که گفتم ما هم هستیم. همین

جوری پیش رفتیم تا گفتند برم تظاهرات. مکثی کرد و پتو را تا زیر چانه اش بالا کشید و دوباره ادامه داد : تو تظاهرات اشتباهی یکی از خودمونو چاقو زدم، اینم تو بازجویی گفتم. اونا اصلا نمی دونستن که من کسی رو با چاقو زدم ولی من خودم اعتراف کردم و اونام گفتند که این جرممو سبک تر میکنه. مگه اینطور نیست ؟ ها؟ پیران به آرامی گفت : آره صداقت بهتره! اصغر همچنان حرف میزد. از روزهای گذشته اش، از کارهایی که با دوستانش می کرده، از اینکه همیشه سیگار وینستون می کشیده و... کلمات از دهانش جاری بود و پیران تنها آنها را با تکان دادن سر تایید می کرد. در اتاق بزرگ زندان در کنار یکدیگر خوابیده و از تنگی جا سخت به هم چسبیده بودند. اصغر همچنان تکرار میکرد : دارم میترکم، نمیدونی چه وضع بدی دارم. اصلا من کاره ای نبودم که. به خدا فقط می دیدم یک سری می اومدن تو خیابون دخترا رو میزدن منم رو حساب مردی و غیرت وجدانم قبول نمی کرد. بدجوری بدبختا رو می‌زدن، خوب ما هم می‌دیدیم و ناراحت می شدیم وگرنه من اصلا تو این خطها نبودم. ادامه داد : روزی که گرفتنم یک کیف پر از اعلامیه همرام بود. داشتم می رفتم که دیدم بچه‌ها دارن فوتبال بازی می کنند. کیفمو کنار دیوار گذاشتم و رفتم بازی. در همین موقع رفتن سر کیف و اعلامیه ها را پیدا کردن. جرم اصلیم همینه ولی خودم بقیه چیزا رو بهشون گفتم. ادامه داد : بیرون که بودم به خدا یه روز سیگار غیر وینیستون نمی کشیدم ولی خوب حالا چون باباهه میاره دیگه نمیشه. الان میدونم باباهه افتاده تو خونه، مریضه، از چند وقت قبل مریض بود. حالام که من افتادم این تو حتما بدتر

شـده. بـا گفتـن ایـن جمـلات سـرش را زیـر پتـو کـرد تـا پیـران بغضـش را نبینـد. در زیـر پتـو، بـا احتیـاط شـروع بـه ور رفتـن بـا رادیـوی کوچکـش شـد.

برای همه ما

فصل بیست و پنجم

امیر با موهای فر طلایی رنگ، چشمانی آبی و صورتی سفید و پر از لک و مک شانزده سال بیشتر نداشت، ولی سعی می کرد ژست مرد ها را بگیرد. گاهی که فرصت دست می داد سیگاری دود می کرد و از پشت چشم های بسته و لب هایی که دود را به آرامی بیرون می داد آهی می کشید و از همه چیز دنیا دلخور بود. در یک شب تابستان با دوچرخه از خانه خارج شده بود و نارنجکی دست ساز را در ماشین پارک شده پاسداران انداخته بود. البته پاسداری در ماشین نبود و نارنجک هم عمل نکرده بود. وقتی داستانش را تعریف می کرد حالت عجیبی حاکی از بی اهمیتی کارش و اینکه کاری کوچک برای مبارزی همچون او بوده است به خود می گرفت. با دوچرخه موفق به فرار از صحنه شده بود.

برای همه ما

در هنگام صحبت چشمانش را پایین میانداخت، حالتی بین
خماری و خواب، و لبانش را رها می کرد تا هر طرفی دلشان
میخواهد بروند. در ضمن صحبت گاهی آهی عمیق از نهاد بر
می آورد و دوباره به صحبتش ادامه می داد. می گفت: اوایل
همین سال جذب سازمان شدم و بعد از ماجرای تلاش برای
آتش زدن ماشین، یک روز توی کوچه راه میرفتم که ماشین
پاسدارا جلوم ایستاد. خطیب توی ماشین بود و عینک سیاهی
زده بود. وقتی مأمورا منو به درون ماشین انداختند خطیب گفت:
چطوری داش امیر؟ زیر لبی گفتم خوبم. راستی میگن همه رو
اون لو داده؟ هیچکی فکرشو نمیکرد!

فصل بیست و ششم

اسـماعیل خـام گیاهخـوار بـود و معلـم فلسـفه. یـک دختـر هشـت سـاله و پسـری سـه سـاله داشـت. ساعتها بـه تنهایـی در حیـاط کوچـک زنـدان قـدم میزد. دسـت هـا در پشـت و سـر در گریبـان بـا پاهایـی کـه در هـر قـدم آهنـگ نـا امیـدی را در فضـا پراکنـده مـی کردنـد. بـدون شـک هیـچ کـس بـاورش نمـی شـد کـه او فقـط سـی و پنـج سـال دارد. پیـران گاهـی در حیـاط زنـدان همـگام اسـماعیل میشـد و بـه حرفهایـش بـا احتـرام و دقـت گـوش میکـرد. اسـماعیل خطیـب را مقصـر گرفتـاری اش مـی دانسـت و در هـر فرصتـی او را لعـن و نفریـن مـی کـرد. در یکـی از صبـح هـای سـرد آبـان مـاه سـال شصت هنگامـی کـه پیـران و اسـماعیل در حیـاط کوچـک قـدم میزدنـد و آرام صحبـت میکردنـد اشـک از چشـمهای اسـماعیل بـدون هیـچ دلیلـی بـر صورتـش کـه از سـرما کرخـت شـده بـود سـرازیر شـد. در همـان حـال کـه بـه آرامـی

۱۵۳

اشک هایش را پاک می کرد گفت : بار اولی که دخترم رو آوردن ملاقات همینجوری تو این اتاق اولی نشسته بودیم و طبق معمول چشمامون رو بسته بودند. پاسداران گاهی از سر ترحم اجازه می‌دادند بچه‌های بعضی از زندانیان به داخل زندان بیایند و پدرانشان را ملاقات کنند. واضح است که اتاق ملاقاتی وجود نداشت و بچه ها را از سه پله به داخل حیاط می‌آوردند و آنگاه پدر بدون اینکه بداند با بچه هایش مصادف می شد. اسماعیل در حالیکه منقلب شده بود و در چهره اش غم و خشم ملغمه‌ای ساخته بود با صدایی لرزان ادامه داد: دخترم سرشو رو شونم گذاشت و در حالی که گریه می کرد پرسید بابا هم اینجوری می برند میکشن تون؟ اشکام مثل دونه های بارون میومد و در همون حال گفتم نه بابا جون کی این حرفو زده؟ ولی دخترم با صدای بلند گریه می کرد و می پرسید بابا همینجوری می‌برند میکشنتون؟ بابا... اسماعیل نشست. دو دستش را به صورت گرفت و با صدای بلند گریه کرد. پیران در کنارش ایستاده بود و دستش را بر شانه استخوانی او می فشرد که به شدت بالا و پایین میرفت.

فصل بیست و هفتم

امین تمام شب گذشته را به بیداری سپری کرده بود. در کنار تشک شادی نشسته بود و در نور مهتاب به شادی که تقریباً بیهوش بود نگاه کرده بود. صورت رنگ پریده شادی درزیرنورمهتاب سفید تر جلوه می کرد و امین شیفته معصومیتی بود که در آن نهفته بود. در طول شب، زندگی کوتاهش را مرور کرده بود با لبخند به دورانی فکر کرده بود که او آن را دوران غفلت می‌نامید. زمانی که زندگی حیاط کوچک خانه، مادر، مدرسه، کوچه های پر از برف ، دستهای یخ زده و کرسی گرم بود. آفتاب بعد از ظهر پاییزی و خوشه‌های سرمازده آخرین انگورهای فصل. و این بهشت شیرین و غافل به ناگاه با خوردن میوه ممنوعه به هنگامه قیل و قال و کشتار بدل شد و امین راست در میانه آن بود.

برای همه ما

او و بـرادرش مهـدی بـه سـرعت جـذب انقلابیـون شـدند و بـه روایـت
امیـن دوران غفلـت بـه دوران آگاهـی تبدیـل شـد و آگاهـی مسئولیت
آورد و رودررویـی. بعـد از چنـدی، امیـن جـذب نیروهـای حکومتـی
شـد و مهـدی بـه راه مخالفـان پیوسـت. خانـه کوچکـی کـه جـای
بـازی و گفتگـو بـود بـه میـدان درگیـری و بحـث و جـدل تبـدل شـد.
تـا آن جـا کـه عاقبـت مهـدی خانـه را تـرک کـرد و در خانه‌هـای
تیمـی مجاهدیـن مـاوا گرفـت.

امیـن در تاریکـی شـب و سـکوت بـاغ بـا خـود فکـر مـی کـرد
کـه اگـر کمـی مجـال گفتگـو بـه خـود و مهـدی مـی داد شـاید
کار مهـدی و او بـه میـدان اعـدام چنـد روز پیـش نمـی رسـید. هنـوز
بـاور داشـت کـه دسـتور خـدا را اجـرا کـرده اسـت و از اینـرو بـه
خـود مـی بالیـد، ولـی نمـی توانسـت غـم سـنگینی را کـه در سـینه
داشـت انـکار کنـد. او بـرادرش را دسـتگیر کـرده و بـه دسـت جوخـه
اعـدام سـپرده بـود و حتـی بـه ایـن هـم اکتفـا نکـرده بـود و خـودش
مأمـور اجـرای حکـم شـده بـود و از ایـن رو مـورد تشـویق قاضـی
شـرع قـرار گرفتـه بـود. در بطـن ضمیـرش احسـاس شـرم مـی کـرد
و از خـودش متنفـر بـود.

چهـره فروهـر و لبخنـد کمرنـگ همیشـگی اش را بـه یـاد آورد
کـه حتـی در زمـان تیربـاران هـم بـر صورتـش بـود. فروهـر هـم از
دوسـتان امیـن و مهـدی بـود کـه قبـل از پیـروزی انقلاب بـا هـم بـر
ضـد شـاه فعالیـت می‌کردنـد. ولـی فروهـر حتـی زودتـر از مهـدی
از انقلابیـون جـدا شـد و بـه مجاهدیـن پیوسـت. امیـن بـه یـاد آورد
فروهـر را کـه در حیـاط حـرم مـی دویـد و کبوترهـا از جلـوی گام

هایش پرواز می کردند. آفتاب نارنجی غروب، آبی حرم و خون سرخ فروهر را بیاد آورد.

او در اوایل جوانی ده‌ها نفر را کشته بود و یا در کشته شدنشان مشارکت کرده بود و اینک درمانده عشق شادی خود را در چنان دامی می دید که راه گریزی از آن نداشت. سعی کرد بر احساساتش غلبه کرده و به راه حلی فکر کند.

به اعتقاد امین، او که مأمور اجرای حکم خداوند بود، به خدا و نمایندگانش بر زمین خیانت کرده بود. و این عقوبت دشواری را به دنبال خواهد داشت: چه در این دنیا و به دست حکومت اسلامی و چه در آن دنیا و به دست خداوند. با خود فکر کرد: لایمکن الفرار من حکومته (از حکومت خداوند فرار غیر ممکن است). حتی اگر شادی را بر می داشت و به دورترین نقطه زمین می رفت از دست خداوند که نمی توانست فرار کند.

امین از مرگ نمی ترسید. در جنگ با عراق در خط مقدم جنگیده بود و ترکش خمپاره ای که چشمش را کور کرده بود و هنوز در سرش بود آنقدر به مغزش نزدیک بود که می‌توانست با حرکتی کوچک او را بکشد. جراحان قادر به بیرون آوردن ترکش نشده بودند و امین با رفیق ناخوانده ای زندگی می کرد که هر آن ممکن بود او را به خاموشی ببرد و یا به قول دوستانش در سپاه به شهادت تضمینی برساند. او مظهر واژه شهید زنده بود که در میان انقلابیون در آن روزها رواج داشت.

شـادی هنـوز نفـس مـی کشـید و ایـن امیـن را آرام مـی کـرد. راه خروجـی از ایـن بـن بسـت نمـی یافـت و عـلاوه بـر ایـن غـم مهدی، فروهـر و دیگـران بـر سـینه اش سـنگینی مـی کـرد. علـی رغـم سـن کمـش از زندگـی خسـته و دلگیـر بـود. مهـدی رهایـش نمـی کـرد و مـی دانسـت شـادی از او متنفـر اسـت.

هنـگام نمـاز صبـح شـد. اسـلحه اش را پـر و ضامنـش را آزاد کـرد و در جیـب کـت نظامـی اش گذاشـت. وضـو گرفـت و بـه نمـاز ایسـتاد. احسـاس کـرد از زمیـن کنـده شـده اسـت و آرام بـه بـالا مـی رود. صـدای نمـاز خواندنـش را بلندتـر کـرد. مهـدی و فروهـر در کوهپایـه ای راه می‌رفتنـد. خنـدان بودنـد و آرام.

امیـن بـه شـدت مـی گریسـت. بـر روی سـجاده نمـاز بـه سـجده افتاده بـود و شـانه هایـش بـالا و پاییـن مـی رفـت و بـا صـدای بلنـد گریـه مـی کـرد. شـادی کـه بیـدار شـده بـود بـر روی تشـک بـه متکایـی بـه دیـوار تکیـه کـرده بـود و بـا تنفـر بـه او مـی نگریسـت. چشـمش بـه یونیفـرم پاسـداری امیـن کـه بـه میخـی بـر دیوارهـا آویـزان بـود افتـاد و دسـته هفـت تیـر را از درون جیـب بغـل کـت دیـد.

امیـن همچنـان دعـا می‌خوانـد و بلندبلنـد در حالـی کـه سـر بـر مهـر مـی فشـرد گریـه میکـرد. شـادی در یـک آن حـس کـرد نبایـد چنیـن فرصتـی را از دسـت بدهـد. بـا اسـلحه آشـنایی چندانـی نداشـت و آنچـه مـی دانسـت در فیلـم دیـده بـود.

نمی دانست که با پای مجروح اش می تواند کاری از پیش ببرد؟ از همه اینها مهمتر آیا می توانست انسانی را بکشد؟ جواب سوال آخر را می دانست. می دانست که می تواند. آن روزها مرگ از زندگی به شادی نزدیک‌تر بود.

امین همچنان در حال سجده بود و شادی می دانست آن چنان در حال خویش است که متوجه حرکت او نخواهد شد. شادی به آرامی از جایش نیم خیز شد. دستی بر زمین گذاشت و با وجود درد تحمل ناپذیر پایش بر روی پای دیگر ایستاد. دستی را بر دیوار حایل کرد اما راه رفتن آرام با یک پا امکان نداشت. پای مجروح را بر زمین گذاشت و درد تمام وجودش را پر کرد. دندانها را به هم فشرد. صدای ضربان قلبش را میشنید.

امین همچنان در سجده بود. شادی به سمت کت آویزان به دیوار حرکت کرد با طوفان دردی که همچون گردباد وجودش را در هر قدم فرا می گرفت.

امین به شهادت فکر میکرد. واژه ای که چندی پیش مفهوم زیادی برایش نداشت. اولین بار که کتابی با این نام را از دست فروشی خیابانی در روزهای اولیه بعد از پیروزی انقلاب خریده بود، آن چنان مجذوب کلام نوین و ناآشنای نویسنده شده بود که کتاب را چندین بار در همان دو سه روز اول خوانده بود. شهادت کلید بیرون رفت از تقابل جاودانه بین مظلوم و ظالم بود. تقابلی که از کشته شدن هابیل مظلوم به دست قابیل ظالم شروع شده بود و هنوز ادامه داشت. تقابلی که در نقطه

برای همه ما

اوج خـود امـام سـوم شـیعیان حسـین را بـه مصـاف یزیـد بـرده بـود، و
حسـین بـا خـون خـود و خانـوادهاش مقابلـه بـا ظلـم را وظیفـه ای بـرای
تمـام آینـدگان کـرده بـود. هـم اینـک در سـجده طولانـی اش آیـه ای
را مـی خوانـد کـه بـه شهدا مـژده بهشـت جـاودان را مـی داد. تنهـا
راه نجـات از دسـت مهـدی، فروهـر و اینـک شـادی را شـهادت مـی
دانسـت. آیـه را چنـد بـار خوانـد و یکبـاره کلمـه مجاهـد جرقـه ای در
ذهنـش زد: زمانـی بـه مقـام شـهادت مـی رسـید و جاودانـه در بهشـت
جـا مـی گرفـت کـه در حیـن جهـاد در راه خداونـد کشـته می شـد.
او اینـک نـه تنهـا در راه جهـاد بـرای خداونـد نبـود بلکـه یکـی از
دشـمنان خداونـد را از مـرگ رهانیـده بـود و اینـک از روی استیصـال
می‌خواسـت کـه بـه دسـت او کشـته شـود تـا شـهید باشـد. ایـن
خـود کشـی بـود و یکـی از گناهـان کبیـره! بـه سـرعت از سـجده
برخاسـت و چشـمهای خیـس را گشـود. انعکـاس تصویـر شـادی بـا
اسـلحه ای در دسـت را در شیشـه پنجـره روبـه رو دیـد. بـه سـرعت
برگشـت تـا اسـلحه را از شـادی بگیـرد ولـی نابینایـی یـک چشـمش
باعـث شـد کـه فاصلـه را اشـتباه کنـد. صـدای مهیبـی فضـای بـاغ را
پـر کـرد و امیـن افتـاد در حالـی کـه خـون همچـون فـواره ای منقطـع
بـر سـجاده اش مـی ریخـت.

شـادی لـرزان و پـر از درد در کنـار جسـم امیـن بـر زمیـن افتـاد.
همـان بویـی کـه شـب اعـدام در مشـامش پـر شـده بـود در فضـا
بـود: بـوی بـاروت و خـون. همـه چیـز سـیاه شـد، همچـون شـب
اعدامـش.

چشـم هایـش را بـه آرامـی گشـود. چـه سـاعتی بـود؟ از چـه روزی؟

در کـدام جهـان؟ نمـی دانسـت. در کنار بـدن امیـن افتـاده بـود. اسلحه در کنارش بـود، آرام و سـرد. خورشید از پنجـره بـر فرش کـف اتـاق مـی تابیـد. نیم خیـز شـد، سـرش گیـج رفت. لحظه ای درنگ کـرد و آنگاه چشمـش بـه حـوض قرمز رنگ خـون افتاد کـه در اشـعه آفتـاب صبـح قرمز تـر مـی نمـود. بـا خـود فکـر کـرد کـه نمـی توانـد متهـم قتـل امیـن باشـد چـرا کـه او مـرده اسـت. بـه خـود لرزیـد، چندشـش شـد. بـه سـختی ایـن همـه بـه واقعیـت مـی مانسـت. بـه خانـه فکـر کـرد: پـدری کـه افسر وفـادار رژیـم شـاه بـود و اینـک خانـه نشـین شـده بـود و هـر ضربـه ای بـه در خانـه نویـد مرگـش بـود و مـادری کـه از غـم اعـدام پسـر و عروسـش هنـوز کمـر راسـت نکـرده خبـر اعـدام او را شـنیده اسـت. خانـه ای سـوت و کـور کـه تنهـا خاطـرات دور دسـت را در ذهنـش تکـرار مـی کنـد و بـه مـرگ خـو کـرده اسـت. گریـه اش گرفـت و بـه سـختی گریسـت. در کنـار جسـد امیـن و حـوض خونـی کـه هـر لحظـه تیـره تـر میشـد نشسـته بـود و مـی گریسـت. بعـد از آنچـه کـه در ایـن چنـد روز دیـده بـود هیـچ چیـز برایـش مثـل قبـل نبـود. مفاهیـم اعتقـادی اش رنـگ باختـه بـود و تردیـد داشـت کـه ایـن همـه خونریـزی توجیه‌پذیـر باشـد. دلـش بـه حـال خـودش، مـادرش، پـدرش و حتـی امیـن مـی سـوخت. امیـن کـه اینـک آرام خوابیـده بـود و از کابـوس کشـتار برادرانـش رهـا شـده بـود.

بایسـتی زودتـر آنجـا را تـرک مـی کـرد. بـه یـاد ماشـین امیـن افتـاد. بـه سـختی ایسـتاد و جیـب هـای کـت امیـن را جسـتجو کـرد. کلیـد را یافـت. هرگـز رانندگـی نکـرده بـود ولـی تئـوری آن را مـی دانسـت. همیشـه دوسـت داشـت پـدرش را در حیـن رانندگـی بـا

برای همه ما

لبـاس فـرم نظامـی نـگاه کنـد. در آن دوران کـه هنـوز پـدر افتخـار
او بــود.

رسـیدن بـه ماشـین مشـقتی بـزرگ بـود ولـی خـود را بـه درون
ماشـین کشـاندن مشـقتی بزرگتـر بـود. درد در جانـش مـی پیچیـد
ولـی حـس بقـا قـوی تـر از آن بـود کـه پـا پـس بکشـد. ماشـین
را روشـن کـرد. پایـش را بـر پـدال کلاچ فشـرد و دنـده را درگیـر
کـرد پـای زخمـی را بـر گاز فشـرد و آه از نهـادش بلنـد شـد. پایـش
را از روی کلاچ بـه آرامـی برداشـت، ماشـین صدایـی کـرد و خامـوش
شـد. تکـرار چندبـاره و دردنـاک ایـن قـدم هـا بالاخـره باعـث شـد
بفهمـد کـه دنـده در جـای درسـتش نیسـت و بـه جـای دنـده یـک در
سـه قـرار گرفتـه اسـت. ایـن بـار ماشـین بـا گاز دادن پریـد و گوشـه
سـمت راسـتش بـه دیـوار کوتـاه گلـی خـورد و صـدای مهیبـی ایجـاد
کـرد. شـادی بـا تـرس بـه اطـراف نگریسـت. کسـی را ندیـد. ایـن بار
ماشـین را روشـن کـرد، گاز داد و کلاچ را رهـا کـرد. ماشـین در جـاده
باریـک خاکـی بـه راه افتـاد. داشـتن چـادر مشـکی کـه بـرای اعـدام
بـه سـرش کـرده بودنـد اینـک بهتریـن برگـه عبـورش بـود. بعـد از
مدتـی کـه بـه آرامـی رانـد احسـاس کـرد کـه مـی توانـد تنـد تـر
بـرود چـرا کـه کنتـرل بهتـری روی ماشـین داشـت. بـه اولیـن باجـه
تلفـن عمومـی در اطـراف شـهر رسـید. باجـه زرد رنـگ همچـون
دریچـه ای بـه آزادی در برابـرش جلـوه کـرد. در جلـوی باجـه پـارک
کـرد ولـی از ماشـین پیـاده نشـد. سـر و وضعـش حتمـاً توجـه هـا را
بـه خـود جلـب می‌کـرد.

رهگـذری رد شـد و او بـا صدایـی کـه بـه سـختی از گلویـش خـارج

می‌شد از مرد میانسال که چند نان در دست داشت پرسید که آیا دو ریالی دارد؟ مرد ایستاد، دست در جیبش کرد و دو دو ریالی در آورد و از درون پنجره ماشین به شادی داد. مرد گفت: بیشتر وقتا پولتو میخوره بهتره دو تا داشته باشی. شادی به آرامی و بدون اینکه سرش را بالا بگیرد تا به چهره فرد نگاه کند گفت: ممنون. مرد قبل از اینکه شادی بخواهد توضیح دهد که پولی ندارد که به جای دو ریالی ها بدهد از ماشین دور شده بود و در حالی که تکه نانی در دهان می گذاشت از جوی آب پرید و به پیاده رو رفت.

شادی صبر کرد تا مرد تا حد قابل توجهی دور شود و آنگاه در ماشین را باز کرد و خود را به بیرون و روی زمین انداخت. به سختی خود را به باجه رساند، گوشی را برداشت و دو ریالی را در سوراخ تلفن انداخت. قلبش به شدت میزد. شماره‌ای را که از حفظ داشت گرفت، چند زنگ خورد و پسر جوانی از آن طرف سیم گفت: الو بفرمایید! شادی مکثی کرد و اسم رمزش را گفت، و خود را به رمز معرفی کرد. پسر جوان مکثی کرد و گوشی را گذاشت. شادی دوریالی دوم را انداخت و شماره را گرفت. به محض اینکه جوان گوشی را برداشت بدون رمز شروع به فریاد زدن در گوشی کرد. گفت که کیست، که زنده است، که از شب اعدام گریخته است و حتی رئیس جوخه اعدام را کشته است و اینکه در خیابانی در اطراف شهر است. با چنان سرعتی همه اینها را گفته بود که نمی‌دانست آیا جوان گوشی را گذاشته است یا هنوز در دست دارد؟ بعد از این که شادی ساکت شد. سکوت مطلق بود. شادی حس کرد تا

ابد صبر خواهد کرد تا صدایی از آن سمت سیم بیاید. سکوت طولانی شد ولی شادی گوشی را نگذاشت. عاقبت جوان گفت: کجایی؟ اسم خیابان را به سختی از روی پلاک رنگ و رو رفته خواند. جوان گفت: همان جا بمان. و گوشی را گذاشت.

چند متری از باجه تلفن دور شد و در کنار دیوار کاهگلی بر زمین نشست. چادر سیاهش را به سرش کشید و طوری خودش را جمع کرد که خون روی چادر دیده نشود. چادر کثیف و سیمانی متناسب وضع گدایی که در کنار دیوار نشسته و گدایی میکند بود. محله خلوتی بود، با این حال، تک و توک عابرانی که رد می شدند سکه ای برایش به روی زمین می گذاشتند. شادی زیر لب چیزی می گفت یا ناله ای می کرد حکایت از اینکه ممنون است. هر چند گاه سرش را بالا می آورد و به خیابان می نگریست. خبری نبود. ماشین ها می آمدند و می رفتند. دو ساعت گذشت و خبری از یاران گذشته نبود. به فکرش آمد که سوار ماشین شود و به خانه برود. او که مرده بود، پس پاسداران به دنبالش به خانه نمی آمدند. اما راندن تا خانه دشوار و پر خطر بود. در این افکار بود که پیکان آبی نویی رو به رویش در خیابان ایستاد. جوانی از آن پیاده شد و به او اسم رمزش را گفت. سرش را بالا گرفت. از میان چادر سیاه لبخندی زد و اسم رمز را گفت.

مجاهدین، قهرمانی را که در آن دوران یاس و نا امیدی لازم داشتند یافته بودند. بعد از اینکه داستان رهایی شادی در تشکیلات پخش شد داستان به فرار قهرمانانه شادی همراه با

اعدام انقلابی پاسدار امین تبدیل شد. در این داستان نقش امین در رهایی شادی از اعدام حذف شده بود و مجاهد قهرمان شادی توانسته بود در یک فرصت مناسب از چنگال دژخیمان رژیم برهد و در یک درگیری مسلحانه در حین فرار و در حالی که زخمی شده بود توانسته بود فرمانده جوخه اعدام رژیم را به هلاکت برساند. شادی هر چند از تغییر قصه زیاد خشنود نبود، آن را ضروری می دانست. چرا که هواداران مجاهدین در آن دوران به امید نیاز داشتند و قصه او امید روشنی در دل تیره ترین دوران تاریخ کشورش بود. داستان فرار قهرمانانه شادی از حلقه تشکیلات مجاهدین خارج نشده بود و شادی می دانست که کسی در بیرون از تشکیلات نمی داند که او زنده است حتی خانواده‌اش و پیران.

شادی در خانه ای در شمال شهر جای داده شد که در آن زوج جوانی با بچه ای هفت-هشت ساله زندگی می کردند. به او گفته شده بود که با زوج جوان هیچ‌گونه ارتباطی نگیرد و آنان به هیچ وجه نبایستی از هویت او مطلع شوند. شادی تنها وقتی آنان را در هال خانه می دید سلام می‌داد و احوالپرسی می کرد. بقیه ساعات روز و شب را در اتاق کوچکش بود، با رادیوی کوچک و گاهی روزنامه‌ای و یا کتابی. چهار هفته به همین صورت گذشت. بدون اینکه کسی با شادی ارتباط بگیرد و یا او با کسی حرف بزند. به زندگی انفرادی در اتاقش عادت کرده بود و آن را غنیمتی دوباره می دانست که قوی‌تر از گذشته به مبارزه با رژیم برگردد. به پیران و عشق بی گفتگویشان فکر می کرد. نمی‌دانست پیران کجاست؟ می

برای همه ما

دانست کــه دانســتن در آن دوران پــر هزینــه اســت و هــر چــه کمتـر از یـاران بدانـد بهتـر اسـت.

دلــش بـرای دورانـی کــه هــر روز بــا چنــد ده نفـر مـراوده داشـت تنـگ مـی شـد ولـی دوبـاره بـا خـود مـی گفـت کـه زنـده بودنـش بیشـتر بـه معجـزه شـبیه اسـت و از ایـن رو سـختی زندگـی انفـرادی را راحت‌تـر تحمـل می‌کـرد. آنقـدر مـی دانسـت کــه زوجـی کـه او مهمـان خانـه شـان بـود از هـواداران مجاهدیـن انـد ولـی در تشـکیلات مجاهدیــن فعالیـت مبارزاتـی ندارنـد. از ایـن رو امـن تریـن خانـه هـا بـرای مخفـی کـردن افـراد مهم خانـه هـای چنیـن هـواداران ناشناخته ای بـود. از ایـن رو شـادی مـی دانسـت کـه وجـودش اینـک بـرای مجاهدیـن بسـیار مهـم اسـت و از ایـن رو در چنیـن خانـه‌ای سـکنی یافتـه اسـت.

بعد از ظهـر روز جمعـه بـود. شـادی بـر روی تخت اتـاق خوابیـده بـود و کتـاب مـی خوانـد کـه ضربـه ای بـه در اتـاق زده شـد. از جـا پریـد و هیجـان زده در را گشـود. بعـد از چهـار هفتـه ایـن اولیـن بـار بـود کـه در اتاقـش کوفتـه شـده بـود. بـا زن و شـوهر جـوان حتـی مکالمـه ای سـطحی هـم نداشـت. در پشـت در مـرد جوانـی ایسـتاده بـود، بـا ریـش سـیاه پـر پشـت و لبـاس ژولیـده کارگـری. صـورت آفتـاب خـورده و موهـای ژولیـده. شـادی کنـار رفـت. جـوان داخـل شـد و در را بسـت. روی تنهـا صندلـی اتـاق نشسـت و شـادی بـر لبـه تخـت جـا گرفـت. جـوان بـدون مقدمـه گفـت سـازمان تصمیـم گرفتـه شـما را از ایـران خـارج کنـد مـن نقشـه تصویـب شـده را برایتـان توضیـح می‌دهـم و از آنجـا کـه شـما تقیـد کامـل

بـه سـازمان داریـد مطمئنـم کـه بـا دقـت تمـام ایـن نقشـه را اجـرا
خواهیـد کـرد. سـپس شـروع بـه شـرح نقشـه فـرار شـادی از مـرز
زمینـی کردسـتان کـرد و بعـد از پانـزده دقیقـه اتـاق شـادی را تـرک
کـرد بـدون اینکـه شـادی فرصـت داشـته باشـد کلمـه‌ای بگویـد.
همچنـان در بهـت بـر لبـه تخـت نشسـته بـود و بـه آینـده فکـر
می‌کـرد.

برای همه ما

فصل بیست و هشتم

داستان‌های تکراری پیران و شادی هرچند برای راد در بار اولی که آنها را شنیده بود جذاب بود، رفته رفته به ابزاری دست چندم برای پدر و مادرش تبدیل شده بودند که به آن وسیله راد را به راه راست بیاورند. راد همه داستان‌ها را از حفظ می‌دانست و با پیران و شادی و دوستان‌شان احساس همدردی می‌کرد. حس می‌کرد آنان نیز همچون خودش به سلطه حاکم نه گفته بودند و بهایش را پرداخته بودند آنچه را که به درستی درک نمی‌کرد و یا نمی‌خواست درک کند این بود که سلطه حاکمی که پیران و شادی بر علیه آن برخاسته بودند همان حکومتی بود که راد این روزها برای برقراری آن تلاش می‌کرد.

راد اتحاد کشورهای قدرتمند غربی را خطرناک ترین نیرویی می

۱۶۹

برای همه ما

دانست که جهان را به صورتی غیر عادلانه مدیریت می‌کند
و از دید او تنها کسانی که در مقابل چنین جریان خطرناک
و پلیدی ایستاده‌اند و با وجود ضعف شان در تکنولوژی و
مقدورات هنوز هم ایستادگی می‌کنند مسلمانان متعهدی هستند
که در سرتاسر جهان یک باور و هدف را دنبال می‌کنند.

او تنها راه دستیابی به عدالت جهانی را پیروی از اندیشه‌های
اسلامی که بر مبنای الگویی میانه و متوازن که نه سرمایه‌داری
و نه کمونیسم بود می‌دانست. اما در مقابل پیران سعی می‌کرد به راد ثابت کند که دستورات و تعالیم اسلام از کلی
گویی فراتر نمی‌رود و آنجا که به عمل درآمده است یا
الگویی التقاطی از راست و چپ و یا به کلی غیر قابل عمل
بوده است.

پیران در حالی که سعی می‌کرد آرامشش را در حد یک
متخصص دانشگاهی حفظ کند به آرامی سخن می‌گفت: اسلام
و یا به عبارتی بهتر تمامی ادیان برای مدیریت هیچ اجتماعی
دارای دستورالعمل و یا راهکاری نیستند. کسانی هم که سعی
کردند در قرون معاصر حکومت اسلامی برقرار کنند کاری بیش
از این نکرده‌اند که از متون اسلامی تاییدیه‌ای برای ساز و
کارهای ساخت دست بشر صادر کنند. برای نمونه، مفهوم
بانک را که یک ساز و کار مادی و زمینی به دست بشر است
را گرفتند و با تکیه بر دستوراتی کلی و ارایه شده توسط دین،
آن را اسلامی کردند. چنین پروسه‌ای را در مفاهیمی مانند پارلمان
اسلامی، حقوق بشر اسلامی، فلسفه اسلامی و غیره فراوان می

۱۷۰

تـوان یافـت. امـا در مـواردی کـه خواسـتند بـه صـورت خالـص و تنهـا بـا تکیـه بـر قوانیـن مذهـب حرکـت کننـد فاجعـه آفریدنـد. نظیـر قوانیـن قصـاص اسـلامی کـه در قـرون حاضـر جـز ترویـج خشـونت، بربریـت و منکـوب کننـده حقـوق اولیـه انسـان نیسـت. در تاریـخ هیـچ نشـانه‌ای وجـود نـدارد کـه گـواه ایـن باشـد کـه مذاهبـی کـه ادعـای راهبـری جوامـع را داشـتند موفـق بودنـد. نمونـه آن جنایـات کلیسـای مسـیحی در اعصـار تاریـک قـرون وسـطی و قبـل از رنسـانس. هـزار سـالی کـه ایمـان بـه جـای عقلانیـت حکمـران جوامـع بـود و نتیجـه آن ایسـتایی و پـس رفـت تمـدن انسـان شـد. تصـور پیشـرفت بالقـوه بشـر بـدون چنیـن وقفـه هـزار سـاله ای سـخت دشـوار اسـت ولـی آنچـه قطعـی اسـت ایـن ااسـت کـه بـه محـض رفـع چنیـن مانعـی ، خلاقیـت انسـان در هنـر و علـم بـه اوج بـی نظیـری رسـید.

جایـگاه واقعـی مذهـب در سلسـله قوانیـن اخلاقـی و فـردی اش و در معنویـات خلاصـه می‌شـود. حتـی همیـن مجموعـه قوانیـن نیـز در بیشـتر مواقـع در مقابلـه بـا اخـلاق اجتماعـی قـرن حاضـر رنـگ می‌بازنـد. از جنبـه تعالیـم معنـوی نیـز گاه می‌تـوان دیـد کـه تعالیـم عرفـا و صوفیـان بـه مراتـب بـه مـدارج بالاتـری از معنویـت می‌رسـند. امـا آنچـه ایـن روزهـا بهانـه بـه دسـت اسـلامگرایان داده اسـت ، کاسـتی هایـی اسـت کـه در نظـام سـلطه جهـان اسـت. بـه هیـچ وجـه نمی‌تـوان ادعـا کـرد کـه در چنیـن نظامـی عدالـت برقـرار اسـت و ظلـم و نابرابـری وجـود نـدارد. اسـلام گرایـان بـا زیـر ذره بیـن گذاشـتن چنیـن کاسـتی‌هایی اقـدام بـه تبلیـغ بـرای خـود مـی کننـد در حالـی کـه نمـی گوینـد در آن جاهایـی کـه خـود کنتـرل

برای همه ما

و قــدرت را بــه دســت گرفتــه انــد تــا چــه حــد از میــزان عدالــت و انســانیت خــارج شــده انــد. تنهــا کافــی اســت نگاهــی بــه جنایاتــی کــه تحــت حکومــت اســلام در ایــران و یــا مناطــق تحــت تســلط داعــش شــده اســت بیاندازیــد تــا عمــق فاجعــه را دریابیــد.

راد سخنان پیــران را بــا دقــت گــوش مــی‌داد. گاهــی کلمــات دشــوار فارســی را نمــی فهمیــد. پیــران ایــن را می‌دانســت و هــر از چنــدی تکــرار جملــه اش را بــه انگلیســی می‌گفــت.

راد در مقابــل حرفهــای پیــران از جنایــات نظــام ســلطه حاکــم بــر جهان بــر علیــه اقلیــت هــا و بــه خصــوص فلســطینی‌ها می‌گفــت و از اینکــه قوانیــن یــک دیــن اگــر قــرار اســت بــرای تمامــی اعصــار باشــد نمی‌توانــد از کلــی بــودن خــارج شــود و بــه جزئیــات بپــردازد.

پیــران بلافاصلــه بــا حــرارت ادامــه مــی داد کــه اگــر نظامــی فاســد و ظالــم اســت ، نبایســتی بــا نظامــی دیگــر کــه فاســد تــر و ظالــم تــر اســت بــه مقابلــه بــا آن رفــت. و اگــر دلیــل کلی‌گویــی دیــن متعلــق بودنــش بــه تمامــی اعصــار بودنــش اســت چــرا در بعضــی قوانیــن بــه صــورت جزئــی عمــل می‌کنــد ؟ چــرا قوانیــن قصــاص در جهــان امــروز قابــل اجراســت ؟ ســوالات بســیاری کــه راد جوابــی بــرای آنهــا نداشــت و تنهــا راه مقابلــه را کشــیدن بحــث بــه دعــوا و جنجــال می‌دانســت از ایــن رو اغلــب کار بــه مشــاجره مــی کشــید.

فصل بیست و نهم

با همان سرعتی کـه بـه زندگی در زندان خـو مـی گرفـت ، از
باورهـای گذشـته‌اش فاصلـه مـی گرفـت. خاطـرات شـادی، فروهـر
و دیگـر دوسـتانش رهایـش نمـی کـرد. صبـح هـای زود در حیـاط
کوچـک زنـدان و در سـرمای شـدید بـه شـدت ورزش مـی کـرد و از
خـودش انتقـام مـی گرفـت. دیگـر زندانیـان را بـه سـتوه آورده بـود و
بـا کمتـر کسـی حـرف میـزد. بـه ایـن نتیجـه رسـیده بـود کـه بـا
توجـه بـه شـواهد و مدارکـی کـه از او دارنـد دیـر یـا زود سرنوشـتی
مشـابه شـادی و فروهـر در انتظـارش اسـت. از چنیـن عقوبتـی نمـی
ترسـید ولـی از آنجایـی کـه نظـام باورهایـش فروریختـه بـود بیشـتر
غمگیـن مـی شـد کـه اینـک مـرگ در راه آرمـان را بـا مـرگ در
مسـیر اشـتباهی تعویـض کـرده اسـت.

آرزو مـی کـرد باورهـای گذشـته اش همچنـان پایـدار بودنـد. ولـی

برای همه ما

روزبه‌روز پایه‌های سست اعتقادات گذشته‌اش فرو می ریخت و او در ناامیدی بیشتری فرو می‌رفت.

حوالی غروب دو زندانی تازه وارد به حیاط زندان وارد شدند. بر طبق رسم نانوشته زندان، بعد از شام، همه زندانیان در اتاق اصلی جمع می شدند تا با تازه واردان آشنا شوند و ساعاتی را سپری کنند.

اتاق بزرگ تقریبا پر بود. همه دور تا دور و وسط اتاق بر روی زمین نشسته بودند و زندانیان جدید در کناری چمباتمه زده بودند و به زندانیانی که یک به یک وارد می شدند و در گوشه‌ای می‌نشستند می‌نگریستند. جوان، میانسال و گاهی بچه سال.

همهمه جمع یکباره به سکوت تبدیل شد وقتی برادر قاسمی با لباس پاسداری و کلاه کاموایی که تا روی ابروهایش را می‌پوشاند وارد شد. یکی از زندانیان تواب با صدای بلند گفت بر محمد و آل محمد صلوات و برخی از حضار با آهنگی غمین صلوات فرستادند، بعضی خود را جمع کردند و برخی سرها را پایین انداختند.

برادر قاسمی به بالای اتاق رفت و بر روی زمین نشست. نگاهی به اطرافش انداخت و رو به زندانیان تازه وارد کرد و گفت: خوش آمدید! شما در این مکان حتماً بسیار چیز های خوبی خواهید آموخت و باید شکرگزار باشید که از اجتماع دور

۱۷٤

افتاده ایـد تـا نتوانیـد جـرم هـای بیشـتری مرتکـب شـوید. کلمـات را بـه شـیوه آخوندهـا و بـا زیـر و زبـر غلـط ادا می کـرد و دنبالـه کلامـش را می کشـید. بعضـی از زندانیـان جوانتـر زیـر لـب مـی خندیدنـد و بـرادر قاسـمی همچنـان بـه سـخنانش کـه نصیحـت بـود و موعظه ادامـه میـداد.

ناگهـان اسـماعیل از جایـش برخاسـت و در حالـی کـه دسـت مشـت کـرده اش را بـه طـرف بـرادر قاسـمی تـکان میـداد فریـاد زد: چـرا چـرت و پـرت میگـی مرتیکـه مـزدور پدرسـوخته؟ قبـل از اینکـه بـرادر قاسـمی بتوانـد چیـزی بگویـد تقریبـاً همـه زندانی هـا بـه پـا خاسـتند و بـه سـمت او هجـوم بردنـد. فریـاد و فحـش و مشـت های گـره کـرده بـالا و پاییـن می رفتنـد و فریـاد و التمـاس بـرادر قاسـمی در فضـا پخـش بـود.

زندانیـان تـازه وارد چنـان شـوکه بودنـد کـه بـر جـای شـان میخکوب شـده بودنـد و بـا رنـگ پریـده شـاهد ماجـرا بودنـد. یکـی از آنـان به سـمت در اتـاق رفـت تـا بیـرون بـرود و درگیـر ایـن ماجـرا نشـود.

بـه نـاگاه فریادهـای بـرادر قاسـمی بـه خنـده هـای بلنـدی تبدیـل شـد و از میـان جمعـی کـه کتکـش مـی زدنـد برخاسـت و بـه حالـت رقـص دسـتها را بـالا گرفـت و حرکـت کـرد. همزمـان همـه زندانیـان شـروع بـه خوانـدن آهنگـی کردنـد: تـو ای پـری کجایـی...

چشـمان زندانیـان تـازه وارد از حدقـه درآمـده بـود کـه باعـث خنـده بیشـتر زندانیـان می شـد. عاقبـت یکـی از بچه هـا بـه آنـان گفـت:

برای همه ما

ایـن شـیوه خوشـامدگویی در سـه پلـه اسـت. بـه سـه پلـه خـوش آمدیـد، وخندیـد.

زندانیـان تـازه وارد هنـوز نمـی توانسـتند بـاور کننـد کـه بـرادر قاسـمی یکـی از زندانیـان اسـت و بـرای سـرگرمی خـود را بـه عنوان پاسـدار جا زده است. هنـوز سـر و صـدای بچـه هـا و خنـده شـان بلنـد بـود کـه در اتـاق بـاز شـد و پاسـدار معـاون زنـدان بـه درون آمـد. بـا قیافـه ای جـدی و ناراحـت. سـکوت همـه جـا را فـرا گرفـت. پیـران بـا خـود فکـر کـرد کـه چـه خـوب بـود کـه ایـن یکـی هـم شـوخی دوم بـود.

معـاون زنـدان بـدون مقدمـه گفـت: اسـامی کسـانی را کـه مـی خوانـم وسایلشـان را جمـع کننـد و بـا مـن بیاینـد. و از روی تکـه کاغـذی اسـامی هفـت نفـر را خوانـد.

پیـران دهـان معـاون را بـه دقـت نـگاه مـی کـرد و هـر لحظـه انتظـار داشـت کـه لبهایـش بـه شـکلی کـه پ تلفـظ مـی شـود، جمـع شـوند. لـب هایـش بـه شـکل تلفـظ الـف شـکل گرفـت: امیـر، اسـماعیل، اصغـر و چهـار اسـم دیگـر. پیـران در بیـن اسـامی نبـود. او مـی دانسـت کـه آنـان را بـه قربانـگاه مـی برنـد.

هفـت نفـر بـه سـرعت از اتـاق خـارج شـدند تـا آنچـه را داشـتند در کیسـه پلاسـتیکی بگذارنـد. اتـاق را سـکوت پـر کـرد.برخـی بـه آرامـی قطـره اشـکی را از گوشـه چشـمان پـاک کردنـد.

پیـران بـه حیـاط رفـت و اصغـر را دیـد در حالـی کـه کیسـه ای از لبـاس را بـه دسـت داشـت. بـا پیـران دسـت داد و او را در آغـوش کشـید. بـا دسـتپاچگی گفـت: می‌خواهنـد بـه زنـدان دیگـری ببرندمـان. پیـران گفـت: همینطـور اسـت. و او را در آغـوش گرفـت. اصغـر اشـکش را کنتـرل کـرد. چـراغ زرد رنـگ حیـاط زنـدان بـه صحنـه خداحافظـی ، رنگـی غمبـار مـی داد. بـه نظـر مـی رسـید اسـماعیل جایـی و یـا کسـی را نمـی بینـد و همچـون خـواب زدگان راه می‌رفـت و خداحافظـی می‌کـرد. پیـران مطمئـن بـود کـه اسـماعیل او را ندیـد، هرچنـد او را در آغـوش گرفـت و خداحافظـی کـرد. امیـر بـا حالـت مردانـه همیشگی‌اش دسـتی بـه دسـت پیـران کوفـت و گفـت: حلالمـان کـن. پیـران خندیـد و گفـت: ایـن حرفـا چیـه؟ حتمـا میبینمـت بعـدا.

در هـوای سـرد غـروب زنـدان و در زیـر نـور زرد رنـگ غمبـار، هفـت نفـر کیسـه بـه دسـت بـه دنبـال پاسـدار معـاون زنـدان از سـه پلـه حیـاط بـه سـمت درب آهنـی رفتنـد و از آن گذشـتند. در بسـته شـد و زندانیانـی کـه در پاییـن سـه پلـه در حیـاط زنـدان بودنـد پشـت بـه درب آهنـی کردنـد و بـه سـمت اتـاق هاشـان روانـه شـدند و بـا صـدای بلنـد خواندنـد: تـو ای پـری کجایـی...

برای همه ما

پیـران تـا صبـح بیـدار بـود. پاسـدار معـاون را مـی دیـد کـه اسـم او را صـدا می کنـد. بـه مهربانـو فکـر می کـرد و لحظـه ای کـه می فهمیـد پسـرش را کشته انـد. فکـر می کـرد کـه مهربانـو مسـتحق چنیـن مصیبتـی نیسـت. بـه اسـماعیل، امیـر و اصغـر فکـر می کـرد و سرنوشـت شـومی کـه برایشـان رقـم خـورده بـود. نمـی دانسـت کـه آیـا هنـوز زنـده انـد یـا نـه ؟ اندکـی کـه خوابـش می بـرد در خـواب جوخـه اعـدام و صـدای شـلیک مـی شـنید و از خـواب مـی پریـد. نمـی دانسـت کـه ایـن نشـانه ای از آنچـه اسـت کـه دارد اتفـاق می افتـد یـا فقـط نگرانی هـای اوسـت. در اتاقـی کـه حـدود سـی نفـر در کنـار همدیگـر روی زمیـن خوابیـده بودنـد، کمتـر کسـی بـه نظـر می رسـید کـه خـواب اسـت. گـه گاه نفـس عمیقـی بـه صـورت آه از گلویـی بیـرون مـی آمـد. صـدای خفـه گریسـتن از سـوی دیگـر اتـاق بـه گـوش مـی رسـید. در تاریکـی و سـکوت، شـعله زرد رنـگ بخـاری نفتـی کـه مـی سـوخت تـا اتـاق را گـرم نـگاه دارد بـر روی دیـوار نقـش هایـی متحـرک و گاهـی ترسـناک مـی سـاخت.

یکبـار دیگـر یـاد شـادی در دلـش زنـده شـده بـود و بـه سرنوشـت شـوم خـود و دوسـتانش نفریـن مـی کـرد. از همـه چیـز بیـزار بـود و حـس نفـرت در وجـودش مـوج می زد. بـه ایـن نتیجـه رسـیده بـود کـه نمی خواهـد قربانـی شـود و حـس مـی کـرد شـادی و دوسـتانش قربانـی بـازی ای شـدند کـه خـود نقـش چندانـی در آن نداشـتند. آنـان بـه مهـره هـای بـی ارزشـی تبدیـل شـده بودنـد کـه بـه آسـانی از بیـن مـی رفتنـد و در نتیجـه بـازی بـرای هیـچ طـرف چندان تفاوتـی

ایجـاد نمـی کردنـد. تصمیمـش را گرفتـه بـود و مـی دانسـت کـه از فـردا سرنوشـتش را بـه دسـت خـودش خواهـد گرفـت. روزی را در ذهـن خـود تصـور کـرد کـه بـه خانـه مـی‌رود، مهربانـو را در آغـوش مـی کشـد و مـی گویـد: مـن از پـای چوبـه دار مـی آیـم!

برای همه ما

فصل سی‌ام

بازا بازا هر آنچه هستی بازا
گر کافر و گبر و بت پرستی باز آ
این درگه ما درگه نومیدی نیست
صد بار اگر توبه شکستی باز آ
ابوسعید ابوالخیر

توبـه در فرهنـگ و ادبیـات اسـلامی بـه معنـای برگشـتن از گناهـان
گذشـته اسـت. مـراوده ایسـت میـان انسـان و خـدا و بـر خـلاف
پروسـه اعتـراف کـردن در مسـیحیت بـه هیـچ میانجـی نیـاز نـدارد.
تنهـا خواسـت فـرد اسـت کـه از آنچـه گنـاه می‌دانـد دوری کنـد
و ایـن خواسـتن را تنهـا بـا خدایـش و در خلـوت خویـش در میـان
می‌گـذارد. پیـران نگاهـی بـه سـاعت روبـرو انداخـت و ادامـه داد:
متـون معتبـر اسـلامی، بخشـندگی بی‌انـدازه خداونـد را در مقابـل

برای همه ما

توبـه کننـدگان بـه وفـور اشـاره مـی کننـد. توبـه ، پذیرفتـن و اقـرار
بـه ایـن واقعیـت اسـت کـه انسـان همیشـه در چارچـوب قوانیـن
دیکتـه شـده گام بـر نمـی دارد و ایـن راهـی بـرای بازگشـت بـه
آن چارچوبهاسـت. و ایـن بازگشـت نیـاز بـه هیـچ واسـطه ای و یـا
اثباتـی نـدارد. و اگـر ایـن بازگشـتن بـاز هـم بـه خطـا منجـر شـد،
راه بازگشـت بـاز اسـت. ایـن راهـکاری کارآمـد در چهارچـوب عقایـد
اسـلامی اسـت کـه بـدون شـک از راهـکار اعتـراف در مسـیحیت
مترقـی تـر اسـت و قابـل قیـاس بـا فـروش بخشـش الهـی توسـط
کلیسـا (ایندالجنـس [3]) در دوران تاریکـی اروپـا نیسـت.
پیـران جرعـه ای آب نوشـید، میـزان بـه هـوش بـودن کلاس را سـنجید
و ادامـه داد:

ایـن راهـکار سـازنده امـا در دسـتان اقتـدار گرایـان اسـلامی تبدیـل
بـه ابـزاری کارآمـد در جهـت منافـع حکومـت شـد. توبـه کـه تنهـا
در مقابـل خـدا معنـا داشـت بـه زمیـن کشـیده شـد و از زندانیـان
عقیدتـی خواسـته شـد کـه توبـه کننـد. ایـن خـود بـه خـود حکومـت
را بـه صـورت اتوماتیـک در جایـگاه حـق قـرار مـی‌داد و مخالفانـش
را شـکننده چهارچـوب هـای الهـی. و توبـه کـه بیـن فـرد و خـدا
بـود بـه مـراوده بیـن زندانـی و زندانبـان تغییـر ماهیـت داد و توبـه
کـه فقـط خواسـت قلبـی بـود و بـه اثبـات نیـازی نداشـت، نیازمنـد
اثبـات شـد. بدیـن شـکل بزرگتریـن جنایـات بـه نـام توبـه انجـام
گرفـت. جوانـان و نوجوانـان بـی تجربـه و فریـب خـورده بـه مقـام
توبـه کشـانده شـدند و تـا آنجـا پیـش رفتنـد کـه توبـه کننـدگان را

---

3 In the teaching of the Catholic Church, an indulgence (Latin:
indulgentia, from indulgeo, 'permit') is "a way to reduce the
amount of punishment one has to undergo for sins".

فصل سی ام

وادار کردنـد دستانشـان را بـه خـون همبنـدی هـا آلـوده کننـد تـا اثبـات کننـد توبـه اشـان حقیقـی اسـت.

پیـران احسـاس کـرد گلویـش گرفتـه اسـت و بـه سـختی سـخن می‌گویـد. کسـی را در سـالن نمی‌دیـد و صدایـی را نمـی شـنید، آن چـه بـود او بـود کـه بـی وقفـه می‌گفـت و تصاویـر هولناکـی بـود کـه از روبرویـش رژه مـی رفتنـد.

برای همه ما

فصل سی و یکم

تصمیـم بـه زیسـتن بـرای پیـران همچـون خودکشـی در زنـدان بـود. بعـد از اینکـه بـه جمـع زندانیانـی کـه توبـه کـرده بودنـد نزدیـک تـر شـده بـود، بعضـی از دوسـتان قبلـی اش هـم او را آنتـن بـه معنـای کسـی کـه بـرای زندانبانـان خبـر مـی بـرد، مـی نامیدنـد. پیـران در ابتـدای دسـتگیری‌اش گـروه خطیـب را دیـده بـود کـه اظهـار ندامـت و پشـیمانی می‌کردنـد ولـی از آن موقـع تـا کنـون شـرایط سـخت زنـدان و سـهولت اعـدام هـا چنـان بـود کـه حـالا پـروژه تـواب سـازی در زنـدان بسـیار فعـال بـود. کسـانی کـه توبـه مـی کردنـد تـواب نامیـده مـی شـدند و دیگـر زندانیـان آنـان را آنتـن مـی خواندنـد و از آنهـا تـا حـد امـکان دوری مـی کردنـد. هرچنـد همـه آنـان خبرچیـن نبودنـد ولـی صـرف تعلـق بـه توابیـن کافـی بـود کـه بـه آنتـن بـودن متهـم باشـند.

برای همه ما

پیران آگاهانه تصمیم گرفته بود خودش را از این مهلکه خلاص
کند. زخم زبان ها را به جان می خرید و چیزی نمی گفت.
گاهی می شنید که او را با شادی و فروهر مقایسه می کردند و
اینکه چقدر تفاوت می تواند بین دوستان گذشته وجود داشته
باشد: آنان چنان قهرمانانی و او آنتن! به روی خودش نمی آورد و
فکر می کرد تاوانی است که باید برای آزادی از این مخمصه
بپردازد. تا آنکه در بعد از ظهر یک روز برفی در آبی باز شد
و پاسدار معاون نام پیران را صدا کرد. نگفت که وسایلش را
جمع کند و از این رو پیران خیالش راحت بود که شاید برای
اعدام صدایش نکرده اند.

از پله ها بالا رفت و از در آبی گذشت. برای اولین بار بود
که آنجا را می دید. یکبار از این مسیر با چشمهای بسته
به داخل زندان آورده شده بود. این بار چشمانش را نبستند.
راهرویی کوچک به یک اتاق بزرگ تر می رسید که تخت
دو طبقه ای به سبک سرباز خانه ها در آن بود. رئیس زندان
بر موکت سبزی بر روی زمین و در کنار تخت نشسته بود.
مردی چهل و پنج ساله باریشی بسیار پرپشت و بلند. در حالی
که تسبیح درشتی را در دست داشت، بدون اینکه به پیران
نگاه کند زیر لب گفت: بشین. پیران روبروی مرد بر زمین
نشست. مرد گفت: شنیدم توبه کرده ای؟ پیران گفت: بله.
مرد گفت: چرا؟ پیران جملاتی از پیش آماده را تحویل داد. که
دیگر به آن راه گذشته ایمان ندارد و می خواهد جبران گذشته
را بکند و اگر بیرون برود کاری جز خدمت به مردم و کشور
نخواهد کرد و غیره. حدود پنج دقیقه گفت. مرد نیم نگاهی

به او کرد و با پوزخندی گفت: به همین راحتی؟ پیران مانند چه بگوید، ولی بعد از اندکی گفت: شما درست می گویید. توبه کردن آسان است ولی حفظ توبه سخت است. من با تجربه ای که دارم می دانم حتما توبه ام را حفظ خواهم کرد. مرد نیم نگاهی به پیران کرد، شانه ها را بالا انداخت و گفت: نه، توبه کردن آسان است ولی اثباتش نه!

پیران گفت: اگر فرصت پیدا کنم، ثابت می‌کنم که توبه ام واقعی است. فقط باید فرصتی داشته باشم. مرد محکم گفت: همین الان هم فرصت داری. بعد به سرعت و قبل از اینکه پیران فرصت کند حرفی بزند گفت: وقت امتحان می رسد، به زودی.

حس کرد گلویش به شدت خشک شده و کف دستانش عرق کرده‌اند. مرد با چشمان سیاه و ریش مشکی پر پشتی که تقریباً تا زیر چشمانش را می پوشاند به پیران خیره بود. پیران دهانش را باز کرد، صدایی بیرون نیامد. دوباره تلاش کرد. این بار به سختی تلاش کرد و یک واژه را بیرون داد: باشه!

***

پیران به سختی صدایش را از حلقومی که می‌خواست بگرید بیرون می داد. لیوان آب را از روی تریبون برداشت و جرعه ای نوشید. به سالن پر جمعیت نگریست و خود را دوباره در میان آنان یافت. نفسی کشید و ادامه داد:

شکنجه وحشتناک ترین تجربه ایست که یک انسان میتواند

داشـته بـاشـد. در طــول شـکنجه، درد و وحشـت بـه بالاتریــن درجـه
تصور مـی رسـد، بـه حـدی کـه حـس مـی کنـی جـان از بدنـت دارد
خـارج مـی شـود ولـی بعـد از آن کـه رهایـت کردنـد، درد و وحشـت
جایـش را بـه آرامـش و لـذت مـی بخشـد و عـدم درد و عـدم وحشـت
خـود موهبتـی بهشتـی اسـت. امـا درد و وحشـت مـن تمامـی نـدارد.
در وجـودم تنیـده اسـت و در روحـم خانـه کـرده اسـت. هرچنـد بیـش
از سـی سـال از آن گذشـته اسـت ولـی همچـون روز اول تـر و تـازه
اسـت. در بهتریـن روزهـا و لحظـات زندگـی تـا تلـخ تریـن شـان
همراهـم بـوده اسـت. زیسـتن بـا درد و وحشـت مـدام ، آن زندگـی
ای اسـت کـه بـرای مـن سـاختند. بـدون آنکـه خـود چنـدان نقـش
مهمـی در سـاخت چنیـن زندگـی داشـته باشـم. و اینـک در حضـور
شـما مـی خواهـم آزاد شـوم، مـی خواهـم دیـوار سـنگی بلنـدی را کـه
در طـول زندگـی روبرویـم داشـته ام را فـرو بریـزم. مـی خواهـم توبـه
کنـم. اعتـراف کنـم تـا مگـر از ایـن شـرم جـاودان درونـی رهایـی
یابـم.

صدایـش مـی لرزیـد، کـف دسـتانش از عـرق خیـس شـده بـود و
مدعویــن سـراپا گـوش بودنـد.

***

در جـواب دوسـتان هـم بنـد کـه مـی خواسـتند بداننـد چـرا بـه پشـت
در آهنـی فـرا خوانـده شـده بـود، چیـزی سـر هـم کـرد و گفـت
کـه حتـی خـودش هـم نمـی توانسـت بفهمـد. دوسـتان هـم بنـد کـه
حالـت او را دیدنـد رهایـش کردنـد. اغلـب فکـر کردنـد کـه مدرکـی
جدیـد از پیــران یافتهانـد کـه جرمـش را سـنگینتر مـی کنـد و
از ایـن روسـت کـه چنـان برافروختـه و داغـان اسـت. اغلـب اتفـاق

می‌افتـاد کـه حتـی افـرادی کـه حکـم گرفتـه بودنـد و داشـتند مـدت محکومیـت شـان را سـپری مـی کردنـد، در اثـر بـه دسـت آمـدن اطلاعـات جدیـد دربـاره شـان، دوبـاره بـه زیـر بازجویـی می‌رفتنـد و گاهـی حتـی اعـدام مـی شـدند. همـه فکـر کردنـد بـرای پیـران هـم چنیـن اتفاقـی
افتـاده اسـت. آنانـی کـه او را آنتـن می‌دانسـتند بدشـان هـم نیامـد و تـه دل ایـن را حـق او می‌دانسـتند. پیـران بـه گوشـه ای خزیـد، پتویـی را بـه روی سـر کشـید و مثـل همیشـه کـه در چنیـن حالاتـی بهتریـن راه فـرار را خوابیـدن می‌یافـت، بـه خـواب و کابوسـی پنـاه آورد کـه از واقعیـت بسـی تلـخ تـر بـود.

نیمـه شـب بـا تـکان هایـی کـه یکـی از هـم بنـدی هایـش بـه او مـی داد از خـواب پریـد و چهـره پریـده رنـگ هـم بنـدش را در تلالـو شـعله بخـاری دیـد کـه می‌گویـد: از بـالا خواسـتنمون. خواسـته شـدن از بـالا در ایـن سـاعت، رنـگ پریدگـی و لکنـت زبـان دوسـتش کـه او هـم احضـار شـده بـود را توجیـه مـی کـرد. سـه نفـر را صـدا کـرده بودنـد و معـاون پاسـدار در چهارچـوب در فلـزی آبـی رنـگ در بـالای پلـه هـا منتظرشـان بـود. چنـد تایـی از بچـه هـا کـه بیـدار شـده بودنـد نگـران بـه پیـران و دو دوسـت توابـش می‌نگریسـتند کـه از پلـه هـا بـالا رفتـه و پشـت درب آبـی گـم شـدند.

***

چشمانشـان را بسـتند. پاسـدار معـاون دسـت پیـران را گرفـت و دو تـواب دیگـر پشـت سـر پیـران و دسـت بـر شـانه یکدیگـر بـه راه افتادنـد. بعـد از مدتـی پیـران حـس کـرد کـه بیـرون از سـاختمان هسـتند. هـوا سـرد بـود و بـوی دیگـری داشـت. نفـس عمیقـی کشـید

و ریه‌هـا را از هـوای سـرد زمسـتان پـر کـرد. چشـم بنـدی کـه بـه چشـمانش بسته شـده بـود، بـاز شـد و او خـود را در جلـوی در مینی‌بوسـی یافـت کـه درونـش پـر از آدم بـود. راننـده اشـاره کـرد کـه بـالا بـرود. بـالا رفـت و نگاهـی بـه درون انداخـت، اولیـن چیزی کـه دیـد چشم بندهـای سـفیدی بـود کـه چشـمان پنـج نفـر را بسـته بـود. پنـج نفـر در انتهـای اتوبـوس نشسـته بودنـد و پنـج پاسـدار بـا تفنـگ هایشـان در جـای جـای مینـی بـوس نشسـته بودنـد. پیـران همچنـان ایسـتاده بـود کـه صدایـی گفـت: هرجـا میخـوای بشـین. مینـی بـوس حرکـت کـرد و پیـران فرصـت یافـت کـه از پنجـره بـه بیـرون نـگاه کنـد. تاریـک بـود ولـی شـب سـرد برفـی مناظـر زیبایـی را در خـود داشـت.

مینـی بـوس بـه بیـرون از شـهر رفـت. پیـران اینجـا را می‌شـناخت. خرابه‌هـای اطـراف شـهر و نزدیـک بـه قبرسـتان عمومـی بـود. مینـی بـوس در فضایـی بـاز ایسـتاد و همـه پیـاده شـدند.

پنـج زندانـی چشـم بسـته را بـه خـط کردنـد. پاهایشـان تـا مـچ در بـرف بـود و آشـکارا از سـرما و تـرس مـی لرزیدنـد. دستهایشـان را از پشـت بسـتند. یکـی از پاسـدارها آیـه هایـی را خوانـد و گفـت کـه آنـان دشـمنان خداونـد هسـتند و اینـک بـه جـزای اعمالشـان می‌رسـند. پنـج پاسـدار مسـلح بـه خـط شـدند و تفنـگ هایشـان را آمـاده کردنـد. یکـی پیـران را هـل داد و بـه پاسـداران اولـی گفـت: ایـن اینجـا. پاسـدار در حالیکـه تفنگـش را در دسـت آمـاده مـی کـرد، پیـران را در کنـارش جـا داد. دسـت پیـران را گرفـت، انگشـت اشـاره او را بـر روی ماشـه گذاشـت و انگشـت خـودش را روی انگشـت

فصل سی و یکم

پیـــران گذاشـت. پیـــران چشـــمانش را بسـت و فشـار انگشـت پاسـدار را بـر روی انگشـــتش حـس کـرد و صـدای مرگبـار مسلسـلها گوشـهایش را کـر کـرد.

***

این شکنجه مداومی است که مرا رها نمیکند. حتی لحظه‌ای که انگشتم فشار چندش‌آور انگشت پاسدار را حس کرد هنوز امید داشتم که تمامی آن صحنه دروغ باشد. ولی نبود. من را همدست قتل دوستانم کرده بودند و این تا ابد با من همچون زخمی کشنده خواهد بود.

امــا آنچــه کــه امـروز از آن حـرف مـی زنـم نـه تبرئـه خـود، کـه محکــوم کــردن آنانـی ســت کـه بـا مـا چنیـن کردنـد. بـا مـن، بـا پاسـداری کـه مـی کشـت و آنانـی کـه کشـته میشـدند. همـه قربانـی بودیـم و هسـتیم.
دیگـر نتوانسـت بـه تحلیـل نظـری اش بپـردازد. خسـته تـر از آن بـود کـه بتوانـد سـخن دیگـری بگویـد. در حالـی کـه حاضـران بلنـد شـده بودنـد و برایـش دسـت میزدنـد بـه صندلی‌اش بازگشـت و در حالـی کـه مـی نشسـت بغضـش را بـه سـختی فـرو داد.

برای همه ما

فصل سی و دوم

هـوای صبحگاهـی یکـی از روزهـای آخـر نوامبـر سـال هشـتاد و دو میـلادی در اشـتفان پلاتـز آنقـدر سـرد بـود کـه دسـتهای معـدود عابرانـی کـه در رفـت و آمـد بودنـد را در جیـب هـا و سـر هایشـان را در یقه‌هـای بـالا داده فـرو کـرده بـود. برخـی از آنـان سرشـان را بـه سـمت گروهـی کـه علیرغـم تعـداد انـدک شـان سـروصدای بسـیاری راه انداختـه بودنـد برمی‌گرداننـد ولـی هیچکـس نمـی ایسـتاد کـه ببینـد ایـن قیـل و قـال بـرای چیسـت. عکـس هـای سـیاه و سـفید دختـران و پسـران جوانـی بـر بـالای دسـت هـا بـود. دخترهایـی کـه در عکسـها بودنـد و آنانـی کـه در تظاهـرات فریـاد می‌زدنـد حجابـی اسـلامی داشـتند. حجابـی بـا روسـری ای کـه تمـام موهایشـان را کامل مـی پوشـاند و در آن سـال هـا بـه حجـاب مجاهدینـی معـروف شـده بـود. عکـس هایـی نیـز از رهبـر مجاهدیـن و آرم آن سـازمان در دسـت افـراد بـود. آنـان بـا صـدای بلنـد و بـه زبـان آلمانـی بـر علیـه

برای همه ما

رژیـم خمینـی فریـاد مـی زدنـد.

بـرای عابرانـی کـه از سـرما عاجـز شـده بودنـد، فریادهایـی بـا لهجـه
خارجـی کـه بـه سـختی می‌توانسـتند بفهمنـد جاذبـه ای نداشـت.
تظاهـر کننـدگان نیـز در آنجـا جمـع نشـده بودنـد کـه توجـه
مدافعـان حقـوق بشـر را بـه جنایاتـی کـه در ایـران در حـال وقـوع
اسـت جلـب کننـد و یـا افکار عمومـی را بـه نفـع خـود تغییـر دهنـد.
آنـان آنجـا بودنـد کـه حضـور یـک قهرمـان را جشـن بگیرنـد. او را
ببیننـد و داسـتانش را بشـنوند.

شـادی در گوشـه ای ایسـتاده بـود و بـه آرامـی مـی لرزیـد. سـرش
منـگ بـود. یـک هفتـه ای مـی شـد درسـت نخوابیـده بـود. همـه
چیـز آنقـدر سـریع اتفـاق افتـاده بـود کـه مغـزش توانایـی هضـم
ایـن همـه واقعـه را نداشـت. از ایـن رو خـودش را در دسـت جریـان
رهـا کـرده بـود و بـا آن رفتـه بـود. همـه چیـز در برابـرش بـه شـکل
رویـا بـود و هـوای سـرد و مـه گرفتـه زمسـتان ویـن هـم بـه ایـن
ایهـام مـی افـزود. آینـده ای کـه یـک هفتـه پیـش در خانـه امـن بـه
آن فکـر مـی کـرد در برابـرش بـود.

او بـا وحشـت بیگانـه نبـود ولـی اضطرابـی کـه در ایـن چنـد روز
حـس کـرده بـود شـکننده اش کـرده بـود. هـر لحظـه احسـاس مـی
کـرد مـی خواهـد فریـاد بزنـد و بـا صـدای بلنـد گریـه کنـد. خـودش
را بـه سـختی کنتـرل مـی کـرد. آن روزی کـه در خانـه امـن بـه او
گفتـه بودنـد بایـد از ایـران بـرود، قرنـی پیـش تـر بـه نظـر مـی رسـید.
آن روز بعـد از اینکـه جـوان مجاهـد شـادی را در افـکار پریشـانش رهـا

کـرد و رفـت، شـادی کتابـی از معـدود کتاب‌هایـی کـه در آن خانـه
بـود را بـه دسـت گرفـت. گزیـده ای از اشـعار و سـخنان روشـنفکران
غربـی بـود و اولیـن صفحـه را کـه بـاز کـرد بخشـی از شـعر معـروف
-بـه آینـدگان- اثـر هنرمنـد چپگـرای آلمانـی برتولـت برشـت بـود:

آه، ما که می خواستیم زمین را آماده مهربانی کنیم
خود نتوانستیم مهربان باشیم
پس ای آیندگان
وقتی به روزی رسیدید که
انسان یاور انسان بود
ازما
با گذشت یاد کنید

شـادی فرصـت خوانـدن تمامـی شـعر را نیافتـه بـود ولـی ایـن چنـد
خـط را حفـظ کـرده بـود. چـرا کـه انـدکی بعـد از رفتـن جـوان،
شـادی در راه فـرار از ایـران بـه راه افتـاده بـود. تیمـی کارکشـته از
مجاهدیـن ماموریـت انتقالـش را بـه خـارج از کشـور بـه عهـده داشـتند.
ولـی ایـن بـه ایـن معنـا نبـود کـه خطـری در کار نبـود. رسـیدن بـه
بانـه در مـرز کردسـتان سـخت‌ترین بخـش سـفر بـود. شـادی لبـاس
منـدرس محلـی کـردی پوشـیده بـود و نـوزادی را در بغـل داشـت کـه
در تمامـی طـول سـفر بایسـتی همچـون بچـه خـودش از او نگهـداری
مـی کـرد. پـدر و مـادر بچـه در درگیـری هـای مجاهدیـن بـا رژیـم
اسـلامی کشـته شـده بودنـد و اینـک او کوچکتریـن عضـو مجاهدیـن
بـود کـه بـه فراریـان اینگونـه کمـک مـی کـرد. زن نسـبتا مسـنی در
لبـاس محلـی کـردی در نقـش مـادرش بـود.

برای همه ما

او دختــر جـوان جنـگ زده ای بــود کــه همسـرش در جنـگ کشتـه
شــده بــود و اینــک بــه همــراه مــادرش و بچـه شـیرخوارش بــه ده
اشان در اطــراف اشنـویه کردستـان می‌رفتنـد تـا اقوامشـان را بیابنـد.
پیـرزن بـه سـختی فارسـی حـرف مـی‌زد و شـادی محـاوره معمولـی
و محـدود کـردی را بـه سـرعت بلـد شـده بـود و بـه کـار مـی بـرد.

عــلاوه بـر ایـن، دو جـوان مجاهـد کـه احتمـالاً مسـلح بودنـد از دور
مواظـب آنـان بودنـد. در اتوبــوس پـر از مسـافری کــه بـه سـمت
کردسـتان مـی رفـت یکـی از جوانـان در جلـوی آنـان مـی نشـست
و دیگـری در پشـت سـر شـادی. او اهمیـت ویـژه ای بـرای سـازمان
پیـدا کـرده بـود و مـی خواسـتند بـا کمتریـن ریسـک وی را بـه
اروپـا منتقـل کننـد.

زمانـی کـه بـه اشنویه رسیدنـد، هـوا تاریـک شـده بـود. بـه همـراه
پیـرزن و بچـه کـه صورتـش از سـرما سـرخ شـده بـود بـه خانـه‌ای
بـا دیوارهـای سـنگی زمخـت وارد شـدند. آرامـش خانـه و لـذت آش
داغ و نـان محلـی خشـک بـرای همیشـه در خاطـر شـادی نقـش بسـت.

بعـد از یـک سـاعت استراحـت می بایسـتی از پیـرزن و بچـه خداحافظی
می کـرد و بـه دل کوهسـتان مـی‌زد تـا از مـرز بگـذرد. وقتـی بچـه
را بوسـید، گریـه اش گرفـت. دو روز هـم کافـی بـود کـه مهـر بچـه
بـه دل شـادی بیفتـد. اسمـش را در خیـال خـودش رادمـرد گذاشـت.
بـه معنـای جوانمـرد.

کـوه هـا بلنـد، یـخ زده، تاریـک و ترسـناک بودنـد و او بـه همـراه

دو جـوان تـا صبـح راه رفـت. از آینـده مبهـم روبرویـش، کوهسـتان وهـم نـاک و مـرگ نمـی ترسـید. ولـی از تجربـه دوبـاره آن شـب کـه اعدامـش کردنـد مـی ترسـید و از همیـن رو نمیخواسـت بـه هیـچ قیمتـی دسـتگیر شـود. کپسـول سـیانوری را کـه همـراه داشـت در گوشـه روسـری اش گـره زده بـود و گاه بـه گاه بـا دسـت هـای یـخ زده لمسـش مـی کـرد تـا مطمئـن شـود هنـوز سـر جایـش اسـت.

هنـوز هـم در میـدان مرکـزی ویـن سـرجایش بـود. اینکـه در یـک لحظـه مـی توانـد همـه درد و رنجهـا را تمـام کنـد، بـه او نیـرو مـیداد. فکـر کـرد هیـچ وقـت از گوشـه رو سـری اش بیرونـش نخواهـد آورد.

جمعیـت حاضـر در میـدان یکصـدا فریـاد مـی زدنـد: نسـرین، قهرمـان،... بـه روی پلـه هـای روبـروی کلیسـای بـزرگ و سـیاه رفـت. بلندگویـی دسـتی را بـه جلـوی دهانـش گرفتنـد و او بـا تمـام انـرژی کـه برایـش باقـی مانـده بـود فریـاد زد: بـه نـام خـدا و بـه نـام خلـق قهرمـان ایـران! و بعـد از روی کاغـذی خوانـد. جمعیـت در میـان حرفهایـش دسـت مـی زدنـد و شـعار مـی دادنـد.

متـن سـخنرانی خـوش خـط و خوانـا بـود، بـا ایـن حـال گاه بـه گاه بایـد جملاتـش را دوبـاره مـی خوانـد. اول مـی خواسـت بـا شـعر برتولـت برشـت شـروع کنـد ولـی مسـئول گردهمایـی ، کاغـذ سـخنرانی را بـه او داده بـود و گفتـه بـود بهتـر اسـت طبـق برنامـه عمـل کنـد. بـدون هیـچ سـوالی ایـن کار را کـرده بـود ولـی احسـاس خوبـی نداشـت. خـودش را آن قهرمانـی کـه داشـت مـی شـد نمـی

براى همه ما

دانست.

قصه عبور از مرز ایران به عراق، پیاده روی های بی توقف و شبانه روزی، دلهره بی وقفه ، نهایتاً سر از دهکدهای در اتریش و در نزدیکی مرز بلغارستان درآوردن و دنبال پلیس گشتن و خود را به عنوان پناهجو معرفی کردن از آن قصه هایی است که در آن سالها برای هزاران هزار فراری ایرانی به اروپا هر روز اتفاق می افتاد. برای شادی اما تفاوت در این بود که نماینده سازمان در آن دهکده منتظرش بود و مراحل پناهجویی او به سرعت انجام شد. حالا او تحت حمایت سازمان ملل بود و از بلندگوی دستی ای که جلویش گرفته بودند با آزادی آنچه بر نسل او رفته بود را می گفت. با این حال خوشحال نبود چیزی در درونش شکسته بود. از لحظه ای که ماشه را چکانده بود و امین در خون غلتیده بود چیزی در وجودش فروریخته بود. از خودش، مبارزه، سازمان و جهان بدش آمده بود و اینک که از روی نوشته می‌خواند کمتر و کمتر به آنچه می‌گفت اعتقاد داشت. حس بد بازیچه شدن در جانش جا گرفته بود.

فصل سی و سوم

کفشهای خشک و چروکیده چرمی را به سختی به پا کرد. با آن کفشها دستگیر شده بود و اینک بعد از چند ماهی که در زندان بود چرم کفشها خشک و چروکیده شده بود. بعد از مدتی دویدن دیگر خشکی کفشها را حس نمی‌کرد. دور بی‌پایان دویدن دور حیاط زندان با سماجتی بی نظیر و علیرغم سرمای صبح ادامه داشت. هیچ یک از زندانیان صبح به این زودی و در چنین هوای سردی رغبتی به ورزش در حیاط نشان نمی‌داد. ولی عادت روزانه پیران گریزی مختصر از دنیای پلیدی بود که در آن گرفتار شده بود. بعد از آن شب نحس ، اعتماد پاسداران و در عین حال نگاه های پر از نفرت و انزجار دیگر زندانیان نصیبش شده بود. هرچند مطمئن نبود که آیا دیگر زندانیان از شرکت او در جوخه اعدام خبر دارند یا نه؟ شاید حس درونی اش بود که نگاه های آنان را چنین تعبیر

مـی کـرد. از ایـن رو هـر روز بیشتـر و بیشتـر بـه پاسـداران نزدیـک مـی شـد و عمـلاً رهبـر زندانیـان پشیمـان و توبـه کـرده کـه توابیـن نـام گرفتـه بودنـد شـده بـود. تنهـا بیسـت سـال داشـت ، بـا ایـن حـال احسـاس مـی کـرد از زندگـی خسـته شـده اسـت. از خـودش، رفقایـش، زندانبانـان اش، توابیـن و همـه و همـه بیـزار بـود و احسـاس نفـرت در درونـش مـوج مـی‌زد. هنـوز خاطـره احسـاس فشـار انگشـت پاسـدار بـر انگشـتش رعشـه بـر اندامـش می‌انداخـت و از خـودش بیشتـر متنفـر مـی شـد..

آب حـوض یـخ زده بـود و سـرمای صبـح زمسـتان نفس‌هایـش را همچـون ابـری ضخیـم در برابـر دیدگانـش مـی گسـتراند. بـه دویـدن ادامـه داد.

نفـس هایـش بـه شـماره افتـاده بـود. در آهنـی آبـی رنـگ بـاز شـد ، پاسـداری در آسـتانه آن ظاهـر شـد و بـدون توجـه بـه پیـران کـه همچنـان دور حـوض یـخ زده مـی دویـد بـا صدایـی خشـن فریـاد زد کـه پیـران وسـایلش را جمـع کنـد و بیایـد. پیـران ایسـتاد و بـه پاسـدار خیـره شـد. پاسـدار سـری تـکان داد و بـه طـرزی خودمانـی گفـت : بجنـب دیگـه!

مـی دانسـت کـه ایـن نـوع صـدا کـردن متفـاوت اسـت. بـا عجلـه و سـایل اندکـی را کـه داشـت در کیسـه‌ای پلاسـتیکی جـا داد. هنـوز خیـس عـرق بـود و نفـس نفـس میـزد. دوسـت داشـت مـی توانسـت بـدون اینکـه کسـی متوجـه شـود ، در پشـت در آهنـی آبـی رنـگ گـم شـود. امـا ایـن ممکـن نبـود. بـاز شـدن در آبـی اتفاقـی بـود

که توجـه همـه را جلـب مـی کـرد. کـم کـم همـه زندانیـان متوجـه
ماجـرا شـدند. آنانـی کـه ماننـد پیـران توبـه کـرده بودنـد بـا شـادی
بـا او خداحافظـی مـی کردنـد و در دل هایشـان بارقـه ای از امیـد روشـن
شـده بـود. آنانـی کـه او را آنتـن مـی نامیدنـد بـا کنایـه ، بـی میلـی و
انزجـار دسـتی تـکان مـی دادنـد و یـا بـر شـانه اش مـی زدنـد و یـا
متلکـی بـارش مـی کردنـد. نگاهـش را از نـگاه هایشـان مـی دزدیـد.

خوشـحالی اش بـا احسـاس عمیقـی از سرشکسـتگی همـراه بـود. بـه
سـرعت خـود را بـه پلـکان رسـاند ، از سـه پلـه بـالا رفـت. برگشـت
و بـه حیـاط خسـته خاکسـتری بـا دو درخـت کهـن اش و باغچـه و
حـوض حقیـرش نگاهـی کـرد. آنانـی کـه دسـت تـکان می‌دادنـد
و آنانـی کـه بـا پوزخنـدی دسـت هـا را بـر سـینه زده بودنـد و بـه
او نـگاه مـی کردنـد را ، دیـد. لبخنـدی نـزد ، دسـتی تـکان نـداد ،
خوشـحال بـود کـه از ایـن جهنـم رهـا مـی شـود. بـه سـمت در آهنـی
آبـی رنـگ برگشـت. دو ضربـه زد. در بـاز شـد و بـه درون رفـت.

***

هـوا سـرد و خاکسـتری بـود و ابـر هـا تمامـی آسـمان را گرفتـه
بودنـد. بـا فاصلـه ای نیـم متـری در پشـت پـدرش راه میرفـت. بـا
کیسـه اش در دسـت. پـدر بـا کـت و شـلوار اتـو کشـیده اش بـه
سـرعت راه مـی رفـت. دسـتهایش را در پشـت سـرش قـلاب کـرده
بـود و تسـبیح دانـه درشـتش را مـی چرخانـد. موهایـش سـفید تـر بـه
نظـر مـی رسـید ولـی خدنـگ و مغـرور راه مـی رفـت. در افکارش
غـرق بـود و بیـش از چنـد کلامـی مختصـر بـا پیـران رد و بـدل
نکـرده بـود.

هیچ نگفت. نگفت : مگر به تو نگفتم ؟ دیدی آخرش چه شد ؟ من که از روز اول می دانستم این راه چه عاقبتی دارد. می‌دانستم و تو گوش نکردی. هیچ کدام را نگفت. فقط راه می رفت و هر از گاهی نیم نگاهی به او می انداخت.

پیران دلش برای پدر سوخته بود ، آن موقع که او همچون کودکی سر به زیر در مقابل میز آخوند جوانی که دادستان بود ایستاده بود و به حرفهای او گوش داده بود و شنیده بود که پیران را به دلیل همکاری و رفتار خوب آزاد می کنند ولی همیشه تحت نظر خواهد بود. دیده بود که پدر همان جا شکسته بود. دیده بود که با احترام تمام برگه هایی را که آخوند در جلویش می‌گذاشت را امضا کرده بود و هیچ نگفته بود جز تشکر و تکریم. حالا حس می کرد در چشمان پدرش هم نمی‌تواند بنگرد.

***

به خانه رسید. مهربانو را در میانه راهرو به سمت در دوان دید. خود را در آغوشش رها کرد و گریست. نتوانست بگوید که این لحظه را بارها در خواب و بیداری دیده بود و دیده بود که می گوید : من از پای چوبه دار می آیم! هیچ نگفت. خود را در امواج مهر رها کرد و به هیچ چیز فکر نکرد جز به ساحل آرامشی که بدان رسیده بود.

***

مهربانو دیگر نبود. اما آنچه پیران در آن روز احساس کرد همیشه در جانش زنده بود. مهر بی‌بدیل مهربانو و متانت و آرامش پدر را همیشه می ستود و سعی می کرد در مقابله

بـا اندیشـه هـای راد بـه کار بنـدد. بـه شـدت از نگـرش و عملکـرد راد مـی ترسـید. علیرغـم میلـش فعالیتهـای راد را بـر روی کامپیوتـر بازبینـی مـی کـرد. هـر آنچـه را راد بـر روی کامپیوتـر انجـام مـی داد توسـط نـرم افـزاری ضبـط مـی کـرد و بعـدا مـی دیـد. هـر بـار جلـوی کامپیوتـر می‌نشسـت و کارهـای راد را مـرور مـی کـرد، قلبـش بـه شـدت مـی زد چـرا کـه می‌دانسـت آنچـه را کـه خواهـد دیـد آزارش خواهـد داد. راد سـاعت هـا در گفتگـو بـا کسـانی بـود کـه اغلـب ناشـناس بودنـد و حرف‌هایـی شـعار گونـه و تـک بعـدی می‌زدنـد. آنـان بـه شـدت سـعی می‌کردنـد احساسـات پـاک جوانـان را تحریـک کننـد و مـورد سـوء اسـتفاده قـرار دهنـد. پیـران ایـن را خـوب مـی شـناخت و خـود را قربانـی آن می‌دانسـت. ولـی آنچـه کـه پیـران امـروز بـا آن مواجـه شـده بـود برایـش بسـیار دردنـاک بـود. نمـی توانسـت بـاور کنـد کـه راد پسـر مهربانـی کـه تـا همیـن چنـد وقـت پیـش بـا کتـاب هـای داسـتانی کـه پیـران برایـش مـی خوانـد بـه خـواب مـی رفـت در اینترنـت سـیاه بـه دنبـال اسـلحه و مـواد منفجـره مـی گـردد.

بـه شـادی نگفتـه بـود و نمـی دانسـت چگونـه بـا راد مواجـه شـود. نمـی دانسـت کـه چگونـه عشـق مهربانـو و متانـت و صبـر پـدرش مـی توانـد در ایـن مهلکـه راه گشـایش باشـند. راد خانـه نبـود و او از ایـن فرصـت اسـتفاده کـرده بـود و اتـاق راد را بـه دقـت بازرسـی کـرده بـود. نفسـی بـه راحتـی کشـیده بـود وقتـی کـه چیـزی نیافتـه بـود.

***

راد تغییـر در نظـم ظالمانـه جهـان را تنهـا از طریـق مبـارزه بـی

برای همه ما

امان مظلوم بر علیه ظالم میسر می دانست. بر اساس نظر او ، ظالم هیچ گاه داوطلبانه حقوق مظلوم را به او نخواهد داد و تنها راه ، جنگی عدالت خواهانه با ظالم است. هرچند پیران نیز در جوانی به چنین نظریه ای معتقد بود اینک دو اختلاف جدی با این نظریه داشت و می گفت : اول اینکه نظم کنونی جهان سراسر ناعادلانه نیست و دوم اینکه راه اصلاح ساختار های ناعادلانه قهرآمیز نیست.

پیران از تفکر مطلق گرایانه متنفر بود و آن را به چالش می کشید و می گفت: از دیرباز در فرهنگ ما تفکر مطلق گرایانه وجود داشته و به صور گوناگون تجلی یافته است : اهریمن و اهورا ، خدا و شیطان ، خوب و بد ، گناه و ثواب ، و... مفاهیمی دوگانه اند که در فرهنگ ما بسیار تأثیر گذاشته اند. از این رو شاید تنها فایده حکومت چهل ساله مذهبی این بوده که مضرات چنین تفکری را به ما نشان دهد. در واقع شاید هستی به شیوه ای خنده دار به ما یاد داده که آموزه های مطلق گرایانه امان که طی هزاران سال انباشته ایم از پایه ویران است و هیچ چیز در جهان هستی مطلق نیست. راد در پاسخ به چنین حرفی معمولاً می گفت : پس تفکرات و اعمال من هم مطلقا بد نیستند و بایستی رگه‌هایی از خوبی و درستی در آن باشد. پیران معمولاً در چنین مواقعی سری تکان می داد و می گفت : قطعاً همینطور است ، ولی وقتی بخواهی تفکری را با خشونت به کرسی بنشانی نشانی از حقیقت در آن نمی ماند.

فصل سی و چهارم

میــرو نمی‌توانســت آنچــه را کــه می‌بینــد بــاور کنــد. احســاس کــرد
خــواب اســت و رویــای عجیبــی مــی بینــد. ســرش گیــج رفــت و
بــاورش شــد کــه بیــدار اســت. راجــع بــه قهرمــان مجاهدیــن خواهــر
نســرین زیــاد شــنیده بــود و امــروز آمــده بــود کــه ســخنان او را
بشــنود. حــالا در چنــد متــری قهرمــان ایســتاده بــود. قهرمــان زنــده
بــود و لبخنــدی بــر لــب داشــت. چهــره شــادی زیــر چتــر قرمــزی
کــه در دســت داشــت زیباتــر از همیشــه بــود. بــرف ســنگینی در
حــال باریــدن بــود و میــرو دوبــاره حــس کــرد کــه دانــه هــای بــرف
کــه آرام بــه ســوی زمیــن مــی آمدنــد باعــث ایجــاد چنیــن تصــور و
خیالــی شــده اســت. بــا ایــن حــال تصمیــم گرفــت بــه ســوی او بــرود.
بــا تردیــد پاهایــش را بــه حرکــت درآورد و از میــان جمعیــت خــود
را بــه زحمــت بــه صــف جلــو رســاند. شــادی همچنــان لبخنــد بــر
لــب داشــت. میــرو دهانــش نیمــه بــاز بــود و صدایــی از آن بیــرون

برای همه ما

نمی‌آمد. علیرغـم عینـک سـیاهی کـه بـه چشـم داشـت، شـادی او را شناخت. دسـت هایـش را بـاز کـرد و بـه سـمتش آمـد. بـا همان لبخنـد زیبـایـش و بـا صـدایـی کـه مـی لرزیـد گفـت: میـرو! میـرو شنید کـه می‌گویـد: شادی!

بـه سـمت شـادی دویـد و او را محکـم در آغـوش کشـید. شـادی یکه خـورد و خـودش را جمـع و جـور کـرد چـرا کـه محدودیت‌هـای ایدئولوژیـک مانعـی در ابـراز احساسـات بـود و او هنـوز در چنین قالب‌هایـی گرفتـار بـود. امـا میـرو برایـش مهـم نبـود، تمـام نیرویـش را جمـع کـرد تـا توانسـت یـک کلمـه بگویـد: چطـور؟

میـرو غـرق در افکارش در گوشـه ای از میـدان شـلوغ ایسـتاد تـا برنامـه تبلیغاتـی شـادی و دوسـتانش تمـام شـود. جمعیـت کـم کـم پراکنـده شـد و شـادی خسـته و خنـدان بـه سـمت میـرو روان شـد. احسـاس آرامـش و آزادی مـی کـرد هـر چنـد مـی دانسـت چشـم هایـی حرکاتـش را مـی پاینـد. صـدای بـرف در زیـر پوتین هایـش خوشـاینـد بـود. گرمـی روزهـای رفتـه در خاطرش زنـده شـد. پیـران را دیـد کـه در کنـارش زیـر بـرف قـدم می‌زنـد و سـعی می‌کنـد خـودش را در زیـر چتـر کوچـک قرمـز جـا کنـد.

هیجـان زده بـه میـرو رسـید. هـوا رو بـه تاریکـی مـی رفـت و بـرف همچنـان مـی باریـد. میـرو دسـت دراز کـرد و دسـت هـای سـرد و یـخ زده اش را در دسـتانش گرفـت و بـا لبخنـد بـه چشـمانش چشـم دوخـت. دوسـتان شـادی در گوشـه و کنار میـدان پراکنـده شـده بودنـد و شـادی احسـاس راحتـی نمـی کـرد ولـی میـرو در دنیـای اطرافـش

نبـود. بـه میـرو خیـره شـده بـود کـه بـا وجـود تاریـک شـدن هـوا عینـک آفتابـی اش را هنـوز بـر چشـم داشـت. میـرو دوبـاره حواسـش را جمـع کـرد و گفـت: چطـور شـد؟ تـو چطـور زنـده ای؟ مـن بـا چشـمان خـودم دیـدم، لحظـه‌ای مکـث کـرد و ادامـه داد کـه تـو را بـه مسـلخ بردنـد. سـرود مـی خوانـدی و مـن بـه تـو افتخـار مـی کـردم. دوبـاره مکـث کـرد. شـادی سـرش را بـه زیـر انداخـت. زیـر نظـر گفـت: قصـه اش طولانیسـت. کجـا مـی توانـم ببینمـت؟

میـرو سـریع آدرس خانـه موقتـش را روی تکـه کاغـذی نوشـت و بـه شـادی داد. شـادی باعجلـه گفـت: شـنبه صبـح سـاعت نـه مـی آیـم و رفـت.

میـرو تـازه داشـت متوجـه مـی شـد کـه شـادی از چیـزی نگـران اسـت و یـا مـی ترسـد. بـه شـادی کـه آرام آرام در بـرف دور میشـد نگریسـت و آهـی کشـید.

***

آفتـاب نـور کـم رنگـش را بـر روی شمشـاد هـای خانـه هـای دهکـده کوچـک برنـدورف کـه در یـک سـاعتی جنـوب ویـن قـرار داشـت مـی تابانـد. خیابـان هـای خلـوت و محـزون صبـح شـنبه و هـوای تـازه صبـح گاهـی شـادی را بـه خیـال پـردازی واداشـته بـود. بـه چیزهایـی کـه معمـولاً توجـه نمـی کـرد، بـا دقـت نـگاه میکـرد: مجسـمه هـای سـنتی کـه باغچـه هـا را تزییـن مـی کـرد، صنـدوق پسـت هـای منحصـر بـه فـرد، درهـا و پنجـره هـا، گیاهـان، گربـه هـا و سـگهای خانگـی کـه گاهـی از پشـت نـرده صـدا در مـی آوردنـد و یـا از پشـت پنجـره هـا بـه بیـرون سـرک مـی کشـیدند. همـه را مـی

دید و این برایش عجیب و در عین حال شادی آور بود. حس می کرد همه این ها را بار اول است که می بینند. حدود یک ساعت قبل از ایستگاه اصلی قطار وین حرکت کرده بود و اینک به نظر می‌رسید در یکی از دورترین نقاط جهان پیاده شده است. خبری از شلوغی و سر و صدای وین نبود که هیچ، تنابنده ای نیز در خیابان دیده نمی شد.

از روی تکه کاغذی که میرو داده بود سعی داشت که آدرسش را بیابد. آسان نبود. مردی را با سگش در حال عبور دید و با کلمات شکسته بسته ای که یاد گرفته بود درخواست کمک کرد. مرد ایستاد و کاغذ را نگریست به سرعت چیزهایی گفت و شادی تنها فهمید که بایستی مستقیم برود تا به پمپ بنزین برسد. کلمه تنک اشتله را چند روز پیش در حین مطالعه روزانه‌اش برای یادگیری زبان آلمانی یاد گرفته بود. با لبخندی تشکر کرد و به راه افتاد. ده دقیقه رفت و به یک پمپ بنزین رسید. آدرسی که در دست داشت آدرس پمپ بنزین بود.

مغازه کوچکی در کنار پمپ بنزین بود و دختری جوان از پشت شیشه آن دیده می شد. به درون رفت و سلام کرد. دختر جوان با خوش‌رویی سلام کرد و پرسید چه کمکی می تواند بکند؟ شادی آدرس را نشان داد و با سختی گفت که به دنبال دوستش می گردد. چهره دختر تغییر کرد و با حالتی ناباورانه پرسید که آیا او دوست پسر خاورمیانه ای است؟ خاورمیانه‌ای اصطلاحی بود که برای شادی قبل از رسیدن به اتریش معنایی نداشت

ولـی حـالا مـی دانسـت کـه همـه آنانـی کـه از مجموعـه کشـورهای خاورمیانـه مـی آینـد از دیـد اروپاییـان چنـدان فرقـی بـا هـم ندارنـد و بـا یـک اسـم خوانـده مـی شـوند، هـر چنـد از دیـد خـود ایـن اقـوام فـرق فـراوان باشـد.

شـادی سـری تـکان داد و تاییـد کـرد کـه دوسـت او بایـد همـان پسـر خاورمیانـه‌ای باشـد. دختـر جـوان زیـر لـب چیـزی غرولنـد کـرد:

dummer betrun kener idiot

کـه شـادی نفهمیـد و بـا دسـت بـه سـه پلـه در گوشـه انتهایـی پمـپ بنزیـن و جایـی کـه بشـکه هـا و کپسـول‌های گاز انبـار شـده بـود اشـاره کـرد. شـادی از مغـازه بیـرون آمـد و شـادمان بـه سـمت سـه پلـه رفـت. بـالای پلـه هـا پاگـرد کوچکـی بـود و دری در دو طـرف آن. در آبـی رنـگ سـمت چـپ را کوبیـد. پاسـخی نشـنید. دوبـاره کوبیـد و بـاز هـم صدایـی نیامـد. در سـمت راسـت را نیمـه بازیافـت. سـرکی بـه درون کشـیدن و متوجـه شـد کـه انبـار نظافتچـی هاسـت. دوبـاره بـه سـمت در چـپ رفـت و محکـم تـر کوبیـد. ایـن بـار صدایـی خـواب آلـوده و خراشـیده گفـت:

wer ist es

شـادی لبخنـدی زد و گفـت: بـه ایـن زودی یـادت رفتـه کـه مهمـان دعـوت کـرده ای؟ در بـاز شـد و میـرو بـا لبـاس زیـر و سـر و مویـی آشـفته در آسـتانه ظاهـر شـد. در حالتـی میـان خـواب و بیـدار همانطـور جلـوی در ایسـتاده بـود و بـه شـادی مـی نگریسـت. چشـم راسـتش بسـته بـود و حالـت عـادی نداشـت. شـادی سـعی کـرد نگاهـش را از چشـم میـرو بـدزدد. بـا لبخنـدی گفـت: مثـل اینکـه نمـی شناسـی؟ میـرو یکـه ای خـورد و بـا دسـت پاچگـی گفـت:

برای همه ما

ببخشید که اینجا به هم ریخته است. بیا تو.

اتاقی به اندازه انبار روبرو بود، حدود دو متر در یک و نیم
متر. یک تخت کوچک تقریباً همه آن را پر کرده بود و باقی
آن از خرت و پرت های یک زندگی فقیرانه پر شده بود.

میرو با عجله شروع به آماده کردن چای شد و شادی در لبه
تخت به هم‌ریخته نشست. میرو آشفته و گیج بود. نمی
توانست تمرکزش را حفظ کند و بریده بریده حرف میزد.
بالاخره لیوان چای را به شادی داد بر روی زمین روبروی شادی
نشست: تقریباً چسبیده به پاهای شادی. شادی لیوان‌چای را به
لبش نزدیک کرد و جرعه ای نوشید، بوی بنزین مزه چای را
تغییر داد. میرو گفت: من اول بگویم یا تو؟ شادی گفت: من.

فصل سی و پنجم

کوچه های برندورف سرد و یخ زده و خاکستری بود. هیچ کس در کوچه نبود و گاه به گاه زوزه سگی سکوت عمیق دهکده را می شکست. از دودکش خانه ها دود خاکستری رنگی که همرنگ آسمان بود بیرون می آمد و بوی چوب سوخته را در فضا می ریخت. راه رفتن بر روی یخ سخت بود به خصوص بعد از آن همه شرابی که در آن بعد از ظهر لعنتی نوشیده بود. عینک آفتابی اش نیز مشکل را دو چندان می کرد.

بدون آنکه بداند به کجا می رود، سرش گیج می رفت، تلو تلو می خورد و به خیال خودش راه میرفت. از نوک پیکان تکامل تا جایی که الان بود فاصله‌ای بسیار دور به نظرش رسید، از این بابت لبخندی با خود زد. سعی کرد هوای سرد را بیشتر به ریه ها فرو برد و حواسش را جمع کند. بی فایده بود. در

کنار دیوار نشست و قبل از آنکه بداند نقش بر زمین شد.

از آن روزی که همراه با پیران خود را در خیابان های سرد شهر مرزی اتریش یافته بودند شش ماهی می گذشت. هر دو ناامید و خسته و تنها و بدون پول زندگی شان را برداشته بودند و همان مسیری را رفته بودند که بسیاری در آن سالها می رفتند. بعضی دستگیر می شدند و بعضی به مقصد می‌رسیدند. هرچند رسیدن به مقصد هم شاید به اندازه دستگیر شدن در مرز سختی داشت. در ابتدای ورود قاچاقی به کشور مقصد، پناهجو با دستگیری، اقامت در کمپ های مخصوص، و نهایتا مرحله جا افتادن در اجتماع تحت حمایت سازمان جهانی پناهندگان با اندک مواجبی و مکانی حقیر برای زندگی روبرو بود.
میرو در یک سانحه در دورانی که بر روی ساختمان کارگری می کرد چشم راستش را از دست داده بود و حفره سیاهی را به جای چشم در صورت داشت. به دلیل داشتن چنین معلولیتی زودتر از پیران و بقیه هم کمپی هایش به مرحله زندگی در اجتماع رسیده بود. اداره پناهجویان اتاقی کوچک در گوشه پمپ‌بنزین به او داده بودند و ماهانه اندکی به حسابش می ریختند که برای خورد و خوراکش کافی بود. میرو در دل دهکده ای کوچک بدون آنکه آلمانی بداند در اتاق کوچک گوشه پمپ‌بنزین که دری آبی داشت زندانی شده بود. عقاید قدیمی اش را مدتها بود به دور انداخته بود و به جای آن علاقه ای خاص به طرز زندگی غربی و ارزش های غربی پیدا کرده بود. شراب می نوشید و علاقه خاصی به آن نشان می داد. تا آنجا که ظرف چند ماه شبی را بدون شراب نگذراند. کمی

فصل سی و پنجم

آلمانی یاد گرفته بود و با مردم محلی می توانست سلام و علیکی بکند. کم کم پایش به بارهای محلی باز شد و به اینکه وصله ناجوری در آن جمع کوچک روستایی بود وقعی نمی گذاشت. عینک آفتابی اش را به چشم می زد و با اعتماد به نفس وارد بار می شد و با لهجه ای میان فارسی، انگلیسی و آلمانی نوشیدنی اش را سفارش می داد و در گوشه‌ای می‌نشست و می نوشید. آدم ها را نگاه می کرد و چندان به نگاه های پر از تعجب آنان و خنده های تمسخر آمیز دسته جمعی شان توجه نمیکرد. در رویاهای خود غرق می شد و همه چیز را یادش میرفت: حفره سیاه صورتش، غریبی اش، جوانی از دست رفته اش و آینده نامعلومش. باز می نوشید و می نوشید.

اغلب شبها به دلیل بی پولی بدون خوردن غذا می خوابید و یا حداکثر می توانست از نان های مانده فروشگاه پمپ بنزین چیزی دست و پا کند ولی نوشیدنی اش قطع نمی شد. کم کم خودش هم متوجه وابستگی اش به الکل شده بود ولی نمی خواست کاری در این باره بکند، بدش نمی آمد از خودش انتقام بگیرد. حضور هر شبش دربار های محلی با چند نفری آشنایش کرد. هرچند اغلب چند برابر سن او را داشتند و حشر و نشرش باخانمهای پر سن‌وسال موضوع طعنه و گوشه هایی از سوی دوستانش و محلی ها می شد. به کشتن خویش برخاسته بود و در این مسیر از هر چیزی استقبال می کرد به خصوص که چنین روابطی پول لازم برای نوشیدن هر شب را فراهم می کرد.

***

برای همه ما

بـا شـنیدن اسـم پیـران تکانـی خـورد ولـی آرام بـه داسـتان میـرو گـوش کـرد. نمی‌توانسـت بـاور کنـد کـه پیـران آن قدرهـا هـم کـه فکـر مـی کـرد از او دور نیسـت. میـرو زیـاد راجـع بـه پیـران نگفـت، آنقـدر خسـته بـود کـه شـادی قصـه خـودش را بـا حـذف حواشـی گفـت و او را بـه حـال خـود واگذاشت.

از سـه پلـه پاییـن آمـد، دختـر جـوان از پشـت پنجـره مغـازه بـه او نگاهـی کـرد و لبخنـدی بـه تمسـخر زد. شـادی نفسـی کشـید و راه افتـاد. حـال و هـوای سـر زنـده ای را کـه در راه رفـت احسـاس کـرده بـود بـه کلـی از دسـت داده بـود. احسـاس کـرد کـه گریـه اش گرفتـه. اشـک‌هایش را پـاک نکـرد و در جـاده کنـار پمـپ بنزیـن بـه سـمت نامعلومـی بـه راه افتـاد. برایـش چنـدان مهـم نبـود بـه کجـا میـرود. تنهـا مـی خواسـت از آنجـا دور شـود. آفتـاب بـی رمـق تـازه داشـت در آسـمان بـالا مـی آمـد و او در کنـاره آسـفالت نیمـه خیـس در حالـی کـه از علفزارهـای کنـاره جـاده بخـار بلنـد مـی شـد، قـدم میـزد و کاغـذی مچالـه را در درون جیبـش در مشـت گرفتـه بـود و فشـار میـداد.

فصل سی و ششم

ساختمان خاکستری چند طبقه شبیه کمپ های ارتشی دوران نازی ها بود. با دالانهای مسقف هلالی شکل، سنگ فرش های کهنه، بوی نم، دیوارهای گچی و پنجره های منظم و یک شکل. از دو دالان قدیمی و تاریک گذشت تا تابلوی کهنه پذیرش را دید. در چوبی کهنه با صدایی بر روی پاشنه چرخید و شادی اتاق دلگیر بدون نوری را دید با دو میز چوبی قدیمی و کاغذ هایی انباشته بر آنها و پرونده ها و قفسه های چوبی و کهنه قدیمی. مردی مسن از پشت یکی از میزها برخاست و به طرف او آمد.

***

پیران مثل هر روز بعد از ظهر خوابیده بود. عادت قدیمی فرار به خواب هنوز هم بهترین مسکن برایش بود. حالتی بین خواب و بیداری، با رویاهایی بی سر و ته. از روزی که در

۲۱۵

برای همه ما

کمـپ مسـتقر شـده بـود، در طـول روز بیشـتر خـواب بـود و شـبها
بیـدار. بـه همیـن دلیـل کمتـر کسـی را در آنجـا می‌شـناخت و حتـی
هـم اتاقـی هایـش فقـط اسـمش را می‌دانسـتند و چنـدان چیـز دیگـری
راجـع بـه او نمی‌دانسـتند. احسـاس غمـی بـزرگ همـواره بـر وجـودش
سـنگینی مـی کـرد. زنـدگی دوره ای بی‌ثمـر از روزهـا و شـبهایی
شـده بـود کـه هیـچ امیـدی بـه او نمـی دادنـد. از خـودش بـه شـدت
متنفـر بـود و ایـن را در رفتـار روزانـه‌اش مخفـی نمی‌کـرد. بهداشـت
شـخصی برایـش اهمیـت چندانـی نداشـت. می‌خواسـت از خـودش
انتقـام بگیـرد ولـی نمـی دانسـت چطـور؟

هیـچ تلاشـی در یادگیـری زبـان نمـی کـرد و از ایـن رو بیشـتر و
بیشـتر تنهـا مـی شـد. هـم اتاقـی هایـش کـه دو جـوان عراقـی بودنـد
بعـد از چنـد مـاه مـی توانسـتند چنـد جملـه ای آلمانـی بگوینـد و
محـاوره ای را شکسـته بسـته انجـام دهنـد. او امـا همیـن را هـم از
خـودش دریـغ میکـرد. بـا همزبـان هایـش درکمپ هیـچ سـنخیتی
نداشـت. مباحـث مـورد علاقـه آنـان، طـرز تفکـر و حـرف زدنشـان
بـا او بسـیار فاصلـه داشـت. از اینـرو هـم وطنانـش نیـز چنـدان روی
خوشـی بـه او نشـان نمـی دادنـد و فکـر مـی کردنـد او خـودش را
برتـر از آنـان مـی دانـد.

میـرو توانسـته بـود خیلـی زود بـا هـم کمپـی هایـش از هـر گروهـی
دوسـت شـود. بـا اینکـه او هـم ماننـد پیـران شـباهت چندانـی بـا
اغلـب آنـان نداشـت، توانسـته بـود از مزایـای زنـدگی اجتماعـی بـا
آنـان برخـوردار شـود: شـب نشـینی هـای بیـن اتاقـی، شـام هـای
سـاده و نوشـیدن مشـروب، شـوخی هـا و دسـت انداختـن هـا و

گاهـی گریـز زدن بـه شـهر کوچـک دور افتـاده نزدیـک کمـپ. در گـروه هـای چهار پنـج نفـری بـه شـهر مـی رفتنـد و محلـی هـا از دیدنشـان زیـاد تعجـب نمـی کردنـد چـرا کـه سـالها بـود کـه پذیـرای مهاجـران بودنـد. هـر چنـد بـه قـول خودشـان تعـداد کلـه سـیاه هـای خـاور میانـه ای ایـن روزهـا بسـیار زیـاد شـده بـود. عـلاوه بـر ایـن رفتـار نامتعـارف برخـی از دوسـتان میـرو او را خجالـت زده مـی کـرد و بعـد از چنـدی از رفتـن بـه شـهر بـا آنـان پرهیـز کـرد. ولـی در شـب هـای دورهمـی و نوشـیدن همیشـه حاضـر بـود و علیرغـم نگاه‌هـای شـماتت بـار پیـران کار خـود را می‌کـرد و حتـی در ایـن مـورد بـا پیـران بگـو و مگـو هـم نمـی کـرد. هـر چنـد پیـران هـم آنقـدر در خـودش غـرق بـود کـه برایـش چنـدان مهـم نبـود. هیـچ چیـز برایـش مهـم نبـود.

پیـران تنهـا نظـاره گـری خامـوش بـود. مـی دیـد کـه میـرو چطـور و بـا چـه سـرعتی دارد عـوض مـی شـود، مـی دیـد کـه چـه تلاشـی در بیـن سـاکنان کمـپ وجـود دارد کـه هـر چـه زودتـر از آنجـا خـلاص شـوند و مـی دیـد کـه چگونـه ارزشـها و پندارهـای قبلـی اشان بـا مفاهیمـی جدیـد جایگزیـن مـی شـوند. بـدون اینکـه قضاوت کنـد و یـا برایـش مهـم باشـد. فقـط نظـاره گـری خامـوش بـود.

میـرو و حـال و هـوای جدیـدش را حتـی در ذهـن اش هـم قضاوت نمی‌کـرد. خیلـی وقـت بـود کـه ورای خـوب و بـدی کـه یـادش داده بودنـد فکـر مـی کـرد. در فضـای ذهنـش همـه چیـز بـه طـرز شـگفت آوری و بـا سـرعت در حـال جابجـا شـدن بـود.

برای همه ما

هــم ملیتــی هــا ماننــد یــک خانــواده بــزرگ بــا هــم رفتــار مــی
کردنــد. گاهــی در محوطــه کمــپ پیــک نیــک راه مــی انداختنــد و
هــر یــک از خانواده‌هــا غــذای خــودش را می‌آورد و بــا هــم مــی
خوردنــد. پیــران در روزهــای پیــک نیــک در اتاقــش مــی مانــد و
حتــی میــرو هــم بــه او کاری نداشــت. صــدای خنــده هــا را مــی شــنید
ولــی نمــی خواســت بیــرون بــرود. تنهــا کســی کــه گاهــی برایــش
لقمــه‌ای مــی گرفــت و بــه اتاقــش مــی آورد زن آقــا کریــم بــود.
آقــا کریــم، کاسبی ســاده بــود بــا ســه بچــه قــد و نیم قــد و خانمــش
کــه همــه او را بــه نــام زن آقــا کریــم مــی شــناختند. اوســمبل مــرد
ســنتی ایرانــی بــود. قــدی کوتــاه، کلــه ای بــی مــو، شــکمی برآمــده
و ســبیلی کــم پشــت داشــت و لبــاس هایــش یــادآور دوران گذشــته
بــود. زنــش روســری بــه ســر میکــرد و فرمانبــر آقــا کریــم بــود. هــر
روز بــرای شــوهرش نــان لــواش مــی پخــت چــرا کــه او نــان هــای
اتریشــی را دوســت نداشــت و هــوس نــان لــواش مــی کرد. کاراکتــر
آقــا کریــم، ســادگی اش و رفتــار او بــا خانمــش کنتراســت چشــم
گیــری بــا ارزش هــای غربــی داشــت و معمــولا دستمایه شوخی هــم
کمپــی هــا مــی شــد. میــرو بارهــا بــا خنــده و شــوخی داستان آقــا
کریــم و بوتــه تمشــک را بــرای همــه تعریــف کــرده بــود و حتــی
پیــران را هــم بــه خنــده انداختــه بــود.

هــر از چنــدی آقــا کریــم زن و بچــه را در کمــپ مــی گذاشــت و برای
پیگیــری امــور اداری مهاجــرت شــان بــه ویــن مــی رفــت و بعــد از
ظهــر بــاز مــی گشــت. یــک بــار کــه میــرو همــراه بــا چنــد دوســت
جدیــدش بــه یکــی از دریاچــه هــای اطــراف رفتــه بودنــد، آقــا کریــم
را در آنجــا دیــده بودنــد. ایــن دریاچــه بــه خصــوص مخصــوص لختی

ها بود و وقتی میرو و دوستانش آقا کریم را دیده بودند و صدایش کرده بودند او به سرعت به پشت بوته تمشکی پریده بود و گفته بود من اینجا دارم تمشک میچینم. هیچکس به خانم آقا کریم چیزی نگفت ولی قصه او و تمشک برای مدتی جوک اهالی کمپ بود و زیر زیرکی به آن می‌خندیدند.

چشمانش را باز کرد و زن آقا کریم را بالای سرش دید. یکه خورد و نیم خیز شد. زن آقا کریم روسری اش را مرتب کرد و گفت: اسم شما را از بلندگو دارند اعلام می کنند. میگویند ملاقاتی دارید. خانواده آقا کریم حدود یک سالی بود که در کمپ اقامت داشتند و زن آقا کریم از بسیاری از اهالی کمپ زبانش بهتر بود و برای همین هم بود که او اولین کسی بود که متوجه اعلام بلندگو شده بود.

سراسیمه از جا برخاست. نمی‌توانست تصور کند چه کسی برای ملاقاتش آمده. تنها احتمال می داد میرو باشد. ولی میرو آنقدر با کمپ و نگهبانان آشنا بود که نیازی به ملاقاتی گرفتن نداشت ومی‌توانست راحت پیش پیران بیاید.

با سر و وضع ژولیده به راه افتاد. آفتاب اوایل تابستان گرم و سوزنده بود. به دالان با سقف هلالی رسید و در انتهای دالان در نزدیکی رسپشن در هاله ای از نور دختری با لباس مخصوص مجاهدین را دید. فکر کرد او هم یکی از پناهجویان است. به آرامی و با تردید جلوتر رفت و وقتی چشمانش به تاریکی زیر دالان عادت کرد قطرات عرق را در پشت لبان شادی دید

و خشکش زد. نمی‌توانست حرکت کند. بر زمین نشست، نفسش بالا نمی آمد. شادی به سمتش دوید و خندان روبرویش نشست و دستانش را گرفت. ولی او آنجا نبود. صدایی را از دور می شنید که اسمش را می گوید ولی او نبود. فکر کرد خواب است. داشت به هوا می رفت. سرش گیج میرفت. به شادی نگریست و دستانش را فشرد، بغضش ترکید و برای هزارمین بار برای شادی گریست. برای شب هایی که تا صبح او را دیده بود که در خون می غلتد. می گریست و قفسه سینه اش به شدت بالا و پایین می شد و او فقط نگاه می کرد و باز می گریست. شادی می گریست و اشکهای پیران را مادرانه پاک می‌کرد ولی او را توانایی باز ایستادن نبود. نگهبانان، اهالی کمپ و دیگر ملاقاتی ها دورشان جمع شده بودند و هر کس چیزی می گفت. شادی به بالای سرش می نگریست و ملتمسانه با چشمانش کمک می خواست. پیران به دور حوض سه پله می دوید و نفسش بالا نمی آمد. قلبش داشت می ایستاد و اسماعیل سعی می کرد او را از دویدن باز دارد. همراه اسماعیل در کنار حوض افتاده بود، در حالی که هر دو با صدای بلند گریه می کردند.

فصل سی و هفتم

نگاهـی بـه سـالن پـر از جمعیـت انداخـت و تعجـب کـرد. معمـولاً کلاسـهایش ایـن چنیـن پـر نبـود. فکـر کـرد کـه شـاید اعترافاتـش در سخنرانی چنـد هفتـه پیـش کـه در روزنامـه هـا هـم سـر و صدایی بـه پـا کـرد حـس کنجـکاوی دانشـجویان را تحریـک کـرده اسـت تا از نزدیـک ببینندکـه او کیسـت؟ فکـر را از خـود دور کرد و در پشـت تریبـون قـرار گرفـت و گفـت: خـدا و شـیطان، خـوب و بـد، خیـر و شـر، چنیـن مفاهیمـی از کجـا آغـاز شـد؟ معیـار خـوب بـودن و یـا بـد بـودن چیسـت؟ و در طـول تاریـخ چگونـه تغییـر کـرده اسـت؟ مفهـوم خـدا و یـا نیرویـی ورای نیـروی انسـان و طبیعـت از آن زمان کـه انسـان توانسـت خـارج از حیطـه رفـع نیازهـای فیزیکـی اش فکـر کنـد در بـاور او شـکل گرفـت و ایـن بـه دههـا هـزار سـال پیـش بـاز مـی‌گـردد. امـا شـیطان بسـیار جـوان تـر از خداسـت. زیرلـب لبخنـدی زد و ادامـه داد: و شـاید بـه همیـن علـت اسـت کـه جوانـان

برای همه ما

بیشـتر گرفتـارش مـی شـوند! دانشـجویان بـه آرامـی خندیدنـد واو
ادامـه داد: شـکل گیـری شخصیت شیطان از کتب مقـدس یهودیـان
تنـاخ شـروع مـی شـود. از دیـد تنـاخ، شـیطان یکـی از فرمانبـران
بـارگاه خداسـت و ماموریتـش ایـن اسـت کـه میـزان ایمـان و اعتقاد
پیـروان یهـوه (خـدای یهـود) را بسـنجد. او بـرای انجـام ایـن کار رنج
و مصیبـت نصیـب مومنـان مـی کنـد بـه ایـن وسیله میـزان ایمـان و
اعتقـاد آنـان را میسـنجد. بـه تدریـج و شـاید تحـت تاثیـر کاراکتـر
زرتشـتی انگـره مینو، شـیطان تبدیـل بـه موجـودی بدخواه و زشـت
کار میشـود کـه در مقابـل خـدا نافرمانـی کـرده و بـه صـورت
قطبـی قدرتمنـد در مقابـل او جلوه گـری می کند. ایـن نیـروی ضـد
خدایـی و زشـت خـواه و نابـکار در تمامـی ادیـان ابراهیمـی ادامـه مـی
یابـد و مظهـر قـدرت بـد مطلـق مـی گـردد.

تغییـر تدریجـی شـیطان از کارگـزار تحـت فرمـان خـدا تـا طغیانگـری
بدخـواه تاثیر بسـیاری بـر تاریـخ جهان داشـته اسـت. وجـود قطبـی
کـه مظهـر بـدی اسـت و بـد مطلـق اسـت بـه متولیـان مذاهـب
ابراهیمـی ایـن امـکان را داد کـه هـر آنچـه را خواسـتند بـه شـیطان
نسـبت دادنـد و چـون خـود نماینـده خـدا بودنـد هـر آنچـه بر شـیطانی
هـا روا داشـتند پسـندیده و مجـاز بداننـد. و بدینگونـه بزرگتریـن
جنایـات بشـری بـر اسـاس چنیـن فلسـفه ای شـکل گرفـت.

دانشـجویی از انتهـای کلاس بـا صـدای بلنـد و بـه فارسـی فریـاد زد:
مثـل مشـارکت در اعـدام بـی گناهـان بـرای رهایـی خـود. دانشـجویان
کلاس معنـای حرفـش را نفهمیدنـد. پیـران مکثـی کـرد و ادامـه داد:
معیـار خـوب و بـد، یـا خدایـی و شـیطانی در تفکـر مذهبـی

چیست؟ در تفکر مذهبی معیار معمولاً متون اساسی آن مذاهب است. متونی که معمولاً صدها سال پس از مرگ راویان اصلی و به دست پیروان آنان مدون شده اند. متونی که با تکیه بر آنان می‌توان نوجوان نابالغ را به جرم جنگ با خدا به گلوله بست و دختران جوان را به جرم اینکه پیرو دین شما نیستند به برده گی گرفت. چنین معیاری برای ذهن پرسشگر انسان قرن بیست و یکم نمی‌تواند کفایت کند. انسان قرن حاضر اما معیار بهتری را می شناسد. انسان گرایی، معیاری است که ورای همه خوبی ها و بدی هایی که مذاهب ضد و نقیض عنوان می کنند آنچه را بر ضد انسان است محکوم می کند چه با دست مذهب اجرا شود و چه به نام خدا و یا ضد خدا. رومی این را هزارسال پیش به زیباترین وجهی بیان می کند:

از کفر وز اسلام برون صحرائیست
ما را به میان آن فضا سودایی است
عارف چو بدان رسید سر را بنهد
نه کفر و نه اسلام و نه آنجا جایی است

برای همه ما

فصل سی و هشتم

شـادی بـالای سـرش نشسـته بـود و او نمـی توانسـت بـه چشمانش
بنگرنـد. دراز کشـیده بـود و حالـش کمـی بهتـر شـده بـود. نمـی
دانسـت از کجـا بایـد شـروع کنـد؟ چه بگویـد؟ همـه چیـز را بگویـد؟
نمـی توانسـت افکارش را منظـم کنـد. بـه سـختی نیـم خیـز شـد و در
حالـی کـه سـعی مـی کـرد نگاهـش بـا چشمان شـادی تلاقـی نکنـد
صـدای خـود را شـنید کـه گفـت: چـه شـد؟ شـادی دستش را بـر
پیشـانی اش گذاشـت و بـه آرامـی گفـت: وقـت زیـاد اسـت. فعـلاً
آرام بگیـر. گرمـی دسـت شـادی بـر پیشـانی اش موجـی از زنـده
بـودن را در وجـودش ریخت. موجـی کـه بـه سـرعت بـه رعشـه ای
در وجـودش تبدیـل شـد: آرزو کـرد کـه ای کاش در آن شـب نحـس
در مقابـل لولـه تفنـگ پاسـداران ایسـتاده بـود و یـا آنقـدر شـجاعت
داشـت کـه آن را بـه طـرف خـودش برگردانـد. ولـی اینطور نشـده
بـود و اینـک ویـران تـر از همیشـه روبـروی آن کـه هـزاران بـار در

۲۲۵

برای همه ما

رویـا دیـده بـودش نشـسته بـود و نمـی دانسـت چـه کنـد؟

هـوا تاریـک شـده بـود و شـادی مـی بایسـتی بـرود. بـدون اینکـه
کلامـی میانشـان رد و بـدل شـده باشـد. شـادی رفـت و او مانـد و کـوه
عظیـم ندامـت و بیـزاری از خویـش.

بـه محـض خـروج شـادی، یکـی از هـم اتاقـی هایـش بـا طعنـه
گفـت: بـا قهرمـان مجاهدیـن مـی پـری آقـا! ایـول، مـی دونسـتم
بـا بـالا بالاهـا وصلـی. همیـن روزهـا پناهندگیـت جـوره. حـالا چـرا
اینقـدر ناراحـت شـدی کـه دیدیـش؟ بایـد خوشـحال مـی شـدی!
پیـران هیـچ نگفـت و تنهـا نـگاه کـرد. هـم اتاقـی ادامـه داد: ایـن
نسـرین خانـوم اونـی رو کـه مـی خواسـته اعدامـش کنـه زده و در
رفتـه، اینـم روزنامـهاش. بگیـر بـرا خـودت ببیـن. هرچنـد میدونـم
میدونـی.

فصل سی و نهم

«برو ارتباطت را با خدا محکم کن»

با خود فکر کرد که خیلی وقت است که نمی داند آیا به خدا معتقد است یا نه؟ و اگر هم معتقد است کدام ارتباط؟ مگر ارتباطی هم بوده که بایستی محکم اش کرد؟ احساس تهوع داشت. این را خوب حس می کرد. شناور بود و تصاویری از دور و برش می گذشتند. انگشتش بر ماشه بود، شادی در خون می تپید و با چادر خونین اش به بالا می رفت، فروهر با لبخند همیشگی اش که اینک به تمسخر بیشتر شبیه بود، آفتاب نارنجی خانه با حیاط خیس اش، دیوار سیاه سنگی و دستهای منجمدش که بر سنگ خارا می سایید. مچ دستش می سوخت. سه پله، اصغر، اسماعیل، امیر، میرو و عباس از بالا نگاهش می کردند و او خسته و تنها بر سنگ خارای سیاه

افتاده بود و همچون جنینی دستها و پاهایش را جمع کرده بود تا عریانی اش را بپوشاند. روحانی ریش سیاه تسبیح در دست داشت. پشت میز فلزی نشسته بود و می گفت: برو ارتباطت را با خدا محکم کن.

به بالا نگریست، حس کرد در ته چاهی سیاه است و دریچه روشن بالای سرش کوچک و کوچکتر می شود. خانم آقا کریم صدایش می کرد: آقا پیران! آقا پیران! چشماتو باز کن. صدای آژیر آمبولانس از دور می آمد، خودش را بر روی برانکارد دید، سبک بود. نه احساس غم داشت و نه شادی. سبک بود. چهره ها نبودند و او بود: تنها بر روی برانکارد و به سمت آمبولانس در حرکت بود.

***

چشمانش را گشود. همه جا سفید بود و پرستاری با لبخند در مقابلش ایستاده بود. پرستار با هیجان پرده پشت سرش را کنار زد و از او دور شد. با کسی دیگر بازگشت. دکتر شروع به معاینه کرد. نوری در چشمانش انداخت و کلماتی گفت که او نفهمید. چیزهایی نوشت و به پرستار داد. تنها کلمه ای را که می توانست در بین حرف هایش بفهمد گلوکلیش[۴] بود که چند بار تکرار کرد. چشمانش دوباره بسته شد.

***

چشمانش را گشود. شادی دستش را گرفته بود. مچ دستش باند پیچی بود. فراموش کرد کجاست. لبخند زد. شادی هم لبخند زد، دستش را رها کرد و بر سرش دستی کشید. تنها بود و روسری بر سر نداشت. به آرامی گفت:

۴ Glucklich: خوش شانس

تـو را چنانکـه تویـی هـر نظـر کجـا بینـد؟ بـه قـدر دانـش خـود هـر کسـی کنـد ادراک.

چشمانش بسته شد.

***

آفتـاب از لابـلای برگهـای رنگیـن درخـت کهـن محوطـه جنگلـی بیمارسـتان اعصـاب و روان بـه چشـمانش مـی تابیـد. چشـمانش را بسـت. آفتـاب را بـر پشـت پلـک هایـش حـس کـرد و لبخنـدی زد. آسـمان بـا او مهربـان بـود و او بـا خـودش هیـچ مهربـان نبـود. مـی دانسـت شـادی خواهـد آمـد. همـان وقـت همیشـگی و بـا همـان لبخنـد بخشـاینده و همـان شـعر همیشـگی: تـو را چنانکـه تویـی هـر نظـر کجـا بینـد؟

حـس کـرد در سـیاهی درونـش بارقـه ای از نـور کـم کمـک دارد در نضـج می‌یابـد. همچـون دانـه ای کـه در دل خـاک سـیاه. نمی‌دانسـت چیسـت، هـر چـه بـود خوشـایند بـود. در آنجایـی کـه سـیاهی بـود در سـیاهی، بارقـه ای از امیـد یـا عشـق خجسـته تریـن اتفـاق زندگـی اش بـود. هـر روز در انتظـار شـادی در زیـر درخـت تنومنـد کـه نامـش را نمـی دانسـت می‌نشسـت ، دراز مـی کشـید، مـی ایسـتاد و سـعی مـی کـرد بـه هیـچ چیـز فکـر نکنـد جـز آنچـه در برابـرش بـود. ولـی بـه شـادی فکـر مـی کـرد و وقتـی می‌دانسـت آمدنـش نزدیـک اسـت بغضـش مـی گرفـت. مـی دانسـت کـه ایـن نشـانه خوبـی اسـت و ایـن آرامـش مـی کـرد. هرگـز نتوانسـته بـود آنچـه بـر او رفتـه بـود را بـرای شـادی بگویـد. شـادی هـم چیـز چندانـی از خـودش نگفتـه بـود. چیـزی نانوشـته میانشـان می‌خواسـت آن وقایـع کثیـف و تلـخ

برای همه ما

را در گذشته رها کند. درست مثل عشق ناگفته اشان.

صدای پای شادی را بر روی برگهای خشک شنید. چشم نگشود، سعی کرد آرام بماند اما ضربان قلبش به طرز محسوسی تند شده بود و این نشانه خوبی بود.

شادی همان شادی گذشته نبود چهره اش از کودکی به جوانی رسیده بود و این برای پیران تازگی داشت.

پایان

قدم ها را تند تر کرد، یقه اورکتش را بالاتر داد و سعی کرد افکار پراکنده را از خود دور کند، به سرعت گام هایش افزود. نفس گرمش، باهر بازدم، ابری در برابر چشمانش می‌ساخت. برف باریدن گرفت، دانه های درشت برف بر جریان آرام هوا می غلتیدند و آرام به زمین می نشستند، بازیگوشانه و رقصان، با آهنگی نرم. کلاه بافتنی مشکی را بر روی گوش هایش کشید، دستانش را بیشتر در جیب ها فرو برد و گام ها را استوارتر برداشت. چیزی از هیاهوی خیابان نمی شنید، چهره ها همچون صورتک هایی خاموش از منظرش می گذشتند. پله های از برف پوشیده را به سرعت پایین رفت. به مردمی که در ایستگاه در رفت و آمد بودند به دیده حقارت نگریست. آنان در تکاپوی زندگی پوچ خویش به این سوی و آن سوی می دویدند بی آنکه بدانند چه هدفی را دنبال می کنند. غرق در تکاپوی

زندگی ای که از دیده او به حقارت کشاندن عظمت انسان بود.

سالن بزرگ ایستگاه قطار مملو از جمعیت بود. مردم در صف‌های طولانی در جلوی تابلوهای الکترونیکی منتظر بودند به قطارهای پرسرعت بین شهری سوار شوند. راد را در اورکت ارتشی و کوله پشتی اش از طبقه بالای ایستگاه در مرکز جمعیت دید. فریاد زد و به سمت راد دوید. هرچه بیشتر می دوید راد و جمعیت دورتر می شدند. در میان جمعیت بود. اطراف را نگریست، راد دیگر نبود. شصت دستش را قاطعانه بر روی دکمه ای که در جیب داشت فشرد. همراه با فریادی طولانی همچون فنر در تختش نشسته بود و شادی سعی داشت آرامش کند.

به ناگاه همه چیز روشن بود. همه چیز روشن بود. جرعه ای آب نوشید. به اتاق کارش رفت. پاسی از نیمه شب گذشته بود و همه چیز برایش روشن بود. پشت میزش نشست و شروع به نوشتن کرد.

او همواره همان طور با راد رفتار کرده بود که دیگران با او و دوستانش در جوانی کرده بودند. که بگویند راه چیست و چاه چیست؟ یعنی که انسان را از جایگاه راستینش به پایین کشیدن. انسان پرسشگری که تنها در حیطه پرسش و پاسخ است که می‌تواند راه را بیابد. انسانی که اگر به او اعتماد شود، نهایتاً و پس از تفکر و تفحص راه درست را می یابد. انسانی که اگر فرصت یابد با ایستادن بر شانه های پیشینیانش به افق‌های دورتری نگاه خواهد کرد و دیر یا زود حقیقت را

در مـی یابـد. امـا او منزلـت چنیـن انسـانی را بـه مقلـدی حقیـر تنـزل داده بودکـه بایسـتی تسـلیم منطـق و تجربیـات دیگـران باشـد، و ایـن جفایـی بـزرگ در حـق انسـان بـود. انسـانی کـه آنـگاه می‌توانـد بـه مقـدرات خویـش دسـت یابـد کـه بازیگـری فعـال در صحنـه زندگـی و تقدیـرش باشـد. آنکـو مـی اندیشـد، مـی پرسـد، مـی گویـد، خـراب مـی کنـد و مـی سـازد.

بـه نـاگاه همـه چیـز سـخت روشـن بـود. داسـتان تکـراری شکسـت حرمـت انسـان مـی بایسـت پایـان یابـد.